退而不休

內館牧子 著

緋華璃 譯

三民書局

推薦序

退休，你準備好了？

老黑

包括我們父母在內的傳統人生大致可分三階段，第一階段成長求學，時間約二十多年；第二階段花四十年左右為成家立業工作打拚；第三階段退休，休息養生，時間通常很短，事實上，過去的人很多根本活不到第三階段。

但是情況變了！現代人平均壽命超過八十只是統計數字，背後含義是，只要不碰上意外事故，長命百歲將成為社會常態。加上以前是農業經濟，即使近代轉為以工商業為主，多數人職業生涯變動不大。一旦來到知識經濟掛帥的今天，人們賴以為生的行當日新月異，保障性則日益降低。

身處如此環境，退休是好事還是壞事？答案是：不一定！對有準備的人來說，退休無異實現夢想的天堂；對沒準備的則是人生逐漸凋零衰敗的地獄。但無論天堂還是地獄，可以確定的是，它一定會來，而且會待上很長一段時間。

準備什麼？三件事：錢、健康、職志。通常人們很清楚前兩者的重要性，所謂退休規劃大都指理財，老化和疾病也迫使退休一族不得不注重健康，但對於第三項——職志的追求卻遠遠不足。形成的結果是，社會上「下流老人」比例不高，「無聊老人」卻比比皆是。

本書主人翁正是這樣一位準備不足的無聊中老年人，失去工作舞臺就像失去生存意義，即使經濟無虞，健康尚佳，每天「無所事事，看看電視」的生活形態，逼使他甘冒難以承擔的事業和感情風險，只為找回昔日雄風，結果落得賠了夫人又折兵，幸虧及時學到教訓，才沒有全盤皆輸。

個人因為退休早，對書中主角的心路歷程感受很深，離開職場前兩年也經歷過類似的心理劇場，後來才藉由嘗試寫作、旅行、街頭藝人等理解到人生意義遠不止工作，退休後如果不能將職志、也就是會做、喜歡做、有意義的事當成生活重心，人生前兩階段再成功都是枉然。

本書內容主要敘述主角的個人經歷，但建議讀者不要疏忽另外兩個關鍵人物：一是主角老婆，看似一切以老公為先的傳統家庭主婦，其實不管在經營人生或管理風險上，都比外表光鮮的老公更成熟。另一位是主角的高中同學，事業發展普通，卻因有夢最美反成主角的羨慕對象。

日本社會發展一直走在臺灣前方，加上相近的職場結構和價值觀，書中所述必將是眾多臺灣退休一族面臨的問題，不要等發生才處理，年輕犯錯可以重來，中年後容錯力大幅下降。也別忘了，錢和健康固然重要，但僅是有錢和健康不一定活得好，活得好的人生活一定有重心！

最後，臺灣書籍市場上，以退休為題，但不主談投資理財的創作相當有限，有的，也大多是dos and don'ts型的勸世文。很高興見到三民引進這本文情並茂的小說，讀來輕鬆，寓意深遠，有心經營好退休生活的人不要錯過！

二〇二〇年九月

目次

退而不休
終わった人

終わった人

第壹章

退休其實是一場生前告別式。

我在執行董事室裡，看著桌上的時鐘心想，再過二十分鐘，下班的鈴聲就要響起，與此同時，我長達四十年的上班族生涯也將畫下句點。六十三歲，該退休了。

明天起該何去何從呢？一整天的時間該怎麼打發呢——呃，該怎麼度過呢？

很多人都把話說得很好聽「退休後就可以不顧一切地做自己想做的事」，或「真期待退休，好開啟我的第二人生」，才怪！我覺得他們只是死鴨子嘴硬，他們還沒發現，這種話聽起來不過是為自己加油打氣的自欺欺人罷了。

六十三歲，頭腦和身體都還很硬朗，還有很多可以揮灑的空間，就算要繼續留下來當執行董事，在工作上的表現也絕對不會輸給其他人。

專車大概已經在公司外面等我了。與地位無關，也無關乎員工性別，唯有退休這天，公司會派專用的黑頭車送他們回家。

算算時間，捧著鮮花、彩帶及拉炮的員工或許已經開始在大門口列隊了。

在身體還很硬朗、精神還很矍鑠的情況下，結束自己的上班族人生——是與同事道別、被盛大歡送的一場生前告別式。

我，田代壯介，不只退休這天，應該每天都有黑頭車接送我上下班才對。我可以拍胸脯保證，我有自信進入董事會，工作表現也很優秀，對公司的貢獻絕對不比其他人遜色，最重要的是我比任何人都熱愛自己的公司——然而，現實是我只有退休這天才有機會坐上黑頭車。

在最後一天雇專車送所有退休的人回家，給人一種接受施捨、被看扁的感覺，若是拒絕又顯得太小家子氣。正所謂「急流勇退」，人類的價值取決於退場時那一個轉身。

部下及年輕的晚輩們也都注意著離去之人的言行舉動，連細微的表情變化都不放過。且事後一定會品頭論足地說「笑得好勉強啊。」「肯定很捨不得吧！」我也幹過這種事，再清楚不過了。明明他們再過不久也會迎來退休之日，沒錯，說穿了「櫻花無論是已經散落的，還是仍在樹上盛放的，終究是要凋零的」。

絕不能讓別人察覺我心裡在想什麼，要不動聲色地坐進專車，要急流勇退。

我的上班族人生止步於執行董事的職位。

而且是在只有三十名員工的子公司，這家專門做現金卡電腦終端處理的公司位於文京區千駄木的住商混合大樓裡。

就拿我迎來上班族人生最後一刻的「執行董事室」來說，也只是用隔板在總務室角落隔出來的一小塊空間。至少在我四十九歲以前，做夢也沒想到自己會在聽得見所有員工說話聲音的角落迎接退休這一刻。

我在一九四九年（昭和二十四年）出生於岩手縣盛岡市，是世人口中的團塊世代（註：日本戰後出生的第一代），孩子多到在路上跑來跑去，一輩子都在和別人競爭。

那時候的社會風氣並不像現在這麼尊重小孩的尊嚴或人權，根本沒有隱私可言，成績會和名字一起貼在走廊上，明確地區分出「贏家」與「輸家」，這在當時是理所當然的事。

我到現在還記得，為了準備高考而去補習的時候，依學生的程度分成三種班級，級任老師當著全班的面公布分班的事。

「呃……首先是『資優班』的名單，再來是『普通班』的名單，最後才是『放牛班』的名單，請仔細聽好，不要搞錯自己的班級。」

當時就是這樣的時代。

有意思的是，名單揭曉後，愈是分配到放牛班的學生，態度愈是坦然，擺明了「我就是這種貨色」，既不感到害臊，也不會不甘心。反倒是那些自認為應該分到「資優班」的學生，一旦被分配到「普通班」，根本控制不了自己的情緒，有些女同學甚至哭了出來。

我是「普通班」。

這我早已心裡有數，真正令我震驚的是「普通班」與「資優班」之間的差距。「資優班」顯然都是一時之選，「普通班」則都是一群「倒也不是完全不行，但能力確實不怎麼樣」的平凡學生。

我從那個時候就很愛面子，現在之所以不好意思拒絕公司派專車送我回家，視「急流勇退」為座右銘，也是因為愛面子，我從學生時代就很好強。

分到「普通班」那天，我的身體都發熱了。走著瞧，我一定會考上南部高中！

岩手縣立南部高中是以前的舊制中學，也是盛岡市最好的學校，在東北算是數一數二的升學名校。

自創校以來就孕育出許多繼承南部藩精神的知名軍人、政治家；另一方面，也培養出許多足以代表日本的學者及文學家、文化人。

要從「普通班」考上南部高中可以說是比登天還難，但我只有「說什麼也要考上，誰要跟這些什麼特徵、什麼優點也沒有的『普通人』混為一談啊！」的念頭。

結果我的成績有了顯著的進步，就連考上南部高中也不是難事，這麼一來，級任老師又當著大家的面指著我說：

「田代，從今天起，你可以去『資優班』了。」

我不假思索地回答：

「不用了，我要待在現在的班級，我可以自己準備考試，就算是去『放牛班』也沒關係。」

那一瞬間，我不按牌理出牌的反擊無疑嚇到級任老師了。

我當時就學會了「只要態度夠強硬，就能唬住對方」。

南部高中畢業後，我一次就考上東京大學法律系，在應屆畢業生人數多如過江之鯽的時代，等於是一舉攻破最困難的關卡，這可不是光靠面子或強硬的態度就能完成的事，還加上我平時懸梁刺股的苦讀成果。話雖如此，也可能因為我本來就是優秀的人。

東大畢業後，我進入國內首屈一指的萬邦銀行工作，當時是一九七二年，也就是昭和四十七年。

想必父母都以我為榮，父親也是從舊制南部中學考上東北帝國大學，在岩手的大學當教授，每次酒過三巡都會一臉驕傲地說：「這小子比我有出息多了！」仔細想想，父親在我窩在執行董事的「小角落」窩到退休前先去世，未嘗不是件好事。

下班的鈴聲終於響起。我長長地嘆了一口氣，穿上西裝外套，望向鏡子，大概是藥局的贈品吧！掛在牆壁上的鏡子裡相當於我胸口的位置，印有感冒藥的品名：「感冒快滾」這幾個字，我也得滾了。

我在「感冒快滾」的文字上擠出一抹笑容。這樣剛剛好，笑得太燦爛反而會讓人覺得欲蓋彌彰。

走進大廳，響起如雷的掌聲。全體員工——話是這麼說，但也只有三十個人，異口同聲地對我說：

「恭喜您退休了！」

「請多保重！」

有人拉開拉炮，一男一女的員工出列，獻上鮮花和類似紀念品的小盒子。

「田代董事，隨時歡迎您回來坐坐。」

「大家都在這裡等您。」

我微微一笑，向他們道謝。

想也知道這只是客套話，要是我真的回來坐坐，他們肯定不會給我好臉色看。畢竟我也曾經對傻傻當真而回來探視的前輩不予置評、無言以對。

坐進專車的後座，搖下車窗，全體員工圍著車子向我道別、朝我揮手，這是生前告別式，黑頭車靜靜地在大家的歡送下開動，這時要是再長按一聲喇叭，真的就跟出殯沒兩樣了。

車子才往前開沒幾步，我回頭看，已經沒有半個人影。大家全都頭也不回地回到辦公室，有人準備下班回家，有人繼續未完的業務，公司又恢復平常的運作。

即使我不在了。

也不會有人感到寂寞。

專車從位於文京區千駄木的公司直線開往我位在大田區北千束的家。最後，是以這種方式走在長達四十年的上下班通勤路上嗎？果然是施捨沒錯。

昭和四十七（一九七二年）年進入萬邦銀行的男性大學畢業生一共有兩百人，所有人皆為一流大學畢業，說是一時之選的精銳部隊也不為過。

那時覺得：「哦，接下來要跟這些人競爭啊！」老實說，雖然沒有任何根據，但我一點也不覺得自己會輸給他們。

從「普通班」到南部高中、考上東大法律系、進入萬邦銀行的成績給了我無比堅定的自信，認為只要有心，沒有任何事能難得倒我。

完全預想不到未來會有多嚴峻的考驗，只覺得前方充滿希望，令我興奮得幾乎渾身顫抖。

命運似乎為了印證我的感受，將我分配到日本橋分行。

萬邦銀行有所謂「三巨頭」的分行，分別是日本橋分行、新橋分行、人形町分行。

這三大分行的分行長都能進入董事會，而且三巨頭當中的第一把交椅正是日本橋分行。

同期兩百人的精銳部隊中，只有十個人被分配到這三處。

儘管還是搞不清楚狀況的菜鳥行員，但我果然有什麼引人注目的地方吧——我會這麼想，與其說是自視甚高，毋寧說是正常年輕人都會有的健全想法。

我在日本橋分行擔任窗口及庶務等內勤工作，約半年左右就被調到業務單位。工作很有趣，成績也還不錯，誰都看得出上頭對我讚譽有加。

我猜大型商業銀行應該都大同小異，以萬邦銀行為例，進公司三年後，薪水就會出現差異，被看中的人到了第六年就能擔任管理職，薪水會大幅增加，職位也有所不同。

我當然是被選中的人，從日本橋分行調到大手町的總部。同期雀屏中選的共七十一人，才經過六年，就只剩下三分之一。

在那之後，我便一直待在總部，在業務開發部盡情大展身手。

開發符合時代潮流的金融商品其實很好玩，還得留意其他銀行的動向，充滿令人頭皮發麻的快感，既緊張又刺激，就連左支右絀的時候也別有一番樂趣。

主管說：「只要不違反社會正義，不會傷害到旁人，想做什麼都可以。」

大概是在我身上看到他那種豪氣干雲的模樣吧！主管十分器重我。

我的位階從課長、次長一路順利地過關斬將，升到部長、分行長。起初和我搶位子的七十一位同期，到了分行長這關淘汰到剩下二十人。進公司十六年，競爭對手只剩下十分之一。

我三十九歲的時候被拔擢為最年輕的分行長，然後在總部的某個小單位擔任部長，四十三歲成為業務開發部長。

這時候是我人生中最輝煌的時期。

雖然不願意這麼想，但現在回想起來，確實是如此。

我在銀行內昂首闊步，走路有風，深受同事的仰仗，主力客戶也很信賴我，感覺活力從體內泉湧而出、源源不絕，每天都非常期待明天的到來。

明天會是怎樣的一天呢？

這輩子只有小學一頭熱採集昆蟲的暑假及四十多歲的那段時期有過這種感覺。

我在四十五歲的時候當上企劃部副部長。

如此一來，董事會無疑已經進入射程範圍之內。總部的總務、人事、企劃等管理單位副部長都是進入董事會的必經之路。從這裡出發，快的話四十八、九歲就能成為公司的董事。

從我對公司的貢獻、實際成績、顧客的信賴及公司內部的人望來看，很有機會在五十歲前當上董事，公司裡也流傳著「下個董事不是田代就是西本」的耳語。

我與西本徹同時進公司，兩百位同期中，最後只剩他和我存活下來，西本在國際總部的名聲十分響亮。

然而，如果要考慮對萬邦銀行而言，由誰擔任董事對公司比較有利，當然要選於經營直接相關單位上有實戰經驗、實際成績及廣闊人脈的我。

話是這麼說，但我有一個絕對的劣勢。

要選誰當新董事由經營會議決定，會議成員由各單位的負責人組成，他們會從自己負責的單位推舉新的董事候選人。

問題是，對我有極高評價的人卻無法參加經營會議。

而西本在這方面占了上風。

不僅他的直屬上司國際總部長是與會成員，副行長也是他在倫敦分行的前上司。這兩人都站在西本那邊，說是師父也不為過，我的劣勢也成了行員茶餘飯後的話題。

就算是這樣，也還是選我當董事比較有利，經營會議不可能不知道這一點。

在這個不是你死、就是我活的時代，還想用「看在某某人的份上」這種落伍的人情牌打通關嗎？

雖然這樣說，我還是不免有些擔心——但也同時充滿自信，就算過程產生點爭議，相信經營會議到最後還是會選擇我。

當時萬邦銀行已經由三家銀行合併，改名為「立花銀行」，我的自信也源自於合併當時的努力。名為合併，其實是萬邦銀行併吞另外兩家銀行。雖說當時我還是菜鳥，仍竭盡全力地協助上司。

而且在我升上次長、部長之後，也沒忘記要籠絡來自其他兩家銀行的人，打點得滴水不漏。

上頭也很清楚我的本事，不用說也知道，比起一直待在國際總部面對外國人的西本，顯然是由隨時站在國內第一線、面對牛鬼蛇神一輩子的我當董事比較放心。

無奈，事與願違。

四十九歲的某一天，上頭突然要我去「立花系統股份有限公司」。

我這時才知道，當人過度吃驚的時候，腦子裡會變得冷颼颼的。

經常聽到有人說「事情發生得太突然，腦中一片空白」，才明白這只是一種形容。一切發生得太快，我連強裝鎮定都辦不到，整張臉都僵掉了，只能清清楚楚地意識到：「我被貶到子公司了」。

新科董事果然是西本沒錯，當然這也是他有本事，只是所謂的組織，除了本人的實力以及對公司的貢獻、人格、見識外，還有別的勢力在拔河。

明明心裡明白得很，還是從來沒想過會發生在自己身上。

如此這般，四十九歲的春天，我被下放到「立花系統股份有限公司」當取締役總務部長。

工作很無聊、心情也很糟糕，但還是抱著一、兩年後就能回到總部的希望。

我下定決心，無論如何都要做出成績來，好回到總部，就像從「普通班」爬到「資優班」那樣。

問題是，在這裡只要正確地用電腦處理好現金卡數據即可，根本沒有可以發揮才幹的工作。

只要母公司立花銀行不倒，就不用擔心被辭退，整家公司充斥著得過且過、混吃等死的風氣，完全沒有競爭力。

我為了幫公司多賺點錢、多接點工作，致力於組織改革及減少浪費。滿腦子只想著如何吸引總部的注意，拚了命地只有這個念頭。

一年後，總部的負責人雖然嘴裡講著：「立花系統自從田代去後就跟以前不一樣了！」仍沒有要召我回總部的動靜。唯有這句讚賞成為我的動力，使我在工作上更加投總部所好。

兩年後，當時的我五十一歲，公司要我「轉籍」。

意思是要我向立花銀行辭職，正式成為立花系統的員工。我這麼努力想回總部，但那裡已經不需要我了，總部的人才多如過江之鯽。

比起兩年前要我去子公司的打擊，這次已經不算什麼了。

對我來說，比較強烈的衝擊反而是「我完了」那種哀莫大於心死的絕望。

如今幾乎沒有指望再回到大型商業銀行的中樞，只能待在住商混合大樓裡，在只有三十名員工的子公司終老一生。

唉，我已經是「過去的人」了，想到這裡，腦子又一陣冰涼。

可以的話，我真想把辭呈甩在桌上，但最終我還是接受了轉籍的建議。

立花銀行的制度是只要轉籍前先在下放的公司當上取締役，薪水到六十三歲都不會縮減。而我是以取締役總務部長的身分轉籍，因此年薪至少不會低於一千三百萬圓，即使腦子裡的溫度降至冰點、即使受到如此強烈的衝擊，也能判斷這輩子再也找不到條件這麼好的工作了。

我完了。

愈是對工作懷有激情、充滿熱忱，覺得工作很有趣的人，這種無力感與空虛感愈是深不見底。身為上班族，我的前途一片黑暗，頂多只能爬到子公司的社長或執行董事，如果是六十五歲就算了，才五十一歲就成了「過去的人」。

回想從十五歲「普通班」出發，一路走來的人生，一直走在世人口中「菁英路線」的正中央、沐浴在鎂光燈下，過癮極了。

然而，我在社會上的全盛期好短暫、稍縱即逝。

從十五歲開始的努力與鍛鍊是為了在社會上迎來這樣的結局嗎？如果是這種結束方式，根本不用進南部高中、東大法律系或一流的大型商業銀行。

人之所以能努力，是因為不知道將來會發生什麼事。

無論有沒有去一流大學，不管走在什麼樣的道路上，到最後其實大同小異，再美的櫻花遲早都要凋謝。

轉籍後，除了心如槁木死灰外，我每天都在思考這件事。

好不容易說服自己死心，我開始從事公司內部的改革。明明已經不需要再爭取總部的關注，還是下定決心革新，無非是想利用剩下的時間讓公司盡量變好一點。

說穿了，其實是想盡可能留下自己的痕跡。就算是只有三十名員工的小公司，也想努力刻下我的名字——否則一旦退休，我這個人就等於從來不曾存在過。

這時我總算明白政客拚命宣傳「這是我的政績」、「這是我的決定」的心理。他們除了想在下一次的選舉中脫穎而出，大概也想在任期內留下一些雪泥鴻爪。

結果別說是無法名留青史，大家都轉眼間就被遺忘了。

無論是倡導「Cool Biz」（註：日本前首相小泉純一郎內閣於二〇〇五年夏天提倡的環保運動，鼓勵男性上班族不穿西裝、不打領帶，改穿風格較為休閒的服裝，同時將辦公室的冷氣設定為二十八度，時間長至九月，以節約能源）的閣員，還是推動國鐵或郵政民營化的首相，名字皆轉眼間就被世人遺忘。我女兒道子連率先導入消費稅的首相叫什麼名字都說不出來。

原本一路暢行無阻的專車，中途陷入嚴重壅塞的車陣，一陣左彎右拐，總算開上環狀七號線，快到家了。

我靠在椅背上，突然想到「幸好經歷過四十九歲被下放到子公司，五十一歲被要求轉籍的衝擊，到了退休這天反而沒有受到太大的打擊，果然每件事情都有它的意義呢！」

隔著行道樹可以看見我住的大樓。

屋齡四十年，在東京都內算是數一數二的高級社區，不過登記在田代千草，也就是我老婆的名下。千草是獨生女，房子是她爸媽給她的，岳父是律師，已經去世了，現年八十三歲的岳母住在伊東的養老院。

千草從教會經營的貴族幼稚園一路直升到女子大學，以「學習社會經驗」的名義在岳父的律師事務所接電話。岳父和我大學恩師很熟，安排我們相親結婚，當時千草二十四歲、我三十歲。

「有什麼行李需要我幫您拿進屋子裡嗎？」

專車司機的聲音將我拉回現實。

「不用了，沒有，謝謝。」

司機畢恭畢敬地開門，深深朝我一鞠躬，目送我走進家門。

我慢條斯理地走向電梯，拍了兩三下臉，然後用手指按摩眼皮，必須以血色紅潤的臉、炯炯有神的雙眼進屋才行。

按下門鈴，四歲和兩歲的孫子口齒不清地大喊：「恭喜爺爺！」飛撲過來，是道子的孩子們。

接著是千草和道子夫婦、還有拉響拉炮的阿敏，從客廳迎上前來，阿敏是千草的表弟。

兩個孫子把用紙做的金牌掛在我的脖子上，我不喜歡這種迎接方式，但還是擠出笑容說：

「大家都來啦！真好，謝謝你們的金牌，爺爺是冠軍嗎？」

還得表現出喜悅的表情，累死我了。

客廳裡擺滿豐盛的佳餚，有整尾鯛魚，還有烤牛肉，而且從香檳到葡萄酒、日本酒一應俱全。我「哦——」地大聲回應表示感動，假裝興奮的急著跑去換件衣服。

一走進臥房，我就倒在床上。

唉，像這種時候，我還寧願去車站前的超級市場買點生魚片，邊看電視轉播的棒球比賽邊一個人喝點小酒。

這是我的真心話，像這樣在大家異口同聲的「恭喜」下，總有種「正因為一點也不值得高興，才要拚命表現出歡天喜地的模樣」的感覺。若因此說我性格乖張，我也無話可說。

等我換上薄毛衣，熱鬧的家庭派對就開始了。

大家都對我說：

「這麼長的時間辛苦你了！」

乾杯。

明明才剛開始，我卻暗自祈禱著派對能不能快點結束。

酒過三巡，道子把 DVD 放進播放器，住在盛岡的老媽與妹妹出現在畫面裡。

我媽田代美彌今年八十六歲，在我爸死後就一個人生活。只見老媽舉起斟滿了日本酒的酒杯，以盛岡腔說：

「你今天退休，也不曉得是該恭喜你還是替你難過，總之有酒喝就好了吧！」

說完，一口氣乾了那杯酒，大家都笑了，我媽果然是最了解我心情的人。

妹妹美雪已經嫁人，住在老家附近，走路只要一分鐘，真是幫了我大忙。

緊接在美雪之後，住在伊東養老院的岳母也出現在DVD裡。我去過好幾次，是間很棒的養老院，可以看到一望無際的大海。

岳母誠懇地向我低頭致意：

「壯介先生，謝謝你為了養家活口鞠躬盡瘁。身為一家之主，不曾讓家人傷心，也沒讓家人流落街頭，這是比什麼都偉大的功勞，真的非常感謝你！我很驕傲能把獨生女嫁給你。」

「幫我把這張DVD拷貝一份寄給住在盛岡的老媽！她只會說：『總之有酒喝就好了唄！』」

我表現出歡欣鼓舞的樣子，不由得覺得眼眶發熱。

岳母說的沒錯，保護家人是比任何工作都困難的重要任務。岳母能對我的付出給予正確的評價，不禁覺得鼻子微酸、淚腺鬆動。

然而，真正令我眼眶發熱的原因並不是因為岳母的讚賞和肯定，而是這麼多年的努力，我只保護好了家人啊……想到這裡，頓時像顆洩了氣的皮球。

原來我只是個為保護家人而生，對社會不曾帶來任何顯著影響的小人物啊！

就算當上總部的董事、就算當上行長，「櫻花無論是已經散落的，還是仍在樹上盛放的，終究是要凋零的」。

雖然努力開解自己，但沒能當上董事、只保護好家人的小人物感還是揮之不去。

晚上十點，女兒夫婦和孫子回去後，我與阿敏又喝了一杯。

阿敏是岳母妹妹的兒子，今年五十五歲，本名青山敏彥，是以"Toshi Aoyama"為名活躍在業界的知名插畫家。

兄弟姊妹全都上了一流大學，找到相當於鐵飯碗的工作，只有阿敏高中畢業後，在紐約住了十年。

回國後為月刊畫的封面大受好評，後來更以日本各地的童話系列奪下大獎。

說穿了，其實就是把老奶奶會說的故事畫成嶄新的繪本——這系列作品賣得嚇嚇叫。

阿敏之所以能一口氣躋身一流的插畫家，可能也是因為他屬於那種「女人會喜歡的長相」。千草每次看到女性雜誌都會說：

「啊，阿敏又上雜誌了。」

即使是五十五歲的今日，有型的小鬍子和牛仔褲依舊很適合他。

阿敏四十歲的時候，妻子因病去世，從此就一個人在六本木的住家兼工作室裡生活。

「壯哥，大老遠跑到盛岡和伊東拍攝DVD的可是我喔！」

「哦……是你啊，這麼忙還有這種美國時間啊。」

「忙歸忙，但也沒以前那麼忙碌了，就當是順便去喝當地的美酒！」

「工作不忙嗎？」

「案子還是有接，但我已經五十五歲了，不再像三、四十歲的時候那麼拚。」

我有些意外。

因為我一直以為不同於上班族，靠才華或技術吃飯的人沒有退休的期限，更何況阿敏這麼有名，要找他工作的人應該多如繁星。

阿敏平靜地說：

「各行各業都有所謂的長江後浪推前浪喔！我從紐約回國時，出版社、廣告公司和委託人都不約而同地選中了當時還很年輕、完全屬於新生代的我，對他們來說，上一個世代的人已經是過去的人了。」

阿敏也用上「過去的人」這個字眼。

「壯哥的退休也是這麼回事，所有的工作都被年輕人搶走了。我認為『終其一生都站在第一線』是不可能的事，也絲毫不打算朝這個方向努力，比起掙扎，灑脫地枯萎還比較帥氣！」

「話是這麼說，但我也明白想一輩子都站在第一線的心情，不覺得這有什麼不好。事實上，還是有很多深受年輕人崇拜、深受社會注目的老年人站在第一線不是嗎？」

「對呀，他們真的是天才，我不是指他們努力掙扎著力爭上游的才能，而是不管演員、作家、電影導演或藝術家，凡是沒有死在沙灘上的前浪，都是天才。再怎麼努力也無法與他們相提並論。」

我認為這是阿敏對我的忠告。

或許他已經預感到既不是天才，也沒有什麼特長的我還在想辦法重回社會，令人不忍卒睹的努力。

「阿敏，我很清楚自己是個再平凡不過的人喔！所以不會再掙扎，也不會再努力。」

「那就好，壯哥，未來時間的流動會跟以前很不一樣，很有趣喔！最好用與當上班族時不同的價值觀來看待時間的流逝。」

我還不清楚哪裡有趣了。

總之，從明天起，我就會有多到用不完的時間了，直至終老。

該怎麼打發才好呢？我一點也不覺得有趣。

即使躺在床上，還在想接下來該何去何從，輾轉不能成眠。

其實也可以在公司待到六十五歲，但我拒絕了。

如果要繼續待下去，就必須放棄現在的職務，薪水會減少將近四成。我無意在年輕人內心嫌我占據職位的情況下，抓著既不用負責任、也沒有成就感的位子不放。

除此之外，我也覺得工作到六十三歲已經夠了。

「千草，你睡了嗎？」

我問躺在隔壁床上的妻子，千草以充滿睡意的口吻回答：

「還沒……什麼事？」

「沒什麼，錢的事一向由你打理，未來要靠年金過日子了，沒問題吧？」

「嗯……沒問題，有存款也有保險，還有退休金……晚安。」

千草隨即開始打鼾。

聽見她的鼾聲，心想能與別人共同生活三十年以上真不可思議，兩個出生在完全不同地方、沒有任何交集的人在某一刻生命重疊在一起。

仔細想想，如果不是嫁給我，千草想必能過上截然不同的人生吧！說到底，我只是個普通人，跟我這種男人在一起，也只能過完普通的一生，如果嫁給別人，或許能過上更錦衣玉食、普通人經歷不到的生活也說不定。

想到這裡，內心湧起對妻子的憐惜。

對了，從明天起多到不知該如何打發的時間就拿來與千草相處吧！剩下的人生就用來一起享受旅行、電影、美食！我才六十出頭，還能到處走動。很好，兩人一起開始做點什麼新鮮的事吧！就這麼辦！光是想到這裡，內心便湧起面對明天的活力。

第二天早上，我六點就醒了。同時也意識到今天開始不用上班，如釋重負的感覺逐漸蔓延開來。再次睜開雙眼時已經九點，下意識地想起公司開始運作了。

走進客廳，千草對我展顏一笑：

「早啊！剛好早飯也做好了。」

妻子穿著圍裙，沐浴在從廚房窗戶灑落進來的陽光下，楚楚可憐的模樣不像是五十七歲的人，還十分有魅力。

「跟美容院提到今天是你退休的第一天，所以美容院放了我一天假。」

千草四十三歲的時候，不知道哪根筋不對，突然跑去上美髮的專門學校，後來又通過國家考試，在目黑一間小美容院工作。

女兒道子很擔心從幼稚園到大學念的都是貴族學校、沒有社會經驗的千草出去工作，但我那時候根本顧不上千草的狀況，當時正值我下放到子公司的時期，沒有餘力去照顧妻子的情緒。

與千草共進早餐時，我說出昨天想到的事：

「對了，我們去泡溫泉吧！順便去看一下老媽，再租車從盛岡開到八幡平或安比，或是去世界遺產平泉，也可以把足跡延伸到秋田的角館。不過快到櫻花季了，人會很多吧！沒關係，時間……多少可以擠出來。」

說到一半又把話吞回去，我本來想說「時間要多少有多少」，馬上改口「時間多少可以擠出來」。「要多少有多少」聽起來有點慘。

「我也想去遠野或大迫聽民間傳說、去看早池峰神樂（註：每年八月一日在花巻市的早池峰神社表演的蒙面舞蹈）。」

「說的也是，以前都不能去那些地方呢！」

「趕在五月的連假前，利用四月的時候去吧！」

「我沒辦法請那麼多天假耶，頂多只能陪你兩天一夜。」

千草重新泡了咖啡，笑著回答：

「陪你」這種說法令我莫名來氣。

「美容院四月很忙喔！四月有開學典禮及入社儀式等各式各樣的活動。」

「是嗎？我還以為大家都會指定年輕的美容師，原來也會指定你啊！」

我語帶諷刺地說，千草卻絲毫不在意：

「都說我們家不是青山或原宿那種鎖定年輕人的美容院了，由於位在住宅區裡面，來的多半都是附近的婆婆媽媽，指定我服務的人還不少喔！」

「哦，那就算了，我自己去。」

「別生氣嘛，不如約朋友一起去？」

這麼說來，我才猛然發現，身邊竟然沒有可以一起去泡溫泉或開車兜風的朋友。公司裡的人只不過是「同事」，與學生時代的同學都疏遠了，我也沒參加過同學會。

「我自己去，這樣還比較輕鬆！」

說到這裡，我不得不面對「想與妻子享受剩下的人生」其實是遙不可及夢想的事實，因為她不是說「頂多只能陪你兩天一夜」就是說「不如約朋友一起去」。

昨晚一心想與妻子共度剩下的人生卻換來這樣的反應，真是太悲慘了。

但我也沒立場生氣，丈夫以前還在上班的時候只顧自己的工作，自然也不能怪妻子在那段時間建立起自己的生活步調與社交圈子。

見我默不作聲地喝著咖啡，千草大概也覺得過意不去，討好似地說：

「下午能不能陪我去超市？那附近開了一家很時尚的咖啡館，回程去那裡喝杯茶如何？」

真沒出息！我變成平日逛超市的男人了、變成平日和妻子喝下午茶的男人了。

這個念頭令我悚然一驚，才退休第一天，居然就已經產生這種想法！從今往後若都是周而復始的這種生活，我真的撐得下去嗎？

「好啊，去逛超市，順便去喝茶。」

「哇，好高興！我們多少年沒一起逛超市了，這次可以買重一點的東西了，真開心！」

千草興奮得讓人疑惑，只是去趟超市，有必要這麼雀躍嗎？看起來好刻意，大概是為了向我賠不是。

這時，千草的手機響起：

「啊，是店長打來的，不知道有什麼事？」

千草接了起來。

簡短地聊了幾句，千草乾脆地回答：

「我明白了，好的，我馬上過去！」

千草掛斷電話，雙手合十地向我賠罪：

「抱歉！下禮拜再去逛超市好嗎？有個非我服務不可的客人突然來了，得立刻去美容院一趟，對不起！」

女人真誠實，之所以雙手合十，為自己的出爾反爾道歉，就表示她當初答應的事純粹是為了哄我開心。

一聲聲的「好高興」都不是發自真心。

「沒關係，你快去吧！晚飯我隨便去便利商店買點東西吃。」

「我會在晚飯前回來的，別擔心！」

我看著千草手忙腳亂解下圍裙的模樣，心想工作果然很有趣，被客人需要、被店裡叫去幫忙，絕對比和已經過去的人一起去逛超市開心多了。

要怎麼打發千草回家前的那段時間真是讓我苦惱。

仔細地看完報紙，再看電視上的八卦節目，大家都在討論聽都沒聽過的年輕明星跟誰交往或跟誰分手，到底和我有什麼關係？長得大同小異，幾乎分不出誰是誰的偶像團體穿著短裙，在螢幕裡載歌載舞。

不知不覺看得睏了，在沙發上打起瞌睡來。

不曉得睡了多久，被電話吵醒。

是千草打來的，以歡快的語氣說：

「我可以跟店長和其他員工吃過飯再回去嗎？」

哪有什麼可不可以，話筒裡傳來音樂，她已經在餐廳裡了。想想也真可憐，以前要吃飯根本不需要徵求我的同意吧。

退休這件事，對夫妻倆都是悲劇。

那天晚上，我一個人吃晚餐。去超市買個生魚片、煎蛋捲、筑前煮（註：以雞肉及各種根莖類蔬菜一起燉的家常菜），再溫一壺酒，簡直是人間美味！

看著電視裡的新聞，一個人悠閒吃晚飯的感覺還不賴。

吃著只要微波加熱就粒粒分明的白飯，喝著只要注入熱水就熱騰騰的味噌湯，真心覺得只要有了這兩樣神器，連妻子都可以不要了！彼此小心翼翼也只是徒增壓力而已。

正當我喝得興起，站起來想以一杯白蘭地為本餐畫下句點時，千草回來了。

回來啦……我突然可以理解妻子嫌棄丈夫的心情了。

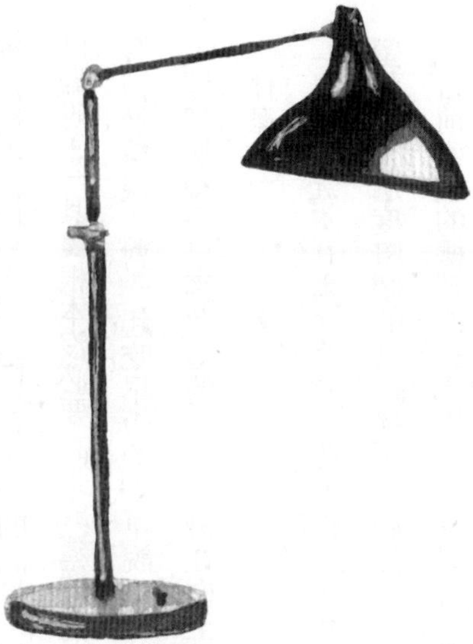

第貳章

一個月過去了，

進入五月的連假，街上人心浮動。

我的每一天都是連假，並沒有因為黃金週而出現任何變化。

我還是想跟千草去泡溫泉、想跟她一起做點什麼，卻隻字未提。因為我不想再從她口中聽到「陪你」或「跟朋友去」這種話。

電視裡正在播報北海道櫻花盛開的訊息，年輕女主播睜大雙眼、扯著嗓門大喊「好美啊！」「好壯觀呀！」其實根本沒必要誇張成這樣，但這就是她們身為「年輕女主播」的工作也說不定。

我指著電視，對一起吃早飯的千草說：

「櫻花無論是已經散落的，還是仍在樹上盛放的，終究是要凋零的……。」

「什麼？」

「良寬（註：日本江戶時代的僧侶）臨死前留下的詩句。」

螢幕裡，過度喧鬧的女主播頭上滿是盛放的櫻花，少許的花瓣隨風紛飛。

「目前盛放的櫻花或許會覺得凋零與自己無關，但也很快就會謝落。意指還留在樹上的櫻花終究會散去。」

千草只漫不經心地回應一聲「嗯哼」，繼續啜飲著咖啡。

「這個年輕女主播也是，即使目前站在第一線，與其他大牌藝人並駕齊驅，也很快就會被其他更年輕的新人取代，成為凋零的櫻花。」

「有道理。」

千草站了起來，將碗盤和咖啡杯移到水槽裡說：

「我先走了，今天得早點到。」

「已經要走啦？還真早啊！」

「因為是連假嘛，非常忙碌喔。那我出門了！」

千草踩著匆忙的腳步出門了。

和她比起來，我真的沒事做，日子過得很無聊。

人生在世，什麼算不幸，無非是沒事幹的每一天。即使是任何人都能勝任的事也無所謂，要是有很多事可以做，該有多幸福啊！

也有人會說「沒事做最好了！真希望能快點沒事做，快點擺脫被事情追著跑的日子」。

他們只是說說而已。這句話背後的意思其實是他們現在過得很充實，每天都有趣得不得了，本人也深知這一點，才敢這麼說。

他們唯一不明白的，是這種充實的日子很快就會結束，還沒領會「櫻花無論是已經散落的，還是仍在樹上盛放的，終究是要凋零的」。

他們壓根沒想過自己有一天會沒事做、會不被這個社會需要。我也是，從來沒想過吃飽飯沒事做的日子這麼快就踩著如此沉重的腳步來到。

這個月過得十分規律，工作曾是我的全部，失去了工作，其實生活想怎麼過就能怎麼過。但是！我才不要過著假日睡到中午才起床、太陽還沒下山就開始喝酒看運動賽事轉播的生活。因為有工作這個重心，休閒和娛樂才能從中得到快感，一旦沒有軸心還這麼做，心情只會更加浮動不安。

這一個月來，我每天早上七點起床、看報，七點四十分與千草吃早餐。千草八點五十分出門上班後，我則負責洗碗盤、收桌子、打掃房間、倒垃圾。

做完這些還不到十點，再來就沒事做了，上午是公司最忙的時候，我卻只能看書。下午也漫長又難熬，我決定等到一點半再吃千草事先準備好的午飯。可是也十五分鐘就吃完，到傍晚又無事可做。在這段期間，就算只是快遞，只要有人按門鈴，都能令我喜上眉梢。

無論再怎麼無聊，我仍堅決不去公共圖書館，也不去散步。圖書館是給老人去的地方，散步也是老人會做的事。

我根據自己的判斷，與「老人化的事物」保持距離。

千草晚餐時一定會問我：

「明天要幫你準備午飯嗎？」

回答「要」就表示我哪裡也不去，千草就必須在出門前先幫我準備好午飯。既然我哪裡也不去，就表示她也得回來煮晚飯，不能跟美容院的同事去別的地方。

就連我也意識到，她每天這句「要幫你準備午飯嗎？」的言下之意是：「偶爾也出去走走嘛！」因此，我偶爾會騙她：「我要去找大學的朋友，中午和晚上都不用準備了。」

這不是體貼千草，而是為了我的面子。

像這種時候，我中午都偷偷摸摸地買便利商店的便當吃，吃完就馬上把便當盒拿出去丟，以免忘了丟被發現。

然後出門走走打發時間。想也知道沒有特別想去的地方，大部分時候都去看電影，這也僅僅是因為很適合用來消磨時間，並不是因為我想看。

我沒有任何興趣，工作是我最大的娛樂。我陪別人打過高爾夫球，但從來不覺得有趣，現在更不會想去。

身邊沒有特別親近的好友，工作夠有趣的話就不需要朋友了。即使是無聊到快發瘋的現在，也不會特別想認識新朋友、拓展交友圈。

我認為人一旦沒事可做，就應該培養出「能消耗時間的興趣」，例如用電腦就能玩的圍棋或將棋、賽馬或自行車比賽等，只要是能一個人完成的事，什麼都可以。

自己也不怎麼喜歡開車兜風或旅行，孫子很可愛，但也不會特別想去找他們玩，工作是我最大的娛樂。

這一個月來，道子來過兩次，還以為我看到孫子會很高興。我是很高興沒錯，只是很快就膩了，我無法成為那種「眼中只有孫子」的爺爺。

晚餐時，道子說：

「爸爸，你要不要去談場戀愛？」

千草拍手贊成：

「說的也是，去談戀愛吧！那些有名的老師不是都這麼推薦嗎？說什麼退休的人更需要談戀愛，談戀愛比什麼都能為生命帶來活力。」

我莞爾一笑，聽過就算了。

誰願意跟既沒有工作、也沒有體力與收入的老人談戀愛，我又不是那種上了年紀還能成為戀愛對象的男人。如果真的有人瞎了眼要跟我發展戀情，大概也只剩下水桶腰的大媽吧！才沒有人會跟一無所有，只有時間特別多的老人談戀愛呢！

更重要的是，被妻女調侃「去談戀愛」這件事本身，就足以證明我已經變成什麼也不是的糟老頭了，說什麼「談戀愛能為生命帶來活力」哪個女人會看上不被妻女當回事的糟老頭啊！

兩個月過去，我終於買了計步器，再不去散步的話，真的會被多出來的時間淹沒。

上班族時代密密麻麻沒有一絲空隙的行事曆，如今一片空白，我不敢再拾起。

從盒子裡拿出計步器，嘆口氣：

「千草，以前的我一天可以走到一萬步以上喔！上下班再加上晚上的交際應酬，每天還要在公司裡跑來跑去。」

千草正準備出門上班，虛應故事地回答：

「這樣啊。」

「去國外出差也是一天到晚都在走路，沒想到已經到了要佩戴計步器的年紀了……人真的敵不過年紀呢！」

「這樣啊。」

「人一辭職真的老得好快呀，我現在大概連五千步都走不了。」

「所以才要戴上這個去鍛鍊啊！那我先出門了。」

「再怎麼鍛鍊，也只是散落的櫻花啊。」

千草舉起一隻手，快步走出家門，這陣子她總是一大早就出門。

把計步器佩戴在腰際，一踏出家門，頓時覺得自己老了許多，這哪是年輕人會帶的東西啊！

正中午，獨自走在洗足池畔，這裡四季分明，美不勝收，是東京都內數一數二的賞櫻勝地，等到秋天，池子周圍的楓葉也讓人目不暇給。

我走了幾步試試，卻一點也不開心。

明知若不接受阿敏的建議，改變對時間的價值觀，重新思考享受人生的方法，只會白白蹉跎這段還算年輕的歲月，卻不知道該怎麼做才好。

我從沒想過沒有重心會讓人這麼心慌，雖然還有「家庭」這個依歸，卻得不到滿足。大概是因為孩子已經長大成人，有我沒我都差不多。

池畔有一座大田區立洗足池圖書館，我不曾進去過，只是當視線不經意望過去，前庭有位年約七十五歲的園丁，手裡拿著剪刀，正動作乾淨俐落地修剪著樹木。

穿著作業服和工作褲、膠底鞋的他發現我一直盯著他看，並未特別瞧我一眼，繼續埋首於工作。我猜，我的注視反而讓他更有幹勁了。

總覺得有股氣堵在胸口，頭也不回地轉身離開，邊走邊想到一件事。

園丁或建築工人這種擁有特殊技術的人很幸福，不用年齡一到就被逼著退休，還能隨著資歷增長進入爐火純青的境界。而且，只要技術和體力尚未衰退，就能一直做下去，沒有結束之日。

我還以為從一流大學進入一流企業才是菁英路線，實際上也一路這麼走過來，但人生原來不是只有這種生活方式……，事到如今，我才領悟到這一點。

上班族的人生操縱在別人手中，要分配到哪個單位全由他人決定，能不能出人頭地也是。我在銀行無法當上董事，雖然原因不只一個，但終究是人為刀俎，我為魚肉。被拔擢薦舉或升職加薪的命運都操縱在人手中，只能走在別人為自己安排好的路上，這算哪門子的菁英路線啊！

如果因此就說不爽不要做，倒也不能這麼任性，畢竟還要養家活口。這麼辛苦走到今天這一步，接下來該何去何從呢？已經不可能再回頭去當園丁或建築工人了……，如果不為退休以後的人生做點計劃，又太虛擲光陰，到底該如何是好呢？

我還想工作，不想做別的事。要不要去職業介紹所看看？這把年紀還找得到工作嗎？我那些傲人的工作經驗反而會成為絆腳石吧！

媒體經常製作「團塊世代創業」的專題報導，介紹一些成功者的故事。然而，有些人適合創業，有些人不適合；有人具有迎合時代的能力，有人則不然。年過六十還要從頭開始創業，除了運氣，還需要體力。世上充斥著「人在想做些什麼的時候最年輕」或「失去幹勁與希望的人才稱為老人」這種迎合大眾口味的說詞，我壓根兒就不信。

我不適合創業。

所以，我不創業。

想找人說說話，決定去找阿敏。

打電話給人在美容院的千草：

「我要和阿敏吃飯，晚點才回家。」

聽我這麼說，千草的喜悅都快從話筒那邊溢過來了。

阿敏住在六本木的鳥居坂，大約七十平方公尺的空間。雖然兼作工作室，但對一個人生活來說還是綽綽有餘。

「你有固定的女朋友嗎？」

阿敏被我開門見山的問題逗笑了：

「沒有固定的，因為我討厭事後變成糾纏不清的關係。不過，女朋友還是有的。」

如果是阿敏，大概就會被當成「談戀愛」的對象了。他是適合穿牛仔褲、留鬍子的知名插畫家，從他名下的大樓住處低頭可見六本木的櫸坂與電視台，就算工作已經沒有全盛期那麼多，依舊是能滿足女人虛榮心的對象。

「壯哥，你每天都怎麼過？」

阿敏問我，邊把紅酒倒入醒酒器，桌上還有高級的起司與橄欖。

即使是被阿敏問到，我也不想回答「沒事做」，只好說：

「嗯，還過得去吧！每天早上送幹勁十足的千草去美容院上班，跟以前完全相反。」

「我從沒想過千草姊會成為美容師，比起給千金大小姐念的女子大學外文系，專門學校還比較有用呢！」

「對呀，我也來當義工吧！」

「有你可以當的義工嗎？如果是園丁或挖井的工人倒是缺得很。」

我只能沉默。

「壯哥，放下面子才能活得比較輕鬆喔！最好把往後的人生與過去的人生分開來看。」

「我知道啦！會慢慢開始。」

「去文化中心或老人大學看看吧！」

「我才不要去那種地方咧。」

「但第二人生就是這麼回事啊！你去了就知道，很好玩，還能交到新朋友！」

或許吧，但我還是不想去。

社區的廣告文宣上介紹了琳琅滿目的免費講座及活動，有「男人的烹飪教室」，也有「查訪社區遺跡之旅」，從「歌舞伎鑑賞會」到「社交舞教室」應有盡有。每天無事可做的我，就連社區的廣告文宣都看得滾瓜爛熟。

問題是誰要去那種地方和同樣百無聊賴的老先生、老太太吃個午餐再回家啊！開什麼玩笑，別把我和那些老先生、老太太相提並論。

我確實想過「即使是任何人都能勝任的事也無所謂，要是有很多事可以做，該有多幸福啊！」但真到了這一刻，自尊心又跑出來阻擋了。

「壯哥似乎對工作還很放不下，但已經回不去了。當然，或許還有合適的工作可以做，只是絕對沒有像你為立花銀行鞠躬盡瘁的那種工作了！這麼說或許很殘酷，但你已是過去的人了。」

這我當然知道。

「我在社區的文化中心開了一門插畫講座，充分感受到退休的男人不是回歸家庭，再不然只有培養興趣一途，這就是現實，所以壯哥最好也早點下定決心喔！」

「嗯……。」

「就我所見，男人起初都是陪老婆來文化中心，因為不知道自己想做什麼，只好看老婆想上什麼課，跟著一起報名。起初就像老婆的背後靈，傻愣愣地跟在後面，然而一旦開始上課，卻畫出很有天分的作品，連我都讚不絕口，於是他們愈畫愈起勁，半年改變一個人的例子我看多了！」

「這樣啊……。」

阿敏對聽什麼都無動於衷的我報以苦笑，陪我喝到三更半夜。

我有點過意不去，臨走前說道：

「我會去報名健身房啦！至少得維持住體力才行，如果是健身房就不顯老了。」

聽我這麼說，阿敏咧嘴一笑，他早就知道了，只有我還不明白，白天的健身房也是老先生、老太太聚集的地方。

第二天早上，我邊和千草吃早餐，邊若無其事地說：

「我今天要去報名健身房，為了接受你的建議去談個戀愛，也必須先把身體練好再來說。」

「哦，這不是很好嗎？健身房有很多年輕的女孩子吧。」

「就算有，誰會理我這種老頭子啊！這陣子，我真的感受到年齡的壓力了。」

千草對我微微一笑，隨即站起來說：

「抱歉，你還在吃飯，但今天有兩組新人要結婚，一早就要幫親戚穿和服，得早點出門。」

千草抓起沙發上的皮包，丟下一句：「健身房的事晚上再聽你說！我想知道。」小跑步地出門。有夠刻意的「體貼」，令人聽了一把火上來，但終究是配著咖啡一同嚥下。一個人吃早飯，連發脾氣的對象都沒有。

聽說丈夫一旦退休待在家裡，夫婦經常會吵架。我們家之所以沒變成那樣，想必是因為千草有工作吧！

早上十點，我去了位於南千束的健身俱樂部「城南 Stella」，決定稍微參觀一下就報名。

九點四十五分開門，才不到十五分鐘，會員們已經穿著五顏六色的運動服，滿頭大汗地跳起爵士舞、用健身器材練肌肉。就連太極拳和草裙舞的教室都客滿了，難道是從開門前就開始排隊嗎？

報名前，我先參觀設備及各個教室，心情愈來愈沉重，與我想像的氣氛截然不同，根本是老先生、老太太的交誼廳嘛……。

仔細想想，平日早上十點就能上健身房的人主要都是退休人士，這不是顯而易見的事嗎？我卻沒想到這一點，這下子我總算明白阿敏昨晚笑得那麼賊的意思了。

看到頂著大肚腩、穿著花俏的運動服，腳步聲大作地跳著有氧舞蹈的老太太，和即使是雞架子也不至於瘦成這樣的老先生，綁著紅色頭巾、卯起勁來槌球的模樣，我當下就決定直接回家，不報名了。

我很清楚自己在旁人眼中也是大同小異的老先生，但總覺得一旦加入他們，肯定會一口氣再老十歲。

仔細觀察，教練們其實都很懂得如何鼓勵年長的會員，為他們加油打氣。

「好厲害！比昨天好多了！太棒了！」不是拚命拍手。

「哇！山田先生，幹得好！」就是像這樣高聲歡呼。

什麼嘛！不就是跳得高了點，有必要這麼誇張嗎？

這很明顯是年輕人面對老年人的態度。我認為這是一種歧視，就像大人會對小朋友說：

「好棒好棒，變厲害會很開心對吧？要加油喔！」

開什麼玩笑。

話雖如此，時間多到不知該如何打發的我，心想游泳池應該還好吧，不死心地向泳池的方向瞄了一眼。

唉……在走路，老年人在女教練的指示下，排成一排，在水中走路。

一號水道到三號水道明明是游泳的地方，卻有一群大媽排排站地泡在水裡，抓住水道的繩子，正專心地在聊天，看起來就像是停在電線上的胖麻雀。

話說回來，即使有例外，為什麼男人一旦上了年紀就會變得瘦骨嶙峋，女人則像吹氣球似地腫起來呢？從這個角度來看，也能理解阿敏為什麼會受歡迎了。

會員們揮汗運動後，想必會和朋友共進午餐再回家吧！

這我可就敬謝不敏了，與其走到這一步，我寧可沒事做。

正打算放棄游泳回家時，有個教練對我說：

「如何，有沒有找到你想做的事？」

看上去還不到三十歲的男教練笑容可掬地問我，我斬釘截鐵地回答：

「沒想到有這麼多老先生、老太太，我可不打算報名。」

他很自然地回答：

「目前七十五歲以上的男性和六十五歲以上的女性加入運動俱樂部的比率超過四成。」

嚇死我了，要是早知道才不會來！

「文部科學省每年都會進行調查，最近的數字也已經出爐，拜愈來愈多的老年人參加各式各樣的健身房所賜，國民的體力和運動能力都提升了。」

「哦，所謂老先生、老太太的運動能力是指不會跌倒或不用拐杖就能走路嗎？」

我故意夾槍帶棍地說，卻見他眉飛色舞地拚命點頭：

「是的！因為年紀大了，運動能力無論如何都會衰退，有在鍛鍊的人和沒有在鍛鍊的人差很多喔！老實說，不能小看來健身房運動的老先生、老太太，而且晚上就會有很多年輕人，有時間的話，也請務必參觀一下晚上的健身房。」

他行了一禮正要走開時，我忍不住叫住他：

「有沒有運動真的差那麼多嗎？」

「差很多喔！我祖父八十四歲，一退休就開始在健身房進行重訓和有氧運動，現在一個人想去哪裡就去哪裡，還在健身房交到很多朋友，晚年過得多采多姿。」

我決定報名了。

我很欣賞那位教練並未一心只想賣課程、死皮賴臉逼人報名的態度，但最主要的原因還是八十四歲能「一個人想去哪裡就去哪裡」這句話。

高中的時候，我根本無法想像自己會活到六十歲，如今真的活到六十三歲，那麼也遲早會有走不動的一天，只希望要借助別人力量才能生活的那天能盡量晚點來，希望能盡量一個人走久一點。

辦完報名手續後，由女教練檢測我的體力及運動能力，為我量身設計從明天開始的重訓計劃。

「低於六十三歲的平均值很多喔！不過只要好好鍛練，體力肯定能恢復。」

沒想到我的體力比平均值還差，報名果然是明智的決定。

放眼望去，有個年輕男人正在做仰臥推舉，年紀約落在三十五歲左右，肌肉勻稱，胸膛厚實，還有張端正的臉，現場只有他一位年輕會員，十分引人注意。

他好像是老先生、老太太的偶像。

「鈴木先生，請幫忙調整一下這台機器。」

「鈴木先生，今天可以一起吃午飯嗎？大家都要去喔，好嗎？一起去嘛！」

居然用這種撒嬌的語氣對他說話。

瞧他那一視同仁，對所有呼叫聲都給出反應的德性，難不成是牛郎嗎？一定是這樣沒錯！長相和身材都很迷人，而且這個時間能來健身房的人，除了八大行業沒有其他可能。

不過那又怎樣?我又不像其他老人是來健身房「交朋友」的,管他是老先生、老太太,還是毛頭小子,都不關我的事。

回家路上,走進車站前的咖啡廳,這家店從以前就有了。在連鎖咖啡廳席捲全國的今日,這家店還在車站前維持著傳統的外觀與風味,比什麼都令人感動。

我坐在靠窗的座位,拿出剛買的書。是石川啄木的《悲傷的玩具》。

為什麼會買下這本只剩下些許高中時學習回憶的短歌集呢?就連我自己也不太明白。我對故鄉的情懷並沒有多到會為了盛岡出了個這麼偉大的詩人而驕傲。

我邊看書邊啜飲著美味的咖啡。

視線望向窗外,正值中午休息時間,街上滿是上班族及粉領族,正走向賣午餐的餐廳覓食。

再想到自己大白天就能悠閒地喝咖啡、閱讀石川啄木的短歌集,我接下來的人生還能留下些什麼呢?還會發生什麼呢?

大概什麼也不會留下、什麼也不會發生吧!我已然是過去的人,未來只剩下葬禮。活到了只希望能盡量一個人走久一點算一點的年紀。

怔忡地看著窗外時，不知怎地，想起新橋的夜晚。

「要不要去喝一杯？」和年輕的部下們說走就走的夜晚。原因是女同事說：「我好想吃炸竹筴魚配啤酒！」搞得所有人腦海中都是炸竹筴魚。

逐一敲開每家居酒屋的門，問人家：「有沒有炸竹筴魚？」忘記問到第幾間，已經快要放棄的時候，終於得到「有啊！」的答案。大家擊掌大笑，舉起啤酒杯吶喊：「為炸竹筴魚乾杯！」的夜晚。

明明還沒到晚上，為何會想起這件事呢？

我眺望明亮的窗外。為炸竹筴魚乾杯……嗎？

來吃午餐的上班族也開始在咖啡廳前大排長龍，我連忙喝光杯子裡的咖啡。

闔上短歌集的同時，一首短歌映入眼簾。

「好想做一件惡性重大的壞事　然後擺出若無其事的表情」

嗯……。

每天早上去健身房的日子過了一個月，千草的心情好得不得了，因為她再也不用問我：「今天要不要幫你準備午飯？」

我不是在那家咖啡廳獨自享用午餐，就是在商店街上亂逛，順便買麵包回家，不需要再讓千草幫我準備午餐，她也能擺脫上班前還得幫我準備午飯的惡夢。

起初十分抗拒成為老先生、老太太們的一員，都是到傍晚左右才去健身房。問題是退休人士吃完早飯就無事可做了，也無處可去。上午是一段會讓人覺得接下來一天漫長到不行的「魔鬼時間」。

我一直努力讓自己的生活過得有規律，某天終於忍不住在早上就開始喝酒，還從上午就開始看電視播放的時代劇，看完直接睡午覺。

另一方面，因為傍晚才去健身房，所以千草必須為我張羅午飯。

有一天，千草終於問我：「你要不要試著做點簡單的料理？」

我才不肯：「做飯是你的工作，所以我才幫你倒垃圾、洗碗盤不是嗎？」

氣氛變得很尷尬。

然後又有一天，我悚然一驚，再繼續這樣一早就喝酒、看電視、睡午覺下去，我的精神遲早會出問題。

只要改成上午去健身房就行了，這麼一來還能討千草歡心。

意識到這點後，我現在都趁「魔鬼時間」去健身房。

也開始跟老先生、老太太聊個兩句，他們都很親切，還會約我這個初來乍到的人共進午餐或找我喝酒。

唯獨這些邀約我沒有答應，只有老人才會除了增強體力以外，還想拓展人際關係。我才不想在這裡交到朋友，所以抵死不從。

倒是那個貌似牛郎的鈴木還是叫什麼來著，年紀輕輕就跟爺爺奶奶處得很好，會和他們去吃午飯，也會去喝酒。

聽聞此事，我愈來愈確信他是個牛郎，但是根據大媽們的小道消息，他好像是正常公司的上班族。

她們特別喜歡調查別人的身家背景，不到一個月的時間，我的學經歷全被她們摸透了。不過這也無妨，就算被挖出來，我的經歷也沒什麼見不得人的地方，只覺得從此以後其他人看我的眼神變得不太一樣。

一如往常地做完重訓、在十一點半離開健身房時，看見一群老先生、老太太擠在大廳裡。

「田代先生，一次也好，跟我們去吃午餐吧！」

「還有兩個人要來，等等一起去吧！」

我笑著拒絕：

「不好意思，我中午有事。」

聚在一起的老先生全都穿著領子鬆垮的馬球衫，再不然就是襯衫加美國牛仔風格的金屬掛飾、搭配球鞋和背包。

老太太不是背著斜背包就是後背包，戴著米白色或灰色的登山帽、穿著長褲，說是「長褲」卻跟時下流行的「長褲」大相逕庭，上半身則是粉紅色或草綠色的螢光色上衣，猛一看還以為是女性國會議員。

我才不想跟這群老人一起吃飯，寧願自己去那家咖啡廳喝咖啡。

走向車站前，忍不住嘆了一口氣。

我要一直過著這種日子嗎？要一直過著只有吃飯、重訓、睡覺的生活，直到不能動為止嗎？還在上班的時候，每天都充滿變化。做的事、見的人、開的會、回家的時間都不一樣，如今每天卻一成不變。

倘若沒有別的生活方式，大概也只能這樣下去了。

聚集在健身房大廳的老太太中，也有年紀與千草差不多的女性，但千草漂亮幹練多了。即使同樣都穿著便宜的家居服，也是千草的配色比較有品味，更不會刻意假裝年輕。

果然是因為還在工作的關係嗎？才沒有與社會脫節。

那我又是什麼德性呢？深橘色的馬球衫搭米白色的卡其褲，加上經常帶去打高爾夫球的皮革波士頓包和球鞋。

衣著與還在上班的時候沒什麼差別，大概……不對，一定已經開始散發出老人氣息了。即使我對自己還很有信心，但看在旁人眼中，肯定已經與大廳裡的老頭子無異了。

我才六十三歲。

不能再這樣下去，努力找，應該還找得到工作！不管什麼工作都好，拋開學經歷和自尊心，努力地找吧！

當我正感到一股有如血液逆流般的焦躁，有人從背後大聲喊我：

「田代先生！」

回頭看，鈴木正從某輛車窗探出頭來，那是超高級的英國車賓利，最便宜的等級也要兩千萬日圓以上，聽說他是普通公司的上班族，難道是要去社長家接人嗎？

賓利的銀色車身安靜無聲地停在我旁邊，司機立刻打開車門，鈴木走下車：

「我今天沒辦法去健身房，結果一直接到電話，要我至少去吃午餐。我現在正要過去，田代先生要不要也一起來？」

賓利是鈴木的車嗎？

格子襯衫加牛仔褲——怎麼看都不像可以穿去接社長的服裝。

「要是您肯一起來，大家一定會很高興！簡餐店的老闆每次都會免費給我們一個包廂，請務必賞光。」

鈴木抓住我的手臂，強行將我塞進賓利，然後以迅雷不及掩耳的速度對開車的司機說：

「我大約一個半小時後回來，在車上等我。」

「遵命，等等是要去大手町嗎？」

「嗯，後面的會議會弄到很晚，你送我到帝國飯店就可以回去了，回家很麻煩，我今晚就直接住下了。」

「遵命，那麼明天早上再去帝國飯店接您嗎？」

「就這麼辦，啊！田代先生，您願意賞光，我真是太高興了！」

看樣子他不僅是這輛高級進口車的主人，還有司機接送上下班，這個才三十出頭的男人究竟是何方神聖？絕對不是普通的上班族。

我從賓利的後座偷瞄鈴木，當時根本沒料到接下來的命運會跟他產生密切的關係。

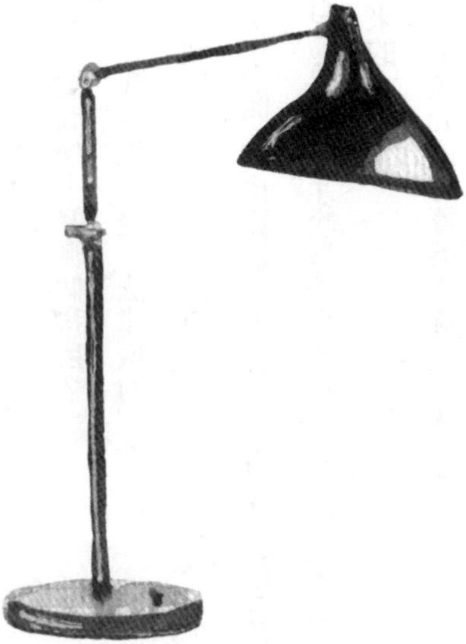

第參章

鈴木早就知道我在立花銀行的子公司待到退休，也知道我在總部只差一步就能爬到高階幹部的職位，大概是那群熱愛八卦又口無遮攔的大媽說的。

「田代先生，您這麼年輕就退休了，應該很想趕快接著工作吧！」

鈴木直指問題核心。

「不不不，我退休至今才三個月，不僅有很多想做的事，也想好好享受不用上班的生活。」

「說的也是，田代先生是東大畢業對吧？」

「嗯，對呀。」

「請問您主修哪個科目？」

「我『也算是』法律系的。」

我邊回答，邊心想自己也變成這樣啦。不知道為什麼，東大畢業的人在說話時都會加上「也算是」，像「『也算是』東大畢業」或「『也算是』法律系」，甚至還有人回答「『也算是』從赤門（註：東京大學朱紅色的側門具有百年以上的歷史，是其代表性的象徵之一，可以用來代表東大）出來的」。

眼高於頂的菁英意識大概就表現在這句「也算是」上。其他大學畢業的學生就不會這麼說，雖然也有一些私立大學的學生會說「我『也算是』醫學系的」。

我一直覺得硬要加上「也算是」這三個字的傢伙很討人厭，沒想到事到如今，我也成了會說出「我『也算是』法律系」這種話的人。

已經充分感受到，像我這種無所事事的人，不管是不是從東大法律系畢業，人生走到盡頭都沒有太大差別。而我現在終於也加上「也算是」三字，流露出不堪入目的菁英意識。

司機以不確定的語氣說道：

「前面好像出車禍了，完全無法前進。」

鈴木看著我說：

「從這裡走過去不用十分鐘，但我想利用這個機會跟田代先生聊聊天。」

「無妨。」

「田代先生，這樣不是很可惜嗎？您還很有工作能力，在東大及銀行的人脈也很廣吧！」

「好說好說，我已經工作一輩子，已經足夠了，我一直以正面迎擊的戰鬥模式一路打拚過來，現在輕鬆多了。」

「好厲害啊！能一直處於戰鬥模式。」

「沒錯！我一出手，對手就會退縮。因為一旦表現出弱勢，對手必定會展開攻擊。」

鈴木深感佩服地猛點頭。

我不禁沾沾自喜地說：

「我也曾經以戰鬥模式在國外飛來飛去，所以，已經忙夠了。」

「主要去過哪些國家呢？」

「我在歐洲和美國都工作過，不過因為是業務開發部的人，基本上還是以拓展亞洲市場為主，『也算是』全亞洲都跑遍了。」

又加上「也算是」了。

對方根本沒問我在國外做什麼，卻差點自顧自地提起當年勇，連忙對自己踩煞車，幸好在這方面還有自制力。

「鈴木先生從事什麼工作？」

這是我最好奇的事，這輛賓利是非常貴的等級，要價可能將近三千萬圓。

「跟田代先生比起來實在不值一提，我只有從三流私立大學的企管系畢業，承蒙某家名不見經傳的科技公司錄用。」

他口中的大學在我那個時代確實是三流學校，也從沒聽過他提到的公司名稱。

「我今年三十八歲，二十六歲的時候自己出來創業，成立線上購物公司，也著手開發軟體。這行業競爭相當激烈，不曉得什麼時候會被淘汰，所幸撐到了現在。」

「我不是因為鈴木先生發展得很好才這麼說，但自己出來創業真是很有魄力的抉擇。」

「真的嗎？您真的這麼想嗎？」

「那當然，比起『唯一』，人還是當個『第一』比較好。」

我知道鈴木正以犀利的眼神看著我。

我假裝打哈欠，遮住半張臉。感覺自己想成為『第一』卻功敗垂成的複雜心情快要無所遁形了。

人生在世，成為『唯一』才是最重要的！

但在社會上，除非具有非常特殊的能力，否則就算成為『唯一』也毫無意義，因為可以代替你的人要多少有多少，世人早已習慣世代交替了。

不過，就連『第一』也江山代有才人出，這就是社會的推進，直到如今，我才恍然大悟。

「鈴木先生，至少你做到無悔於自己，畢竟社會上充滿可替代的人事物，你能夠下定決心創業就已經很了不起了。」

「田代先生後悔嗎？」

「這倒沒有。」

我只能說得斬釘截鐵。

既然已經辦完退休這場生前告別式，再說什麼都是後悔。

過不了多久，賓利安靜地停了下來，司機打開車門，為多花了點時間才抵達目的地賠不是。

果然是家平凡無奇的簡餐店。

已經有八個老先生、老太太坐在老闆免費給他們使用的包廂裡。

「太慢了！怎麼這麼久。」

「真的假的！田代先生也來啦。」

「好高興啊，啤酒再多一杯！」

「就算在健身房揮汗運動，一旦喝了啤酒又會變成鮪魚肚喔！」

包廂裡響起歡快的笑聲。

這麼無聊的玩笑話到底哪裡好笑了？但鈴木卻和大家一起笑，推了中年女侍的肩膀一把。

「只是喝杯啤酒有什麼關係！我可是專門為了午餐大老遠趕來喔，還把田代先生也帶來了，我們是用跑的過來，當然要喝！」

鈴木俏皮地打圓場，似乎不想讓大家知道他坐擁賓利和司機的事。

鈴木點了豆腐燉肉定食，我也比照辦理。白飯、味噌湯、沙拉、醬菜、咖啡全部加起來才七百圓。

用啤酒乾杯後，有人問我：

「田代先生有什麼想法？我們剛才一直在討論，有些東西年輕的時候看不見，老了之後才會發現。」

我委婉陪笑，不予置評，這話題也太無聊了！

「田代先生也明白一個人活不下去吧！」

見我笑而不答，老先生、老太太自顧自地開始發表高見：

「沒錯，到了這把年紀我才發現，光靠自己是活不下去的，多虧有身邊的人，我們才能活著。」

「這就是所謂年輪的滋味嗎？」

唉，果然不出我所料，又在說這些老掉牙的陳腔濫調。

什麼「一個人活不下去」，什麼「多虧有身邊的人，我們才能活著」，話是這麼說沒錯，但我極其討厭這種中老年人喜歡掛在嘴邊的老生常談。

心想接下來就要提到「退而不休」或「得到活力」之類的感悟了，果不其然。

「我啊，自從開始來健身房就變了一個人，光是見到大家就能得到活力！」

「我也是啊！雖然已經七十過半了，但是只要我還能動，就要繼續來健身房！」

「大家要永遠保持退而不休喔！」

我覺得好尷尬，一個勁地低頭戳豆腐燉肉。

「上完健身房，像這樣與各位共進午餐，感覺就能保持自我，真不可思議⋯⋯。」

「我也是！一天沒來，就覺得自己不再是自己了。」

「嗯！只要保持自我風格，就能帶給周圍的人笑容呢。」

哇，真是太肉麻了！好想大喝一聲：「少在那邊說那種只有偶像才會說的話！」

鈴木似乎想到什麼說：

「我被朋友逼著買了幾十張戲票，大家一起去看吧！如果是下週五去，晚上那傢伙還要舉辦餐會，順便去吧！」

所有人都高聲歡呼：

「每次都承蒙年輕的鈴木先生主動約我們，真是感激不盡。」

「真的。可是……我可以去嗎？」

「當然可以啊，好，就這麼決定了！」

看見鈴木一拳擊在掌心裡，我趕緊說：

「不好意思，我這陣子比較忙，就不去了。」

光是和這群人共進午餐，便覺得自己愈來愈像個老頭子，再跟他們去看戲還得了。

上了年紀的人經常把「承蒙邀請」掛在嘴邊。

自己已經派不上用場了，年輕人還願意邀請自己，心中的感謝都表現在「承蒙」這兩個字上。

「承蒙」個頭，有必要這麼貶低自己嗎？

還有「我可以去嗎？」也好不到哪裡去，這擺明是希望對方說「當然可以啊」既然是對方主動邀請，根本沒必要說這種話。

我實在不想看見一群老年人在年輕人的餐會上嬉笑怒罵的樣子。更何況，和這種人在一起，還會沾染上老年人的氣息與遣詞用字。

對於當場拒絕去看戲的我，鈴木什麼也沒說。

吃完午餐，回到沒有半個人在的家裡，心情跌落谷底，因為回家也無事可做。千草回家前的時間，我只能看書和電視，還打掃了房間，但只有兩夫妻生活的起居空間也髒不到哪裡去。

東京旅行社寄來的白色信封躺在大樓的信箱裡，由以前在銀行上班時的顧客先寄到銀行，再從銀行轉寄過來。

打開一看，是股東常會後的新任幹部人事通知，從會長到客座監察人，名字密密麻麻的一長串。

最後以比螞蟻還小的字體印著：「另外，山本則彥卸下常務執行董事，佐田弘、足立和幸分別卸下董事的職務」。

我認識這三個人，與他們共事過，也曾一起吃過飯、喝過酒。

這樣啊，他們也退休啦！不管未來是去別的地方工作，還是跟我一樣變成無業遊民，總之都成為「過去的人」了。「過去的人」不只我一個，這點令我感到寬慰。

話說回來，這種虛應故事的通知，還用那麼小的字體印刷是怎麼回事？就這樣草率為別人的職業生涯畫下句點嗎？不過我連這種通知都沒有，職業生涯就結束了。

坐在客廳的沙發上，拿起電視遙控器。

轉來轉去，每一台不是口齒不清的女主播，就是藝人們七嘴八舌地吵來吵去。

沒過多久就關掉電視，手裡覺得空空的。

打算再度重讀已經看過的早報時，門鈴響起。

「我是日本橋百貨公司的人。」是個年輕男人的聲音。

過了一會兒，男人搬了一個扁平的盒子和玫瑰盆栽進來。

盆栽裡綻放著幾朵淺紫色的花，上頭寫著：

「慶讚中元　紫倶樂部」

對了，中元節到了。

我這才意識到這件事，走進廚房。

往年都會收到堆積如山的禮盒，今年卻沒有，實在不勝唏噓。

只有加油站送的、綁上「慶讚中元」紙條的毛巾，以及附近酒商送的一瓶橄欖油。

我回到客廳，解開「紫倶樂部」送的玫瑰花。

雖然是子公司，但我直到去年還是專務，背後有立花銀行這棵大樹，還有讓各關係企業、客戶、酒廊或俱樂部送中元禮品的價值。

一旦淪為「過去的人」，不再有任何利用價值之後，原來會被這麼冷酷無情地切割啊！盒子裡裝的是岩燒海苔，果然也是「中元禮品」。寄件人是「每日時報事業部『街道上的英雄們』事務局」。

我擔任足以代表日本全國性報紙所主辦的「街道上的英雄們」評審委員已經有十年以上的歲月。

這個活動是以毛遂自薦或由別人推薦的方式，甄選持續在全國各地進行在地深耕活動、幫助別人、建設鄉鎮的人或團體，對其授與獎項。

一共有八位評審委員，包括製造業、銀行、出版社、教育界在內，陣容十分堅強。

我會參加每年召開兩次的評審委員會，出席一年一度的頒獎典禮及慶祝酒會，光是這樣就能了解社會脈動，評審委員彼此之間熱絡的交流也很有意思。

還在立花銀行上班的時候，四、五種委員會都有我的名字。當我轉籍到子公司，則全部變成「任期屆滿」，不再續聘。

當時我就知道了，所有人來找我都不是因為「田代壯介」這個人，他們要找的是「在大型商業銀行擔任要職的人」。當我淪落到只有三十名員工的子公司，就算名字出現在評審委員名單上，也無法為他們帶來任何亮點或好處。

在這樣的情況下，只有「街道上的英雄們」委員會，即使我去到子公司、即使我退休了，仍然沒有拋棄我。裡頭有比我年長的大學榮譽教授，也有比我年長的畫家及演員。

結果，送給我的中元禮品，除了我還在籍的每日時報外，就只有「紫俱樂部」送來的花。

千草什麼也沒說，就表示沒有收到其他東西。

我並不是想要禮物，而是不想面對自己已是「過去的人」這個事實。

我將玫瑰花擺在窗邊，對玫瑰花說：「總有一天，我一定會再去店裡光顧。」

然後重新向「街道上的英雄們」表示感激，發誓我一定會更用心評審。

退休至今三個月，最近已經搞不清楚活著到底是幸還是不幸，但我很清楚自己需要什麼，那就是工作，我需要去固定的地方、做固定的事。

老實說，我很後悔，就算被貶到哪裡去、就算被年輕人視為眼中釘，也應該在公司裡留到六十五歲。

話雖如此，我也知道留下來的同期做的事根本稱不上工作，簡直與打雜無異，對年輕後輩也得小心翼翼。

我因為自尊心不允許，拒絕延長雇用期間，但「過去的人」連與打雜無異的工作都沒得做。

考慮到現在每天的心理狀態，自尊心又有何意義？

但僅存的自尊心也不允許我說實話，所以打死我也說不出口。

不過就算繼續留在公司裡，也只能做到六十五歲，頂多再兩年。實在沒必要為了短短兩年拉下老臉的想法總是讓我陷入兩難。

空蕩蕩的雙手無所依歸，翻開《一握之砂》。

在那之後，我成了石川啄木的忠實讀者，短歌集很好看，雖然沒什麼用處，與過去的我八竿子都打不著，但現在的我不想看男人們發光發熱的商戰小說或記實作品。

翻到一首：「身心舒暢的疲勞呀　連氣也喘不過來　這是工作後的疲累」。

雖然是明治四十二年（一九〇九年）的作品，讀來還是令人心有戚戚焉。

解說寫著：「這時啄木擔任東京朝日新聞社的校對，工作十分穩定，加上還有文藝雜誌《昴》的工作，忙得連抽菸的時間都沒有，想必很充實吧！」

然後引用啄木的日記：

「什麼工作都行，忙碌了一整天以後的心情非常舒暢，這就是人生真正深刻的意義吧！」

深有同感，比男人在商戰小說中發光發熱更令我有所共鳴。

晚上，千草心無旁騖地剪下流行雜誌裡的報導，做成剪報。

我閒著沒事做，無處可去的視線落在她身上，她被我看得不自在：

「你去看啄木的短歌集嘛！」

「白天已經看了一整天，不想再看了。」

「是噢。」

「你蒐集那些剪報要做什麼？」

「留著參考。」

「有參考價值嗎？像模特兒那麼漂亮的人不會去你那家店吧！」

「或許吧，誰要先去洗澡？」

千草停下剪報的作業。

「像你就好了，有工作可以做。哪像我，這陣子都開始思考活著到底是幸還是不幸了。」

「大家都一樣吧！誰要先去洗澡？」

「沒有大家都一樣吧，我真想從十五歲重新活一遍，這麼一來，我才不會進大型商業銀行工作呢！」

「我先去洗澡。」

「你都沒想過要重新活一遍嗎？」

「沒有。」

「這也證明我已經是個糟老頭了，真不想變老啊！退休後總覺得這裡痛那裡痛，渾身都不對勁。」

「大家都是這樣的。」

「年輕的時候啊，就算受到再大的打擊，也能發誓要力爭上游、給對方好看。可是一旦上了年紀，連給對方好看的機會都沒有了。」

「我要去洗澡了。」

「我真心覺得，要是人類也能像昆蟲那樣，生殖完就死掉，那該有多好啊！」

「我真的要去洗澡了。」

「我今年才六十三，卻覺得六十五已近在眼前，感覺好像已經六十五了……。」

千草沒回答，丟下做到一半的剪報出去了。

正值梅雨時節，今天也跟平常一樣去健身房，回家時特地去了一趟新宿，看了一部不想看的電影。

雖說老人票只要一千一百圓，用來打發時間還是有點貴。

以前有家名為「名畫座」的電影院，忘了花五百圓還是七百圓就能連看三部電影，我邊嘀咕：「以前人真不愁怎麼打發時間啊……。」邊走在人群裡。

我幾乎都在新宿看電影。

絕不去有樂町或銀座，擔心在那裡可能會遇到立花銀行的部下（註：有樂町和銀座在立花銀行總部大手町附近），所以刻意避開。我才不想成為他們茶餘飯後的話題，像是「田代先生白天就在看電影喔！」或「田代先生看起來好像很悠閒地在街上逛，老了好多呀！」之類的。

打算在百貨公司地下街買晚飯回家，搭手扶梯下樓時。

「羅漢？」

有人從背後拉住我的衣袖。

「是我啊！二宮勇。」

我立刻想起來了，二宮是我南部高中的同學。

「羅漢」則是我高中時代的綽號。

盛岡市有個名叫茶畑的小鎮，鎮上有片林立著十六座巨大羅漢石像的原野，如今命名為「羅漢公園」，但是並沒有整修得太過於現代化，還保留著當初的風貌。

十六羅漢打造於江戶時代鬧饑荒的時候，經歷颱風及大雪都屹立不搖，雷打不動。

高中時代，我的強勢看起來大概也是處變不驚、從容不迫，就像十六羅漢那樣，所以不曉得什麼時候開始有了「羅漢」這個稱號，但也只有南部高中的夥伴會這樣叫我。

二宮和我同班，當時也一次就考上東大文學系，雖是同一所大學，但科系不同，不知不覺就疏遠了。

「二宮，真虧你能認出我來！」

「我一眼就認出來了好嗎？上次在『在京南部會』見面是什麼時候來著？」

「三十出頭的時候吧！我只去過一次，所以絕對不會錯。」

「這樣啊，快三十年不見啦，好久啊！」

我下意識地慶幸今天穿的是名牌馬球衫和條紋棉質外套，還好不是以糟老頭那種鬆鬆垮垮的衣著見到三十年不見的老同學。

事實上，我高中時代樣樣比二宮優秀，無論是成績、運動、還是女人緣，之所以能表現出羅漢般不動如山的鎮定，也是源自於這方面的自信。

而且我考上相當於東大招牌的法律系，二宮則是中途才把志願換成文學系。

還記得我們並肩走在北上川河畔，二宮有氣無力地笑著說：「我考不上法律系，羅漢，交給你了！」

如今我正左右支絀地在地下街的熟食賣場買晚餐，幸好不是在那裡被撞見，而是在手扶梯附近，真是老天保佑！

「二宮，我今天有時間，要不要去喝一杯？」

我刻意強調「今天」二字。

「好主意，但我今天晚上要到十點才有空，十點以後才開喝會不會太晚？」

「不會，我先隨便找個地方打發時間。」

「既然如此，羅漢，不如你跟我一起來！」

「去哪裡？」

二宮帶我去水道橋的後樂園會館。

我在隔壁的東京巨蛋看過幾次巨人隊的棒球賽，但還沒有去過後樂園會館。

二宮說：

「晚點再慢慢喝、慢慢聊。」

根據一路上聊到的內容，他四十八歲從自由貿易離職，自由貿易是足以代表日本的一流貿易公司，離職後在老婆娘家開的小工程公司幫忙。

同時也身兼拳擊賽的裁判，每個月平均四次，一年共五十場比賽。

「一天的酬勞頂多只有一萬多圓，根本賺不到幾個錢。」二宮笑著說。

從大學時代就疏遠了，不知道他後來的狀況，我問他：「你是從大學開始學拳擊嗎？」

「對呀！我好像還挺有天分的，在關東大學錦標賽獲得亞軍喔。」二宮頗為自豪的說。

第一次踏進後樂園會館，場地雖然又舊又小，卻散發出一股獨特的味道。

這裡被稱為「拳擊的聖地」，大廳裡掛著歷代世界冠軍的照片，年輕的原田政彥、大場政夫、具志堅用高等人都擺出拳擊姿勢。

二宮不曉得下了什麼工夫，讓我坐在擂台邊的最前排。

「那就待會見啦！我在電梯前等你。」

然後小跑步地離開了。

初次在現場看的拳擊賽非常震撼。

男人們在與我八竿子打不著的世界裡拳拳到肉地互毆，這些畫面令我飽受衝擊，但二宮的身影更是深深地震撼了我。

他穿著淺藍色襯衫、蝴蝶結領帶的裁判制服，真的像隻蝴蝶似地在擂台上飛舞，以不放過絲毫破綻的銳利眼神緊盯著兩位選手，輕快地移動，時而分開扭抱成一團的選手，時而趴在地上倒數計時。

不一會兒，其中一位選手眼睛上方狠狠地挨了一拳，噴出鮮血。二宮宣布比賽暫停，同時請醫生上台為傷者診治。

觀眾席傳來此起彼落的咆哮：

「別因為這點小傷就暫停比賽！」

「還可以繼續吧！」

「裁判，你在搞什麼！」

明明不是世界盃，也不是日本的拳王之爭，拳擊迷的熱情真不是蓋的！醫生認為還可以繼續比賽，二宮讓兩位選手站到擂台中央，重新開始。觀眾席響起如雷貫耳的掌聲與歡呼。

然而，重新開始沒多久，二宮就擋在兩位選手之間，宣布比賽結束。

「還沒到結束的時候吧！」

「裁判，你給我振作一點啊！」

在一片怒吼與喝倒采聲中，勝利的選手來了個後空翻，高舉拳頭，仰天長嘯。二宮附在他耳邊不知說了什麼，他突然安靜下來，於是二宮高高地舉起他的手。

贏家立刻走向輸家，與鼻青臉腫的輸家互相讚美了一番，向拳擊會長及助手恭敬地行禮致意。二宮站在擂台上，以慈愛的表情不發一語地看著兩位年輕的拳擊手。

隔了一場比賽的下一場比賽，二宮這次是台下的評判員，一共有三位評判員，針對每一回合打分，分出勝負。

開始比賽前，二宮笑著與世界盃時會在電視上看到的拳擊會長及世界冠軍打招呼。然後看了我好幾次，彷彿在問：「好玩嗎？」

我打從心底羨慕二宮。

自己對拳擊只有很粗略的知識，對世界盃也沒有興趣，頂多只是看新聞時順便瞄一眼的程度。

然而，我今天才明白裁判這項工作的責任有多重大、掌握著年輕選手的命運。

二宮在來這裡的路上說過：

「我現在除了擔任裁判的日子外，平日都會跑三公里，假日則跑十公里。為了體會選手的心情，還會配合比賽稍微減重喔！比賽前一天不喝酒，雖然我不用上台比賽，但是真的很尊敬選擇拳擊這份血汗工作的選手……。即使已經六十三歲，為了保護他們，我也得努力才行！」

我在後樂園會館只記得注視閃閃發光的二宮。

比賽結束後，我們在神田的日本料理店「漁樂洞」相隔三十年再次舉杯共飲。二宮好像是這裡的常客，告訴我老闆娘來自盛岡，店裡有很多岩手的食材。

開場白與學生時代的回憶都不是我關注的重點，一乾完杯，我立刻問二宮：

「你為什麼要辭去一流公司的工作，改行當裁判？」

二宮在東大主修社會學，原本在自由貿易總公司總務部的人事管理課工作。

「我曾被調去企劃部一次，但很快又被調回去，後面就一直從事人事管理的工作。二十五歲以前還會去拳擊俱樂部，之後重心逐漸以工作為主。因為工作要有責任感，投身其中也很有成就感、還很有趣。」

「既然如此，為何四十八歲就辭職？」

二宮沉默不語。

過了好一會兒，二宮為自己倒了一杯岩手當地的酒說：

「一直待在人事單位，難免會看到很多不合理的地方。顧名思義，要快刀斬亂麻地處理人的問題、揣摩上意，拔擢某些人、踢掉某些人。」

「組織都是這樣的。」

我想到自己，強裝平靜，不動聲色地說。

「沒錯，人類社會就是這麼運作的，有些地方不這樣就無法運作了，這世界就是這麼回事。」

只是當我三十一歲的時候，也曾經想過絕不讓人生結束在「就是這麼回事」的情況下。我為岩手的短角牛肉沾上山葵。

「我的上司姓稻垣，職位卡在一個瓶頸，無法再往上升，反而是人望、成績、判斷力等樣樣不如他的淺川爬到比他還高的職位。淺川還有一段時期因為生病請長假，病好了回來上班、然後又請假……，儘管如此，還是淺川上位，而不是稻垣。」

「這種情況很常見。」

「可是，公司內卻發生了大地震。」

「你的上司，稻垣怎麼了？」

「因為與那個沒安好心的淺川是同期，結果被貶到子公司當專務了。」

跟我一樣，這種事很常見。

「雖然是擁有表決權的專務，但子公司小到根本沒有足以行使表決權的案子。明明是那麼有能力的人……。」

二宮喝光杯裡的酒，接著說：

「有一次，淺川帶了兩個部長級的部下和稻垣一起辦招待總公司董事的餐會，我被當成跑腿的使喚，在隔壁房間待命。」

二宮為了看酒還夠不夠，走進隔壁房間一看，不看還好，一看眼鏡都跌破了！

淺川坐在董事旁邊，背後是壁龕，再來的上座是兩位部長，稻垣屈居末座。

那兩位部長原本是稻垣的部下。

「一旦被貶到子公司，就算是以前的上司，也只能敬陪末座，大家都在聊天，只有稻垣看起來侷促不安、特別不自在。回去的時候，還來我待命的房間，對我說：『差不多該叫車了』。」

二宮直言不諱地斷言：

「那一刻，我非常深刻地感受到，人一定要找到可以帶著自豪邁向終點的路！」

這句話一針見血地刺穿我的胸口。

企業這種鬼地方為了讓員工做牛做馬，不惜把人捧上天，等到年紀大了，再重重地甩向地面，最後還留下「過去的人」烙印，是要怎麼帶著自豪走下去！

「我懂你的意思，可是你三十一歲就看到這一幕，結果還是待到四十八歲，你的自豪哪兒去了？」

二宮笑著回應我這句酸溜溜的諷刺：

「我的自豪就是下定決心：『在公司裡不出人頭地也無所謂！』只是因為我還有一個兒子要養，老婆哭著求我至少忍到孩子大學畢業。」

二宮一面留在公司賺取穩定的收入，一面摸索如何以業餘的身分從事與拳擊有關的工作。

他說光靠這樣無法生活，但終其一生都能做自己喜歡的事，很值得自豪、也很快樂。

「於是我邊上班邊在熟識的拳館教初學者，也有幸能在拳擊雜誌上寫專欄。兒子三月大學畢業，我四月就辭職了。」

幸運的是老婆娘家就是工務店，辭職後可以在那邊工作。

「老婆在家開電腦教室教老人電腦，兒子自立了，我也還在工作，羅漢你呢？」

我不想說，又不能不說：

「嗯，我在立花銀行幹到退休，目前過著晴耕雨讀的生活。老婆有她喜歡的工作，女兒也嫁人了，日子過得很順心。」

大部分都在說謊。我是在子公司待到退休沒錯，但日子過得順心才有鬼！

「羅漢從高中時代就一直跑在最前面，真的在一刻不能鬆懈的大型商業銀行做到退休啊！現在過得很順心，真是太好了！」

在二宮與高中時代無異的溫和眼光注視下，我不由得好想哭。

乾脆全部告訴二宮好了，如果是這傢伙，想必能完全理解我的心情，但還是拉不下臉來，不動聲色地把話題丟給二宮：

「你是怎麼當上裁判的？光是學生時代打過拳擊，就能當裁判嗎？」

二宮解釋過去一直沒有公開召募過裁判，直到一九九五年，日本拳擊協會才又開始實施對外召募的考核。

「我心想機會來了！立刻報名參加，並在二〇〇二年取得 Top Rank 的 A 級資格。A 級裁判也可以當世界盃的裁判喔！」

一九九五年是我成為總部的企劃部副部長那年。當時我四十多歲，生龍活虎地走在通往董事的康莊大道上。

與此同時，二宮早已看破社畜人生，跑去參加拳擊裁判的考核。

就在我覺得「人生已經結束」的隔年，二宮挑戰 A 級執照，而且還考過了。

「裁判沒有規定什麼時候退休嗎？」

「基本上是到七十歲，不過沒有明文規定，有時候由力量或人格受人尊敬的年長裁判上場，反而能讓氣氛更加莊嚴肅穆。我在年齡上也算是長老級的裁判，但還有幾個年紀比我更大的人喔！」

「你剛才對興奮到後空翻的選手說了什麼？」

「我要他考慮一下落敗選手的心情。」

「這樣啊，這句話讓選手的態度都變了，真是個神奇的世界啊！」

「我也這麼覺得。」

「我認為你最了不起的地方，是在那片怒吼和噓聲中，還能毅然決然停止比賽，而且醫生都允許比賽繼續進行了，你高中時代沒有這麼堅強吧？」

「選手真正受到傷害的是膝蓋，不是臉，再繼續比下去可能會出人命……只有裁判能停止比賽，醫生和坐在評分席的評判員都無權阻止。喊停的時機真的很難判斷，但裁判要對選手的未來負責，我絕對沒有誇張。」

我知道自己到這把年紀，徹底輸給二宮了。

不到蓋棺論定那一刻，勝負都還在未定之天，更重要的是，人生不能用勝負衡量，考慮到現在的生活方式，被別人需要的二宮顯然比我充實、快樂多了。

或許還有人會嘴硬地強辯「人生沒有勝負」，但這是錯的。

輸了就是輸了。

這是我的真心話。

我用手制止還想繼續詢問我近況的二宮：

「已經很晚了，下次再好好跟你聊我的事。」

二宮點點頭，歡迎我隨時打電話或傳簡訊給他。

「我有一個夢想。」

臨走前，二宮目光堅定地說：

「我想當男子組世界盃的裁判！我當過女子組世界盃的裁判，心想總有一天要當男子組世界盃的裁判，要是哪天我的夢想實現了，一定招待你去看比賽！」

二宮到了這個年紀還在談「夢想」，我卻用「生前告別式」來形容現在。

我輸了，輸得十分徹底。

這也是我的真心話。

回到家，一屁股坐在沙發上，千草在洗澡。

我仰望天花板，腦中一片空白，二宮神采奕奕的表情在腦海中浮現又消失。

人生會走到哪一步真的難以預料。

我又會變成什麼模樣呢？

變成「過去的人」已是事實，但我還想工作，不想把餘生花在興趣上。歸根究柢，我是否只能像這樣無所事事地直到死為止呢？

「哎呀，你回來啦！」

千草邊擦頭髮邊走進客廳。

「餓不餓？吃過了嗎？」

「吃過了。」

「那要不要喝啤酒？」

我望著天花板，懶得回答。

「要去洗澡嗎？」

我還是沒回答。

千草雙手扠腰站在我面前：

「我老早就想跟你說了，你在陰陽怪氣些什麼？你打算這樣怨天尤人、顧影自憐到什麼時候？所有人都會走到退休這一天，是你自己不想續聘吧！明明是你自己決定的事，又在那邊自怨自艾，不要把你的抱怨和陰沉傳染給周圍的人好嗎？」

「我又沒有要傳染給誰。」

「你就是在傳染。」

千草的眼睛都快噴出火來：

「我一直忍耐到現在，終於覺得不說不行了。跟你說什麼，你都不理不睬，每天頂著一張陰沉的臉，開口閉口就是上了年紀、這裡痛那裡痛、渾身都不對勁之類的廢話，再不然就是長吁短嘆地提當年勇，說什麼想從十五歲重新活一遍。想也知道不可能再回到十五歲，這不是喪氣話是什麼！」

「這種話我也只能跟你說了，你就不能體諒我一下嗎？」

「我就是因為體諒你才一直忍到現在，但也已經忍到極限了！每天從一大早就是什麼『留在樹上的櫻花終究要凋零』，到了晚上則有嘆不完的氣、發不完的牢騷和提不完的當年勇。你知道我每天七早八早出門是為什麼？因為我不想聽你倒那些苦水。既然是你自己決定要過這樣的生活，就想辦法消化自己的情緒啊！」

「真不好意思啊，給你添麻煩了，既然你嫌我煩，那我搬出去好了。」我放狠話。

千草毫不留情地頂回來：

「好啊，請你出去！反正我也不想和現在的你共處一室。」

千草丟下這句話，氣沖沖地走向臥房。

這棟大樓是千草父母給她的房子，登記在她名下，要出去只能我搬出去，但我無意搬走，頂多是去飯店住幾天，等風頭過了再夾著尾巴回來。

我走進臥房，向背對我躺在床上的千草說：

「我這就去公園挖個洞，對地洞發牢騷，這樣就不會給你添麻煩了。」

伊索童話裡，有個不敢說「國王的耳朵是驢耳朵」的男人對地洞傾訴祕密，因此變得輕鬆的故事。

千草依舊背對著我，一句話也不說，但肩膀稍微抖動了一下，大概是在憋笑。

我回到客廳，仰望窗外的夜空。

想起高中時代，上完準備考大學的補習班，與二宮沿著北上川走路回家的夜晚。

當時有的是希望，認為從今往後的人生，沒有什麼是自己辦不到的事。

第肆章

東京進入炎熱的八月，這時我真心覺得不用擠通勤時間的電車的確是件幸福的事。

我持續上健身房，經常與鈴木聊天，和其他成員也能互開玩笑了，就是不和他們去吃午飯。

自從見到二宮，他那句「人一定要找到可以帶著自豪邁向終點的路！」便一直迴盪在耳邊，縈繞不去。

大媽們最喜歡掛在嘴邊講的「保持自我風格」，這種老生常談也許不完全是錯的。要是能找到保持自我風格活下去的地方，大概就能產生自豪的心理了。

二宮有拳擊，但我什麼也沒有，我只有工作。

用健身器材埋頭苦練重訓時，鈴木汗流浹背地走向我：

「田代先生，您認識護國商事的吉井會長嗎？」

「哦，認識啊！吉井先生還是社長的時候，對我非常照顧，幫過我很大的忙。」

護國商事原本是一家中等規模的貿易公司，最近成長得十分快速，引起話題，大家都認為這是因為吉井擔任社長時播下的種子開花結果的緣故。

「吉井社長是個具有先見之明與決斷力的人，真的很照顧我，就拿幾年前的春天來說……。」

我說到一半，被鈴木打斷了：

「那您會去他的慶祝會吧？」

哎，正要說到我的豐功偉業。

——等等，什麼慶祝會？

大概是因為我露出疑惑的表情。

「咦？田代先生沒收到邀請函嗎？吉井會長榮獲每朝新聞主辦的『日本商業大獎』……。」

這次換我打斷他：

「這我知道，但得獎是今年一月的事吧！」

我在報紙上看到了。

商業大獎是很有權威的獎，已經辦了五十個年頭。當我得知貿易公司的吉井會長得獎時，很為他高興。

「下禮拜將在輝煌飯店為他舉行慶祝酒會，您沒收到通知嗎？」

沒有。

如果是下禮拜，要收到早該收到了，我的名字肯定從護國商事的受邀者名單中剔除了。

我強壓下內心的衝擊，顧左右而言他：

「這麼說來，我老婆好像提過這件事，當時好像也請她幫我回覆說要出席了。」

「吉井會長對我而言是高不可攀的存在，我還沒有機會見到他，不過因為與企劃部合作過許多案子，有幸收到邀請卡。」

就連鈴木都收到邀請卡，卻不寄給我嗎？

會長不可能一一確認賓客的名單，大概是總務部幹的好事。

劃掉「過去的人」。

「田代先生，如果您不嫌棄，要不要一起去？我去接您。不瞞您說，我想跟田代先生同行是為了壯膽，當天的來賓都是赫赫有名的大人物吧！」

「我雖然回覆要出席，但很不巧，剛好有別的事卡進來，還不確定能不能去。」

鈴木大失所望地回到跑步機上。

之後整整一個星期，我都在苦惱到底要不要去。

其實自己根本沒收到邀請函，沒必要煩惱，也明白去了只會自取其辱。

年輕的時候也曾與同事私底下嘲笑過那些舉凡有餐會都「不請自來的老頭」。

我才不要被當成那種老頭！可是吉井會長從他以前還在當部長的時代就對我這個晚輩照顧有加。

我想當面祝賀他獲得如此榮譽……不，是應該要向他祝賀！

更何況以前只要有認識的人得獎，我都會出席，而且每次都會收到邀請卡。

論交情，我與吉井會長的交誼更深，如果這次不去的話，不是很說不過去嗎？

我遲遲做不了決定。

當天我總算下定決心，前往輝煌飯店，櫃台大概不會說什麼吧，就算說了，我也只要回答「我是受過吉井先生照顧的田代，以前在立花銀行上班」就行了。

受邀者全都擠在櫃台周圍，大廳裡塞滿祝賀的花籃。

早知道我也送個花籃了，不行，沒有頭銜的人送的花籃只會讓人不知該如何處置，若寫「前立花銀行」也太上不了檯面。

有些前輩會印那種名片，實在太丟人現眼，我敬謝不敏。

去子公司時，拿到的名片沒有印立花銀行的商標，令我大受打擊。從此以後，我就很討厭名片這玩意兒。

大廳有很多熟面孔，光是要打招呼都快要應接不暇，遲遲無法前進到入口。

很多人問候我：

「田代先生，你好嗎？最近在忙什麼？」

「在享受生活啊，每天睡到自然醒，醒來看看書，再去健身房。」

「哇，好好噢！」

「很棒吧！」

光是這樣寒暄，內心就不禁雀躍起來，相隔五個月再度置身於西裝軍團裡，大概也助長了這股亢奮的情緒。

我對站櫃台的護國商事年輕女員工說：

「敝姓田代，以前是立花銀行的企劃部副部長，忘了回覆出席通知。」

只用這句話就輕鬆過關。

「歡迎光臨，請在這裡簽下您的大名。」

接過乾杯用的紅酒走進會場，貴賓正在致辭。

不下三百人的賓客中，要找到鈴木無異於大海撈針，不經意與兩位站在旁邊的男人對上眼。

兩人同時「啊！」地一聲，露出尷尬的表情。是護國商事的總務部長木下和總務課長阿部，兩個我都很熟。

看到他們的表情，就知道他們沒有寄邀請卡給我。

「田代先生，好久不見了！」

「好久不見，不好意思，因為過去實在受到吉井會長太多的照顧，當我從別的地方聽聞此事，就不請自來了。」

我夾槍帶棍地說，三十多歲的阿部垂下眼睫，一言不發，木下部長手足無措地解釋：

「呃、邀請卡的事，真的很抱歉……立花銀行給我們的、那個，該怎麼說呢、名單？名單上的名字……都是那個、目前還在職的人，呃、不是啦，其實應該由我們這邊主動寄邀請卡給田代先生……怎麼說呢？實在是有點手忙腳亂……。」

這樣啊，原來問題出在立花銀行給的名單啊。

我笑著揮揮手：

「如果連退休的人都叫上，人數確實很驚人呢，當然要把受邀者限縮於目前還在職的人啊！我只是想見吉井會長，才會不請自來，請不要放在心上。」

說到這裡，四處張望一下，看到別家公司退休的人，都是董事級的人。

有沒有當上董事，地位果然天差地別。

貴賓的致辭一下子就結束了，帶大家乾杯的人上台。司儀介紹他是吉井會長大學的朋友，同時也是東日海運的前副社長。

「乾杯前，請先容我說一句祝福的話。吉井，恭喜你，希望你永遠都是我們心中的小吉，我和小吉高中、大學都念同一所學校，超過七十歲的現在還能繼續當好朋友，真是難以置信的緣分。話說……」

我有不祥的預感。致辭時會冒出「話說」二字的人都不是什麼好東西，肯定要開始長篇大論了。

「我從兩年前開始過著晴耕雨讀的生活，實在是太愉快了，所以我也一直勸小吉要快點退休。當我還在東日海運的時候，推行了許多重大的改革，為公司帶來龐大的利潤，年輕社長及常務董事直到現在都還津津樂道。不是我自誇，現在再回頭看，那都是因為集合了眾人的力量，才能完成，光靠我一個人是絕對辦不到的，在下不才，也因改革受到好評，還得過幾個大獎，我想把當時的想法再告訴小吉一次。得獎後，工作也很順利，交出不錯的成績單，如今再回頭看，看到好幾個以前沒看到的點……。」

放眼望去，所有人都拿著酒杯，一臉困窘。

這麼無聊的自吹自擂要講多久，而且還是在乾杯之前。

問題是這位前副社長完全沒有要住口的意思：

「雖然是班門弄斧，但我想告訴小吉，商業是由意味著『忙碌』的英文 busy 再加上 ness 組成的名詞，我的意思是，希望小吉千萬不要忙昏頭了。話說……」

還以為終於要結束了，「話說」又出現了，他已經講了十五分鐘。

大部分的賓客都把酒杯放在桌上，開始小聲地交頭接耳，但前副社長一點也不在乎。

「以下是我的私事，我曾經因為太忙碌、被工作追著跑，搞壞了身體，當時我身為常務董事，經常要飛世界各地的港灣巡視，誰叫我精通英文、法文、葡萄牙文和韓文呢，也不知道是幸還是不幸……。」

到了這個地步，我對他只有佩服，無論什麼話題都能順便帶到自己的事蹟，真是神乎其技！

既然是吉井會長的同學，那就是七十二歲，開始晴耕雨讀的生活才兩年的話，表示他直到七十歲都還站在經營的第一線。

結束將近五十年的上班族生涯，那兩年該過得多麼無聊啊！

來參加酒會，連我都有點飄飄然，很能體會這位前副社長如今正沉醉在早已忘卻的大舞台上的心情。一流的大飯店、三百位賓客、財經雜誌及主辦方報社的鎂光燈、帶大家乾杯……這些都不可能出現在他現在的日常生活裡，更別說還有錄影機在拍攝記錄用的影片。

他不僅說得手舞足蹈、眉飛色舞，聲音也充滿抑揚頓挫、充滿興奮之情，已經沒有人能阻止他了。

飯店的服務生捧著裝滿葡萄酒杯的托盤，一直保持著相同的姿勢站在台上。

司儀也不能打斷他致辭，只好一再地擦汗。

這真是給我好好地上了一課，要是不小心一點，我遲早也會變得跟這位前副社長一樣。

現在還能好好提醒自己不要自吹自擂。

然而，只在健身房和住家往返，沒有任何成就感的日子再過下去，總有一天會變成這樣，這種場合實在太有面子，一旦有機會可以老王賣瓜，我大概也控制不了自己。

看著沒完沒了一直說下去的前副社長，心想過去愈是位高權重的人，愈容易落得這種下場。

要這位七十二歲的前副社長表現出順其自然枯萎凋零的樣子是件多麼不容易的事。

我這才發現不請自來的自己有多可恥。

這時，吉井會長端著酒杯上台，笑著攬住前副社長的肩：

「你看看你，我渴得都快要暈倒了。後續我們換個地方再聊，我來負責訂位，現在先讓我喝個痛快嘛！」

會場響起哄堂大笑，前副社長也笑著帶大家乾杯，他的演說總共花了二十三分鐘。

我乾完杯立刻離開會場，還沒向吉井會長致意，但都無所謂了。

突然很想念健身房的伙伴們，西裝革履的軍團已沒有我的容身之處，我再也不會幹不請自來這種蠢事了。

走出大廳，經過櫃台前，女性員工正在收簽名簿，負責檢查的阿部看到我，驚訝地說：

「您要回去啦？」

「嗯，人太多了，實在沒機會跟吉井會長講上話，改天再寫信給他好了，我先告辭，請替我向他問好。」

「請等一下，木下部長交代過我，如果田代先生要先走，叫我一定要留住您。」

阿部用手機打電話，木下隨即跑出來。立花銀行的橫田也跟他一起，橫田是總行的總務部長，是目前最有機會當上董事的人。

橫田禮數周到地向我問好：

「田代先生，好久不見！承蒙您諸多關照，卻一直沒有好好地跟您打聲招呼，非常過意不去。」

木下緊迫盯人地對我說：

「田代先生，我是想說好久不見了，一起去喝一杯吧！所以才叫阿部一定要留住您。橫田部長也說務必要與您喝一杯，我們正在進行一個合作計劃，請問您接下來還有別的事嗎？」

「今天倒沒有別的事……。」

又刻意強調「今天」了。

但是自己接下來脫口而出的話才真正令我大吃一驚。

「我可以去嗎？」

「您在說什麼呀，請務必賞光。」

我果然還是想引出對方的肯定。

即使不是老人，凡是從第一線退下來的人，或許都會產生「我可以嗎？」的自我懷疑。頂多只有程度上的差別。

從第一線退下來以前，幾乎都一心撲在工作上。周圍的人都認為工作是為了支撐一個家、支撐公司、支撐地方及國家，自己也以此為榮。

「不想輸給年輕人」的老人令人不敢苟同，「多謝年輕人為我○○」的老人也很可悲。

他們帶我到銀座巷子裡的小日本料理店。

「田代先生，您什麼都沒吃，這裡應該會比約在酒吧適合一點。不瞞您說，我也為了準備酒會，從中午就餓著肚子忙到現在。」

木下說道，點了啤酒。

我很明白這場鴻門宴的用意，招待我對他們沒有任何好處，應該也不是為了把我的名字從受邀者名單中劃掉這件事向我賠罪。

木下只是為了接近橫田，他們剛才說有一個合作計劃，但是橫田身為部長，應該不會直接參與，所以他們想利用我這個幌子與前途無量的橫田一起吃飯。

我邊喝啤酒邊思考是誰？又是如何決定要把什麼人放進受邀者名單裡？

大概是課長級的人物和他的部下討論：

「不用邀請這個人、那個人也不用；這個人要請、這個人和那個人不要。」

「好的，這個人也不用吧、這個人要嗎？」

「不，也不用，這個人對公司已經沒有任何用處了。」

「說的也是，那這個人也不用吧！」

「嗯，只要留下還在工作崗位上的人，再從那些人來挑，畢竟受邀人數也有限制。」

木下在日本料理店幾乎只面向橫田說話。

我很清楚自己只是藉口，仍希望他能稍微給我留點面子。

「接下來就是橫田部長的時代了。」

「橫田部長，今後也別忘了敝公司啊！」

「敝公司在輝煌高爾夫球場的比賽，橫田部長一次都沒來過，真是太遺憾了！今天既然有緣相聚，下次請務必賞臉。我早就耳聞您的高爾夫球打得極好，如果您願意來參加，實是我們三生有幸，無論如何請讓我們見識您華麗的開球！」

開口閉口就是「橫田部長」，橫田本人有時會突然想起我的存在，和我聊兩句。

木下、阿部也趕緊跟我說話。

夜已深，我搭乘護國商事幫我叫的計程車回家，有種醍醐灌頂的感覺。

今天真的得到教訓了，誰叫我硬要去不適合自己的地方，導致自尊心被砸個粉碎。

我還不是老年人，既然已經從第一線退下來，在家裡無用地滾來滾去，就已經與健身房的老先生、老太太是同一國的人了。之所以會想念他們，也是因為與他們在一起比較適合。

這樣的我大概已無福消受年輕人從頭站到尾、鬼吼鬼叫兩小時的演唱會。

坐在計程車上，第一次認真覺得不管是什麼樣的工作都好，我一定要工作；什麼都好，即使是以前的我絕對不肯做的工作也沒關係。

我真真切切地這麼想。

我需要足以支撐自己的「工作」，要先有工作，才能產生自信。

有生以來第一次覺得斬斷過去所有的人脈，與完全不認識的人一起共度餘生或許也挺有意思的。

學經歷都放水流，與新認識的人建立關係。

這或許是展開第二人生的樂趣也說不定，這麼一來，與健身房的老先生、老太太相處肯定也會變得比較開心。

只要改變自己就好了。

社會及人心不會輕易改變，等他們改變，我大概已經進棺材了。既然如此，只要從自己改變就好。

自從退休那場「生前告別式」以來，我便失去安身立命的地方、一再否定自己的存在價值，連自己都無法肯定自己了，哪來的自信可言？

我一直用「好閒吶」或「沒事做」這種話來糊弄自己——因為沒有容身之處的不安非常可怕，可怕到足以危及自己的存在價值。

這不是用捏陶做茶杯或手打蕎麥麵的興趣就能填滿的黑洞。

不過，能真心享受晴耕雨讀或悠然自得的人另當別論。比起容身之處，認為能隨心所欲運用閒暇時光很幸福的人沒有任何問題，但我不是這種人。

來找工作吧！

什麼都好！

只要早上起床，一週有三天可以工作，我便別無所求。

我一直覺得「銀髮人力中心」這種名稱聽來尤其刺耳，才一直沒登記，明天就來登記吧！聽說還有專門斡旋讓人去公司當顧問的人力派遣公司，也去登記吧。

無論如何，我都要找到工作！

回到家，一踏進客廳，我就對千草說：

「我明天要去職業介紹所。」

千草正在看雜誌，看起來並不驚訝：

「哦，你不是說上網找過了，都沒有工作機會嗎？職業介紹所更不會有吧。」

人家好不容易振作起來，潑什麼冷水啊。

不過，我已經下定決心了！

「我開始覺得無論是什麼工作都有它有趣的地方了，只要不挑，一定有工作。」

「嗯哼，是嗎？」

「若與職業介紹所的職員面對面談，想必能出現跟上網找完全不同的結果！」

「哦，是嗎？」

千草因為有「美容」這個自己的世界，對我的事漠不關心。

不過總比囉哩叭嗦、只會抱怨的妻子來得好也說不定。

「我猜薪水應該無法指望，但就算沒什麼了不起的收入，應該還是有辦法過日子吧？」

曾經是銀行員的我對家計一點概念也沒有，也不關心。

「嗯，應該沒問題！為了退休後的生活，三十年前就買了養老型儲蓄險不是嗎？那個最近已經滿期了，還有老人年金及退休金可以領。」

「這樣啊，你規劃得很好呢！」

「因為專業的老公完全撒手不管啊！對了，乾脆利用這個機會給你看存摺，讓你知道具體的金額吧！」

我連忙阻止就要站起來的千草。

「不用了、不用了！我只要知道家計沒問題就行了。」

反正一定是愈來愈少，知道具體的金額只會削弱我的意志。

第二天早上，我沒去健身房，直接去職業介紹所。

以前稱為「職業安定所」，簡稱「職安」。

如今是對「工作」Say Hello的地方。（註：日本的職業介紹所名為"Hello Work"）。

這種日式英文既輕佻，又語焉不詳。看你從什麼角度切入，可以是好的意思、也可以是壞的意思，這就是模稜兩可的好處。

初次踏進「職安」，裡頭大概有五十台電腦，由隔板圍起來，看不到前後左右的人。電腦對面大約有三十個諮詢座位，可以與職員進行一對一的諮詢，也用隔板密密實實地圍起來。

現在對隱私權的保護真不是蓋的！

先在入口處的櫃台拿了求職申請書，是選擇題式的答案卡。以填滿格子的方式回答理想月薪及有沒有證照、想從事什麼工作或就業形態等琳琅滿目的問題。

也有學歷欄，幸好沒問到學校名稱，我鬆了一口氣。

「主要做過什麼工作」的欄位則要求「盡可能詳細」寫下，總覺得我的經歷只會扣分不會加分，但又非寫不可。

遞交申請書之前，先去剛好空下來的電腦瞧瞧。

輸入寫在答案卡上的項目，跳出符合條件的徵人啟事。

「年齡不拘」的工作還不少，真令人意外！

當我選擇希望從事財務或會計的職缺後，便出現東京都內的會計師事務所及社會保險勞務士事務所的職缺，其他搜尋結果也出現了大企業的財務助理、和為上市公司製作財務報表的工作。

如果不拘泥於正式員工，還有更多工作機會；如果不拘泥於行業，工作機會更是多如繁星。也有很多公司不要求證照。

都說銀髮族找不到工作，我之前也這麼以為。看來凡事果然要親自確認才會知道狀況。

我開始興奮起來。

將答案卡交給櫃台，拿了一張號碼牌。

室內此起彼落地響起叫號的廣播：

「四十號的來賓請到二十四號窗口。」

等待叫號的空間裡，椅子上坐滿了手裡拿著號碼牌的人。

一旁等待的男人看起來跟我差不多年紀，因為視線交會了，便聊了兩句：

「我剛才用電腦查了一下，銀髮族也有很多工作機會呢！」

「對呀，不過有些職缺一下子就會找到人，很快就額滿了，不要抱太大的期待比較好……。」

男人話還沒說完就站起來，看來是叫到他的號碼了。

我這次打算爭取「山下醫療用品股份有限公司」的介紹函，認為這是剛才用電腦搜尋的職缺裡最適合我的公司。

那是家販賣醫療器材的公司，產品直接銷售給診所及醫院，有七十名員工。

我從未接觸過這個領域，但徵求的職缺是「會計事務」，具體的工作內容則是「製作財務報表、研擬及管理預算、與銀行交涉等等」。

——這正是我的看家本領。

七十名員工這點也很吸引我，會計師事務所或社會保險勞務士事務所也開出了職缺，但員工幾乎只有兩到五人，完全不在我的考慮範圍之內。

因為在小公司裡，如果人際關係搞不好，日子會非常難熬。

山下醫療用品的總公司位於文京區本鄉，在仙台、大阪、神戶、博多等全國六大城市都有營業處，這點也讓我很放心。

不僅如此，還是正式員工的職缺。

週休二日，月薪從十八萬到二十二萬日圓不等，年齡不拘，以二度就業來說，已經無可挑剔。

如果是這種條件，可能已經找到人了。

我提著一顆心走向諮詢窗口，幸好是我多慮。

光是這樣就讓我覺得跟這家公司很有緣，內心為此雀躍不已。

回到家，填寫履歷表，與職業介紹所給我的介紹函一併寄出。

千草說：「一定能錄取的，站在對方的立場，你去了等於是如虎添翼，尤其是在與銀行交涉這方面。」

她說的很有道理。

從這個角度來想，薪水太低了，但只要有個每天都可以去的地方、有每天都能做的工作，就足以感激涕零了。

一週後，我接到山下醫療用品公司的面試通知。

去了一看，本鄉的辦公室是住商混合大樓的其中一間，門口掛著不起眼的門牌。

難不成這就是總公司？

我心驚膽顫地開門。

面積約二十五坪，擺了八張桌子。

這裡頂多只能容納十個人吧。

資料上的七十名員工上哪兒去了，扣掉仙台及神戶營業所的其他員工，人都去哪兒了？

見我茫然佇立，有個年紀與我相仿的男人從屏風後面走出來。

「你是田代先生吧！我是社長，敝姓山下，你好。」

後面有張沙發，看來是規劃成會客空間。

山下看著我的履歷表說：

「實不相瞞，你的履歷好輝煌，敝公司這座小廟怕是容不下您這尊大佛……不過我老婆、也就是副社長，和我兒子，也就是專務，都說至少面試一下再說！」

「謝謝，貴公司也很具規模啊，畢竟員工多達七十人。」

年約五十的女職員端茶過來。

藍底白點的茶杯裡反覆回沖的茶水淡得跟馬尿沒兩樣，不禁令人悲從中來。

端茶給來面試的人這點更令我驚訝。

山下以不知所措的態度說：

「雖說有七十人，但事務所只有八個內勤，其他則是營業所的正式員工，以及多半為非正職的業務員、司機、工讀生等等，這裡的內勤都是正式員工。」

職業介紹所給我的徵人啟事上確實寫著：

「全公司：七十人（包含仙台、新潟、大阪、神戶、廣島、博多的營業所）

上班地點：八人（其中有三名女性。沒有非正職的兼差或打工人員）」

公司並沒有騙人，因為上班地點確實沒有非正職的兼差或打工人員，八位都是正式員工。

「我非常希望田代先生能來上班，但是很遺憾，敝公司沒有能讓田代先生一展長才的工作……。」

「這樣啊，不過我一直待在子公司，應該可以貢獻很多知識和技術。」

我覺得在這裡上班似乎會很有趣。

畢竟我都快六十五歲了，這輩子不可能再有什麼輝煌燦爛或峰迴路轉的日子在未來等著我。既然如此，乾脆接受阿敏的建議，改變既有的價值觀，享受新的環境也不錯！

從立花銀行的總部淪落到這裡，說是「虎落平陽」也不為過，實在很難為情，但我是來自只有三十名員工的子公司。

那裡和這裡並沒有什麼太大的區別。

「山下社長不會是不想雇用待過大企業的人吧？」

「不是這樣的……。」

「我剛調到子公司的時候，曾經非常焦躁，因為立花銀行總部的作法在那裡完全派不上用場，儘管如此，我還是決心改革，直到有一天，子公司的社長叫我過去。」

山下拿著圓點茶杯，專注地聽我說話。

「社長非常嚴厲地告訴我，他很感謝我有心改革，但那是大企業或一流企業的作法，子公司有時候無法照做，要我牢牢地記住這一點。」

山下默不作聲地點頭，我為了讓他放心，再次強調：

「我有過親身體驗，請別擔心。」

「感恩。」

又端茶給我、又向我道謝，我都不曉得哪邊才是接受面試的人了。

「社長，能不能先試用我幾個月？」

山下不假思索地回答：

「不行，請恕我無法答應。老實說，我當初很好奇東大法律系畢業的人為何要來敝公司這種小廟應徵，才會請你來面試。可是和你聊過後，更加確定敝公司請不了你這尊大佛。」

山下一口氣說到這裡，笑了笑：

「像田代先生這種人來當我們的部下，我和老婆、兒子都會疲於應對。東大法律系的門檻太高了，而且同業一定會捕風捉影，可能還會傳出：『東大畢業的人為什麼會去你那裡工作，八成有前科吧！』的流言。」

一下子說他只是出於好奇、一下子懷疑我有前科，真是氣死人了！

正想拍桌子走人的時候，山下深深地低下光禿禿的腦袋對我說：

「田代先生，真的很抱歉，我衷心祝福你能找到更適合你的工作。」

怒氣煙消雲散，看到山下的禿頭，感覺自己好像在欺負弱小，明明我的立場還比較可憐。

離開山下的辦公室，夕陽斜照在住商混合大樓上，將又老又舊、髒兮兮的大樓染成柿子色。

真令人懷念的街道，大概只要十分鐘就能走到東大的本鄉校區。

我走進校園，開始漫無目的地亂晃。

大學一切都跟以前一樣，矗立在眼前。

幾十年沒來了，開學典禮那天，與父母合照的赤門也跟以前一模一樣。

我鑽進赤門，走向有座鐘樓的講堂。

能在市中心坐擁這麼大片的校地，還有古老莊嚴的圖書館和校舍，正所謂「不愧是東大」。

雖說目前優秀的學生不是前往美國的哈佛大學就是英國的劍橋大學留學，東大的知名度略有下降的趨勢。

但是，再怎麼說都「不愧是東大」啊——。

我坐在長椅上，仰望相當於東大地標的鐘樓。

話說回來，山下說的話完全踩到我的痛處。「東大法律系的門檻太高了」真的是這樣……嗎？

不只本人，就連全家都以東大法律系的學歷為榮，怎麼也想不到，有朝一日，東大法律系居然會成為扣分的項目。

現在意氣風發走在校園裡的東大生也不知道未來會變得如何，充滿光澤的皮膚與活力四射的表情或許只是人生轉瞬即逝的過場。

更何況，生命充滿了機緣巧合，沒有人能保證東大畢業後一定能前程似錦。

就拿我來說，在這裡上學的時候，也覺得自己無所不能。

然而，人一老，最後的結局其實大同小異。

走到結局之前的過程或許有苦有樂，但那張牌其實也掌握在別人手中。

我拖著沉重的身體站起來，舊校舍籠罩在夕陽餘暉中，收容歷代學生就讀的古老莊嚴建築物被染成了柿子色。

眼淚突然奪眶而出。

內心湧起千頭萬緒，忍不住哽咽，淚水不聽使喚地流下、止都止不住。我用手拭去淚水，腦海中閃過「該不會是老年憂鬱症吧！」的念頭。

不，不是。

山下說的沒錯，我去了不合適自己的地方，大概是那個打擊讓我情緒潰堤。

因為我無處可去、因為我認為只要能工作什麼都好，才在職業介紹所的介紹下去了山下醫療用品公司不是嗎？

這份壓力可不小。

不過，我當時是真的認為不管是什麼公司、什麼工作我都願意做，認為那是最好的選擇才去面試。

可是那個選擇並不適合我，我吃錯藥了。

其實打從我踏進職業介紹所的那一刻，預感就告訴我。不可能在那裡找到真正適合我的工作。

問題是，我年紀大了、也沒有特殊技能，卻還不肯放棄。

既然如此，我只能面對現實，尋找適合自己目前狀況的職業。

除此之外還有別條路可走嗎？我只能無所事事地虛度每一天，到老到死嗎？

我哭著哭著，終於冷靜下來。

至今引以為傲、形塑我這個人的學經歷居然會成為扣分項目，這也太奇怪了！學經歷成就了我，這就是我的個人風格。

不能拋棄自己的驕傲。

即使是「過去的人」，肯定也有能讓自己自豪的立足之地。

仔細想想，自退休以來，我整個人陷入了不知所措到丟人現眼的地步。好不容易打起精神來，又開始長吁短嘆；努力重新振作起來，又再次情緒低落的惡性循環。

比起想工作的焦慮、比起在合不來的人手下做著不適合自己的工作，我決定要過得快樂一點！

這次是真的這麼想。

工作到六十三歲、建立美滿的家庭、在升學競爭中脫穎而出所得到的高學歷——都是「我」這個人。

坐在回家的電車上，我認為比起工作，現在正是重新學習的好機會。

乾脆去念研究所吧！

最好是東京都內沒那麼難考的大學、最好是以前從未接觸過的文學研究所。

這才是最適合我、最完美的晚年人生不是嗎？

怎麼就沒想到考研究所這個選項呢？

感覺眼前豁然開朗。

我只對千草說了一句：

「被學歷扯後腿，面試失敗了。」

千草不給面子地大笑：

「我想也是，再也沒有比雇用欠缺一技之長的東大畢業生更愚蠢的選擇了。」

她說的非常有道理，我不氣反笑。

銀行員多半都沒有一技之長。

有人是保險及年金的專家，取得社會保險勞務士的資格；也有人是金融方面的專家，轉換跑道去當顧問或成為大學教授；有人改當稅務師或會計師；以國外為主，飛來飛去的人則多半具備語言上的能力。

我走在平步青雲的升官路線上，大半輩子都待在總部，嚴格來說並沒有「一技之長」。

反而是一早脫離升官軌道的人才能看到自己的極限，努力學習、考取資格，開創出另一片天地，人生真是難以預料。

我笑了好一會兒，對千草說：

「你雖然說東大的壞話，但當時會嫁給我也是因為東大畢業這點吧！」

「我當時也是年輕不懂事，事到如今，才發現是不是東大畢業結果都一樣。」

我已經完全氣不起來了。

因為她說的就是我退休後這半年來刻骨銘心體會到的領悟。

大概是對不動怒的丈夫感到過意不去，覺得自己說得太過分了，千草以溫柔但嚴肅的表情說：

「要不要認真培養個興趣？我可以陪你喔！」

「我要去念研究所。」

「什麼！」

「我終於找到適合自己的方向了，我想研究文學，即使是名不見經傳的大學，應該也有優秀的教授。」

「文學……？」

「其實我從年輕的時候就很喜歡《源氏物語》。」

想都沒想過的事就這麼脫口而出，別說喜歡了，我只在準備考試的時候看過，根本一竅不通。

「那很好啊，去研究所攻讀《源氏物語》再好不過了！現在有很多出了社會的人也都重回校園，真是個好主意！」

千草說到這裡，又補了一句：

「可是不能去名不見經傳的大學，要去就得去東大！」

我嚇了一跳。

她是要我去考東大的研究所嗎，別開玩笑了，怎麼可能考得上！

千草不假辭色地說：

「名不見經傳的大學不適合你，你去了又要嘀嘀咕咕地抱怨了。」

或許吧！

「更何況你都能考上如今一點用處也沒有的東大法律系了，文學系更是易如反掌。」

說的也是。

這時門鈴響起，千草應了聲：「來了！」走去開門。

在母校東大的研究所研讀文學啊……還不賴！

重新昂首闊步地走在那座校園裡，還不賴！

就快九月了，大概趕不上明年春天的入學考。

腳踏實地地衝刺到後年春天，一次考上吧！

謝天謝地，終於找到適合我的容身之處了……。

這次真的湧起堅若磐石的動力，我又想哭了，淚腺變得好發達，真傷腦筋。

此時此刻，我終於能覺得退休是一件好事。

千草這五個月來想必對我沒出息的搖擺不定煩都煩死了，我想向她賠不是。

也想謝謝她反對我去考名不見經傳的大學。

說時遲，那時快，門被一把推開，兩個孫子衝了進來。

把用折紙做的花環掛在我的脖子上，異口同聲地說：

「爺爺，生日快樂！」

道子捧著插滿蠟燭的蛋糕、千草手裡捧著花，還有阿敏也跟在兩個孫子背後走了進來。

對了，今天是我的生日！我都忘了。

立定考研究所的遠大目標，有心情享受孫子用紙做的花環了，明明退休那天收到紙做的金牌只感到無地自容。

全家人簡單地吃吃喝喝後，道子先帶孩子們回家，我和千草、阿敏繼續喝酒。

從陽台吹進來的風帶著淡淡的秋天氣息。

討論到研究所的事，阿敏開心到有點誇張的地步：

「太好了，真是個好主意呀，壯哥！像壯哥這種人，大概只會覺得尋常老頭的幸福微不足道，回東大念書不是很好嗎！」

「回東大」這句話令我莫名喜悅，還沒考試，我已經開始感到自豪了！

「晚點再來蒐集資料，研究所的考試應該要針對想研究的題目寫論文吧！」

千草的話令我有些著急，我只想上研究所，至於研究主題是《源氏物語》、還是芭蕉或三島都無所謂（註：此指日本最有名的俳句詩人松尾芭蕉及文豪三島由紀夫）。

然而，自從學生時代考試準備過與文學有關的科目後，我便再也沒有研究，連論文要怎麼寫都不知道。

連忙上網查了一下，果然如千草所說。

千草以前所未有的認真表情告訴我：

「先去文化中心聽《源氏物語》的講座如何？可以理解故事大綱，也能請教老師要從什麼角度來寫論文比較好。」

有道理，先去文化中心或許是個好主意！

在社區的文化中心開課的阿敏拍胸脯保證：

「可不要小看文化中心喔！由我來說可能有點沒說服力，但是每個文化中心都有優良的課程、優良的師資。」

我同意，老實地向他們道歉：

「我會先去文化中心，這陣子真的很抱歉。我一直無法習慣這種生活，才會遲遲走不出來、左右搖擺。」

阿敏調了一杯萊姆琴酒：

「壯哥，不瞞你說，你一直在原地打轉、絮絮叨叨的時候，我真的打從心底不耐煩，跟你說多少次這就是所謂的世代交替，我也無法同以前一樣有接不完的工作。可是不管跟你說再多遍你都聽不進去，真是急死人了！」

千草也喝光她的萊姆琴酒：

「我也懷疑過無數次，壯介真的是這種人嗎？或許這也表示你以前還在上班的時候真的很充實吧！」

「真的很抱歉，我不會再搖擺不定了！」

阿敏把手伸向千草喝得空空的酒杯，打算為她再調一杯。

「很好，今晚就喝個過癮！」

千草帶勁的聲音也是我的心聲。

我想見二宮，如果是現在，什麼都說得出口。

第二天，從健身房回家的路上，我去了位於新橋的日本文化中心一趟。

這裡並不是阿敏開課的文化中心，而是民營的文化中心，但是根據我在網路上蒐集到的資訊，這裡不論是交通的便利性、學費或是講師陣容都是最好的。

教文學的講師雖然沒聽過名字，不過既然是大學的榮譽教授，應該差不到哪裡去。

我在健身房的時候呈現出前所未有的開心狀態，鈴木和老先生、老太太們都問我「是不是發生什麼好事？」

我以他們最喜歡掛在嘴邊的台詞回答：

「我找到能保持自我的地方了！」

這句陳腔濫調卻引來老先生、老太太認真地反問：

「欸，什麼地方？」

我笑而不答，第一次覺得老先生、老太太很可愛，我的心態已經從容到可以這麼想了。

日本文化中心位於新橋站附近的大樓內。

占地兩層樓，電梯裡擠滿了來上課的學生。

這裡果然也不例外，說得好聽是「銀髮族」，說得直接一點就是以退休人士和婆婆媽媽占多數。因為開的都是白天課程，這也是理所當然的結果。大家無疑都是來追求「能保持自我的地方」。之所以能淡然處之，想必也是受了健身房的洗禮。

我在申請表填入「《源氏物語》I」，放在櫃台上，正值十月份報名期間，這裡也人滿為患。排隊的時候順便翻了一下「所有課程一覽表」的內容，忽地停下翻頁的動作。

十月開始有一門「解讀石川啄木I」的新課程。

我覺得這比《源氏物語》吸引人，又覺得《源氏物語》對寫論文比較有利。

我對啄木一無所知，但最近看了很多他的作品，為其深受感動、又是同鄉，如果再加上風土民情，啄木其實更適合我。

不過，還是選《源氏物語》吧……，正當我左右為難時，輪到我了。

女性工作人員的脖子上掛著「濱田久里」的名牌，微微一笑，接過申請表：

「《源氏物語》I是嗎？」

「呃、我還在猶豫，因為我剛剛才知道有開石川啄木的課。」

「咦……？」

她有些錯愕地看著我。

年約三十五到四十歲之間，淡妝底下的膚色十分白皙。

「在《源氏物語》與啄木間猶豫的人很少見呢！」

久里說完，忍不住噗哧一笑：

「不好意思，因為經常有人問我要先研究《枕草子》還是《源氏物語》。」

「不是問你要先研究啄木還是《源氏物語》嗎？」

她又笑了。

有這麼好笑嗎？

「不好意思，這兩堂課都很搶手，啄木雖然是新開的課，但是已經有很多人報名，我猜應該很快就會額滿了，不過幸運的是現在還有名額，乾脆兩堂課都上吧！一次報名兩堂課還可以打折。」

「不了，我想先專心研究一門學問就好，所以很遺憾只能選一堂課。」

聽我說完，女子喃喃自語：

「『真無彩』啊……。」

我忍不住問她：

「你是東北人？」

「啊……對，我是秋田人。」

「果然，『真無彩』是那邊的方言嘛！」

「真無彩」這句話是「真可惜」或「真遺憾」的意思。

久里雪白的肌膚微微泛紅：

「哎呀，我說了『真無彩』嗎？討厭啦，不小心又說溜嘴了，因為我一直在那裡住到高中。」

「我是岩手人，高中以前都住在盛岡，盛岡是說『正無彩』或『盡無彩』。好吧！就決定選啄木了，大家都是東北人。」

要靠啄木考上東大研究所也是拚了，但現在的我比起貴族的世界，更能理解啄木的心情，決定了！

久里為我製作學生證，嫣然一笑：

「啄木的講座預定還會開II、III，明年也請繼續報名。」

真是標準的白皙秋田美人。

我不禁臉紅心跳。

「喂，這種招攬客人的魄力可不太像東北人喔！」

為了掩飾，我半開玩笑地說。

久里不甘示弱地反擊：

「好說，總之你要是上完I就放棄的話，實在『真無彩』！」

說完，久里聳聳肩笑了。

她的聰慧令我折服，而且也是真的很可愛。

當時序進入十月，我開始每週兩次，很認真地去上啄木的課。

與同學熟識後，他們也會約我吃午飯，大家真的都好喜歡約吃飯啊，大概只是想交朋友吧！

無論是在健身房還是在文化中心，我不再像以前那樣不管三七二十一地拒絕午餐邀約，如果說是因為找到研究所這個「可以保持自我的地方」，倒也不然。

空下來的時間就在家埋頭苦讀啄木的作品，研究明治末期的歷史與社會趨勢，這可是寫論文不可或缺的知識。

啄木從自己的思想出發，參與社會運動，還把活躍在社會運動中的人物寫進短歌裡。

千草滿腦子都是自己的工作，只說了一句：

「咦，你不研究《源氏物語》啦？」

意思是不管《源氏物語》也好、啄木也罷，只要我別煩她就好。

每次去文化中心，我都會留意一下大廳旁的櫃台。

我沒有任何非分之想，但只要久里在櫃台，我就會忍不住多看一眼。不知道是不是因為輪班的關係，至今只見過她兩次。

十一月某個寒風刺骨的午後，千草下午才上班，要我開車送她到美容院附近。

起因於吃早飯的時候，聽到我說要去加油，千草趁勢說道：

「下午再去加油，順便送我去美容院！」

加油站在我們家附近，美容院在目黑，根本不「順便」，但我還是送她去了。

放下千草，發動引擎後，瞥見久里的身影。

她在「清水庚申」的站牌等公車，低著頭正在看書，但那絕對是久里沒錯。

我把車子停在公車站附近，喊了一聲：

「濱田小姐！」

久里一驚，抬起頭來：

「你要去哪裡？今天不用上班嗎？」

「我要去澀谷。」

「我送你，上車吧！」

「不用了，公車馬上就來了。」

「別客氣，快點上車！這裡是公車專用道。」

久里手忙腳亂地上車，很開心地說：

「哇，好暖和，真幸福！」

我問她要去澀谷哪裡？

「澀谷站東口，我用員工優惠在日本文化中心的澀谷教室上課。」

久里回答。

「新橋教室沒有童話講座，只好去澀谷上。」

「童話?你要講給孩子聽嗎?」

「不是,我現在單身,雖然已經三十九歲了,卻還想著有朝一日要是能寫出童話故事就好了。」

這樣啊,她還是單身啊,會強調「現在」二字,大概是離過一次婚吧。

直到剛才還載著妻子的副駕駛座換成了年輕女人,感覺挺不錯的。

「你想當童話作家啊?」

「怎麼可能!童話作家可沒有這麼好當喔,我只要能上課就很高興了,如果有一天能自費出版……說說而已啦。」

久里散發出一股迷人的香味,既不是香水,也不是肥皂的味道。

澀谷就在不遠處,我卻還想跟她多相處一會兒。

真是的,為何今天偏偏一路順暢不塞車呢!

「我沒看過童話故事,也不感興趣,不過大人其實更需要童話吧。啄木在《一握之砂》的散文裡也說:『世界上有三種最珍貴的東西,一是赤子之心,二是赤子之心,三還是赤子之心』。」

久里默不作聲,我也沉默不語。

車上十分安靜,澀谷教室的大樓就在前方。

久里突然打破沉默:

「田代先生,如果不嫌棄的話,要不要來聽童話講座?你可以和我一起進去。」

原來如此，久里也想和我再多相處一會兒啊！

別傻了，怎麼可能！不過，如果她討厭我，就不會約我了，她果然還是想和我、不不不，不可能……。

「我是說，如果田代先生有時間的話。」

為了隱藏內心的悸動，我二話不說地答應：

「今天剛好有時間，請務必滿足一下我的赤子之心。」

「太好了！這樣回程也可以請你送我回家了。」

久里巧笑倩兮地看著我，雪白的頸項令我意亂情迷。

如果我和這個女人交往，千草和道子還會說「爸爸，去談戀愛吧，談戀愛！戀愛很重要！」這種話嗎？

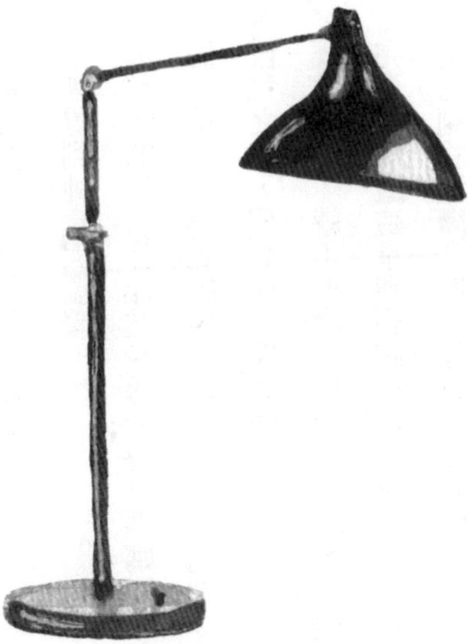

第伍章

坐在久里旁邊上的這堂「童話講座」我並不覺得特別有趣，更沒有因此對童話產生興趣。

我滿腦子只想著下課後要約她去吃飯，上哪兒好呢？

不過有一點倒是挺有趣的，那就是講師針對講義上童話所設置的問答時間。

講師要求「提問前請先簡單敘述你對這個故事的感想」，大家都講了一兩句，基本上不離以下三種回答模式：

「是大人也會喜歡的童話呢。」

「讓人不想忘記赤子之心！」

「感覺到純真與溫暖。」

大部分的學員都比健身房的婆婆媽媽要來得年輕一點，大約五、六十歲吧。

健身房的婆婆媽媽俗不可耐的對話固然令我退避三舍，但這裡的學員大概是對自己搞「文學」充滿自負之情，那故作知性的態度也令人不敢恭維。

既然自負，就不要講那些陳腐到不行的廢話啊——我甚至有點不耐煩。

完全不知道這堂課到底有什麼幫助，卻見一旁的久里拚命做筆記，用紅筆在講義上畫線。

她的側臉穠纖合度，氣質柔和且清新，更別說她一開始上課就把頭髮綁起來，用髮飾簡簡單單固定住時，那流露的女人味令我怦然心動。

好不容易熬到下課，窗外的斜陽已快要沉入地平線。

都怪那些婆婆媽媽滿嘴「赤子之心」和「大人也會喜歡」的陳腔濫調，問了一大堆問題。到了這個時間反而有利於約她吃飯了。

「為了感謝你帶我來上課，我想請你吃飯，你有時間嗎？丸之內東京會館的英式烤牛肉很好吃喔！」

久里露出令人心蕩神馳的笑容：

「東京會館嗎！那裡的烤牛肉很有名，我還沒吃過，好期待啊！」

我們在恰到好處的時刻抵達東京會館。

而且運氣很好，坐到窗邊的座位。

從窗邊的座位看到的夕陽可以讓人感受到大都會的美麗與哀愁。川流不息的車燈與人們行色匆匆走在人行道上的身影、水泥叢林的萬家燈火與皇居廣大而漆黑的森林，還有陰暗的壕溝……這些都是在東京郊外或地方都市看不到的景象。

久里沉默地看著那些風景。

然後面向窗外說：

「我經常在想，哪裡是故鄉？」

「……不是秋田嗎？」

「是秋田沒錯，但就算回去，父母也已經不在，老家也賣了……我現在住在東京狹小的公寓，總覺得這樣的生活很不真實。」

久里說到這裡，笑著解釋：

「我十八歲就來東京念短大，在這裡已經生活了二十一年，說不真實也很沒有說服力就是了。」

這時就應該單刀直入地問清楚：

「久里小姐短大畢業後就一直在文化中心上班嗎？」

「不是，我原本在東京都內的旅行社當領隊，二十八歲的時候結婚、辭職。」

「領隊是一份好工作呢，不過一旦生了小孩，要兼顧工作與家庭就太辛苦了！」

「對，因為我還沒生小孩就離婚了，曾經不止一次覺得辭去領隊的工作真的很可惜。」

久里苦笑著說。

「以前也帶過以全國各地的傳說或神話為主題的旅行團。」

「這樣啊，難怪你想成為童話作家。」

我迅速打住這個話題，把焦點轉移到剛送上來的烤牛肉。

認識還沒多久就聊得太深入的話，會讓對方產生戒心。

「來了，趁熱吃，這裡的烤牛肉在別處吃不到喔！我有個熱愛用炭火烤肉的男性友人，以前聚會時，那傢伙說他想吃這裡的烤牛肉，大家就訂了這家餐廳，結果那傢伙一看到端上桌的烤牛肉就對服務生說——」

「這題我會，他叫服務生再烤熟一點對吧？」

「沒錯！他要服務生烤到沒有血水為止，回烤之後的牛肉……該怎麼形容呢？變得跟家庭式餐廳賣的那種六百八十圓的便宜牛排沒兩樣。」

久里笑得很開心，喝了很多酒。

唯獨烤牛肉吃得很慢，切成小小塊，一小口一小口地細嚼慢嚥。

「難不成你也比較喜歡用炭火烤的肉？」

久里趕緊搖手否認。

「太好吃了，感覺一口口減少『真無彩』……。」

真是太可愛了。

「可以再加點啊，別管『無不無彩』，多吃一點！」

久里難為情地又吃了一片。

然後在我的殷勤勸進下，喝了不少酒。

「太好了，完全沒有顧慮到我還要開車，這讓請客的人太有面子了！」

「真糟糕，我原本還有想到這一點說。」

「嗯，你一開始確實只點了啤酒。」

「對不起，在這麼有名的餐廳，吃著這麼美味的食物，導致我逐漸考慮不到別的事了。」

「真是的！那你就放開來喝吧，我下次不會再開車來了。」

我不著痕跡地提到「下次」。

久里笑著點點頭，我無法判斷她點頭是對「放開來喝」還是「下次」的反應。

「田代先生，你是岩手人，對宮澤賢治有研究嗎？」

久里啜飲著飯後的咖啡問我：

「還不到有研究的地步，不過啊，岩手人會邊吃冷麵邊喝酒，邊爭辯自己是賢治派還是啄木派喔！」

「欸，現在也會嗎？」

「現在也會，這是真的。可惜我兩邊都不熟，我要是有研究的話，就不用來文化中心上課，可以直接考研究所了。」

「研究所？」

不小心說溜嘴了。

但我也無意隱瞞，向她解釋我報名文化中心的原因。

久里端著咖啡杯的手停在半空中，目瞪口呆地說：

「在文化中心隨便上幾堂課，就能去考東大的研究所嗎……？」

「文化中心的人怎麼能說出『隨便上幾堂課』這種話呢。」

「啊、不是，課程的水準很高喔，但可能不適用於準備東大的考試……。」

「但是，我因為上了文化中心的課，感覺就快要找到寫論文的題目了。」

久里露出半信半疑的表情，看起來沒那麼失措了。

「久里小姐喜歡賢治嗎？」

「喜歡，我認為宮澤賢治是日本童話作家界的第一把交椅！」

「咦？賢治不是作者，而是童話作家嗎？」

「對呀，他的頭銜是『詩人、童話作家』。《要求很多的餐館》就是童話集，多虧他在盛岡高等農林學校的學弟，他的作品才得以問世。」

久里看著我的眼神裡寫著：「你是盛岡人，連這個都不知道嗎？」唉，我哪知道啊，我不是說「我對賢治和啄木都不熟嗎」？

久里一提到賢治，話匣子就關不起來了。

我對這個話題一點興趣也沒有，不過可以看到說得口沫橫飛時，臉頰潮紅的久里也不錯。

結果送久里回到她住的公寓附近時，已經過了晚上十點。

久里在車上說了好幾次：

「我肆無忌憚地說了太多、吃了太多、喝了太多，真不好意思，今晚很開心，一不小心就……。」

她沒讓我直接送到門口，而是在附近巷子裡下車。

從後視鏡可以看到她一直站在路燈下目送我離開，直到看不見我的車為止。

回到家，千草已經洗過澡了，一手拿著康帕利酒，雙腳跨在矮桌上，正在看連續劇：

「你回來啦！加完油之後又去了哪裡？怎麼這麼晚才回來。」

這麼說來，我今天送千草去美容院，與久里不期而遇……真是漫長的一天。

我早已忘了送千草去美容院和加油的事。

「我去談戀愛啦，談戀愛。」

「是嗎？」

「我也沒想過到了這把年紀，居然還有機會談戀愛，現實就是這麼難以捉摸。」

千草喝著康帕利酒，視線從未離開過電視：

「當然有啊，只要活著就有各種可能。對了，你不覺得這個演年輕刑警的男孩子很帥嗎？聽說他現在很紅。」

「你夠囉，我談戀愛的對象已經三十九歲了，三十九！」

千草放下康帕利酒，望向我這邊。

還以為三十九這個具體的數字讓她有了點反應。

「真有你的，才三十九歲，跟你差了二十五歲！你就像時下的大叔型明星，走在流行的尖端呢！」

千草笑著說。

「我也希望你能像還在上班的時候那樣，天天都在外面吃過飯再回來。」

言下之意是受不了老公每天晚上都在家吧！

我硬生生地吞下這句話，千草以莫名清澈的眼神看著我：

「我認為老夫老妻每天對著寒酸的餐桌吃飯不是一件好事，每天這樣大眼瞪小眼的話，只會滿腦子都是『我們都老了』的念頭，人就是一直想著年紀才會變老。」

千草喝光康帕利酒：

「但這種心情又不能告訴任何人，一旦說了，對方一定會說這才是老夫老妻之間的愛情啊，或是教訓我連長年相伴的幸福都無法理解，再不然就是說要在外面吃喝玩樂都需要經濟能力與身體健康當後盾，罵我根本是人在福中不知福。」

有道理，聽到千草這種何不食肉糜的說法，不火冒三丈的人應該少之又少。

然而，在經濟能力與身體健康許可的情況下，或許努力營造出雙方可喘息的空間，與相看兩相厭的老伴分開行動，這麼做其實對彼此都好也說不定。

就拿我來說好了，光是和妻子以外的女人吃頓飯，心情就能煥然一新，因為還在上班時多的是這種飯局，但現在已經完全沒有了。

「你的經濟能力與身體健康都還許可，就盡量享受談戀愛或外食的樂趣吧！我明天一早還要上班，先睡了。」

「你啊，萬一我真的心動了怎麼辦？」

「我會對你刮目相看。」

千草不以為意地說了句「晚安」，走出客廳。

我也不是毛頭小子了，不至於真的想跟久里談戀愛。

只是內心深處確實也有想踏上「不歸路」的衝動。

想在每天一成不變的日子裡，拋棄重要的一切，奮不顧身地投入激情之中。

走進臥房，千草已經呼呼大睡。

我為什麼要一直和這個女人在一起呢？不過，這也代表我們的婚姻很幸福，晚年生活會很平靜。

每次去文化中心，我都會刻意經過櫃台，久里有時候會坐在裡頭，有時候不在。

自上次一起吃過烤牛肉後，她見我經過，立刻迎上前來：

「前幾天承蒙招待了。」

我逮住這個機會約她：

「改天再去吧！這次我不開車，去吃火鍋如何？」

「謝謝，上次真的很開心！」

久里只說了這麼一句，立刻回到位置上。

這句話不算答應我第二次的邀請，但也沒有不留情面地拒絕。

那之後一整週，我們都沒有交談。

如果一直死纏爛打，可能會得到反效果，所以我一面想著該如何出手，一面繼續從櫃台前經過。

小說及電影中，中老年男子總是輕易墜入情網，但我從以前就懷疑怎麼可能真的陷進去。話雖如此等到有機會站在情網邊，又滿心期待小說中的情節會在現實上演。

我比以前更勤於上健身房鍛鍊，也開始注意起髮型及穿著打扮。

「戀愛」遲遲沒有進展，研究所考試要交的論文題目倒是已經決定好了——「石川啄木與環境問題」。

經由文化中心的講座，我得知啄木十分關心當時的環境問題，這個題目也很符合時代的潮流，我認為探討誕生於明治時代的啄木對環境問題有什麼看法應該能過關。

我謊稱「想寫成同人誌對外發表」找講師商量，講師稱讚我的出發點很特別，並當場告訴我啄木對足尾銅山的環境污染問題採取了什麼行動。

一定能及格，能開創新的人生！

儘管心情十分激動，回家的時候還是不著痕跡地看了櫃台一眼，久里正專心對貌似新加入的中年大叔學員解釋著什麼。

完全沒留意到我。

第二天中午，我久違地繫上領帶、換上西裝，前往每日時報的會議室，參加「街道上的英雄們」評審委員會。如今只剩這裡需要我了，對我而言是很重要的地方。

我確實感受到還被社會需要的意氣風發，與來自各界的評審委員唇槍舌劍議論也讓身心充滿活力，一次的報酬頂多只夠付車錢，但就算沒有酬勞，我也想繼續做下去。

那天開會前，事務局長請我先到別的房間說話。

「田代先生，實在很難以啟齒……。」

他停頓了一下，接著說：

「非常抱歉，田代先生的任期到今年為止，請您見諒。」

意想不到的通知讓我的臉頓時僵住。

下一瞬間，怒氣一股腦兒湧上心頭——

是對於「實在很難以啟齒……」和「請您見諒」的怒氣。

這句話恐怕是以我想繼續做下去想得不得了為前提說的，也恐怕是以「退休後賦閒在家的田代先生大概不想放棄這份工作吧！」為前提開口。

雖是這樣說沒錯，但他那種施恩的態度實在很過分，貌似恭敬，實則失禮至極。

完全被瞧扁了！

「田代先生，真的很抱歉，上頭提出要求委會員年輕化的方針。」

這個藉口實在太爛了，明明評審委員中還有比我更年長的人。

果然退休以後就被當成「過去的人」，大概是要我見好就收的意思吧。

我打斷事務局長又要跳針「非常抱歉……」的藉口。

擺出稍微搔了搔頭的模樣說：

「別這麼說，我還要感謝你先起了這個頭，不然我也一直不知道該怎麼開口，每次都想著今天一定要說，但都說不出口。」

事務局長露出狐疑的表情，太好了！他似乎沒留意到我瞬間緊繃的表情。

「其實是我明年春天要回母校東大了。」

我不動聲色地加重「母校東大」的語氣。

在職業介紹所絲毫派不上用場的母校，這個時候倒是很好用。

「啊，我不是要當老師啦！只是重拾書本之後，找到想寫的論文題目，可能沒空再幫你們的忙，真的很不好意思，可以讓我只做到今天嗎？」

事務局長明顯吃了一驚。

反正他也不可能向東大確認，所以我稍微加油添醋了一番。

「我是法律系畢業的，但是想打破文學系或醫學系、工學系等科系的派別，集合眾人的智慧，從事類似非營利組織的活動。因為大部分六十多歲的人頭腦和身體還很清晰硬朗，又有豐富的經驗。現階段還無法透露太多細節，倘若我能為世人做出貢獻，到時候還請『街道上的英雄們』務必頒獎給我。」

謊話連篇。

事務局長的笑容凝結在臉上，進退失據地說：

「那個、請不要只做到今天，可以拜託您做到年底嗎？社長也說要請您在慶祝酒會上擔任講評及致辭……。」

我才不想把力氣花在講評及致辭這種無謂的廢話上頭。

「說走就走」是撒手不幹的鐵則，一定要在對方措手不及的時候轉頭就走。

急流勇退。

我低下頭說：

「真抱歉，我已經安排好要暫時離開東京進行田野調查了，能在歷史悠久的委員會擔任十三年的評審，實是我至高無上的光榮。」

展現出完美無缺的沉著笑意。

然後在會議上比平常更積極地表達意見，結束後從容向大家道別。

事務局長大概以為賦閒在家的我一定會堅持做到年底，事先沒告訴任何人我要卸任的事。委員們都相當驚訝。

七十五歲的畫家喃喃自語：

「我也差不多要……。」

我用手制止他：

「您在說什麼呀！像我這種小角色隨時都有人可以替代、那些人也比我更能對委員會做出貢獻，但絕對沒有人能代替大師！」

被我戳到痛點，事務局長低著頭，悶不吭聲。

換個角度想，就算是在子公司，只要還頂著公司的大名，依舊到處都搶著要我過去。不同於老畫家，一離開公司，我的名字再也沒有任何價值。

「今後如果還有機會，請務必讓我參加各位的聚會。」

我用這句話演出完美的謝幕。

回家路上，全身都沒力了。

當一個人開始走下坡，全世界都看得出他正在「走下坡」，從「實在很難以啟齒……」和「請您見諒」可以看出路人的眼睛是雪亮的。

說不定事務局長早就看出我的虛榮與謊言、也或許渾然不覺，但這都無所謂了。

野貓從樹蔭後面竄出來，看見我，喵了一聲。

「你為什麼會生來當貓呢？肚子餓了吧？不過當貓或許比當人類還好喔。」

流浪貓又喵了一聲，跑走了。

我突然想見久里。

問題是我連她的電話號碼和電子郵件信箱都不知道，不過就算知道，大概也沒勇氣和她聯絡。

我每天過著去健身房、去文化中心、在家裡準備論文的日子。

總覺得力不從心。

考研究所是最好的選擇，但我最近開始思考，我真的想念研究所嗎？會不會只是因為沒有別的事可做，才認為考研究所是最佳的選擇？

研究主題突然換成石川啄木的動機也令人噴飯，當時我頭昏腦熱，認定是啄木沒錯，但這根本是個天大的錯誤。

我好焦慮。

不知道自己在焦慮什麼，但就是焦慮。

門鈴響起，是快遞。

年輕的快遞員向我道歉：

「包裝得不夠仔細，好像有玻璃瓶之類的東西破掉，當時已經緊急處理過了，我們願意賠償您的損失。」

聽到這裡，我打斷他：

「包裝得不夠仔細——這種話應該在對方交付的時候說吧！」

「是的，可是對方完全沒有交代是易碎品或玻璃瓶之類的物品，本公司便當成一般包裹處理了。」

「想把問題推到顧客頭上嗎？」

「不是……。」

「你就是在推卸責任！明明是你們沒有小心配送的錯。」

「是的，非常抱歉，本公司願意賠償，還請您打開來檢查一下！」

「不用了！要你們賠償就更扯不清了，反而麻煩。算了，這件事就到此為止！」

「呃、可是……。」

「顧客都說不用了、就是不用了！」

「真的很抱歉，我們以後會加倍小心。」

我拋下深深低頭賠禮的年輕快遞員，氣急敗壞地回到客廳。

坐在沙發上，頓時覺得自己非常可惡，居然把氣出在弱者身上。

如果我真的想念研究所，無論發生任何事應該都影響不了我。

問題是，就連準備考研究所都無法平復我被「街道上的英雄們」評審委員會除名的打擊。

我真正想做的是工作。

要是能利用工作空檔去研究所研讀對工作有幫助的學問，該是一件多麼幸福、多麼值得高興的事啊！

明明頭腦還很清晰、身體也很硬朗，研究學問卻只是為了陶冶身心，這實在滿足不了我。

對快遞員真是過意不去。

第二天，我下定決心，前往文化中心。

為了約久里吃飯。

昨天對弱者亂發脾氣的窩囊在腦中盤旋不去，久久無法釋懷，感覺只要見到久里，就能得到救贖。

望向櫃台，很幸運地只有久里，沒有其他人。

「今天晚上要不要一起吃飯？我知道一家很好吃的火鍋。」

「謝謝你的邀請，可是晚上不行，午餐的話可以嗎？」

午餐啊，被她逃掉了，我只有這點本事嗎？

「可以啊，不過午餐就不能吃火鍋了，那我預約一家美味的義大利餐廳吧！那家店在西麻布很有名，你上網查一下就知道了。」

我從記事本裡撕下一頁，寫上店名。

「我今天十二點就下班了。」

久里對我嫣然一笑。

那天，完全聽不進啄木的講座。

雖然改成午餐，但久里為什麼要接受我的邀請呢？

上次的烤牛肉還有理由可以說，但這次並沒有，至少可以理解為她並不討厭我吧！

她打算與我發展成什麼關係呢？

一再陪我吃飯的飯友嗎。

我自己又想怎麼樣呢？

今後也繼續約她吃飯，主要都由我說話、討久里歡心、負責買單嗎？

這是最可悲的情況。

可是一旦真要發展成朋友以上的關係，我大概也會裹足不前。

我還在想現實果然與小說或電影不一樣的時候，便下課了。

抵達西麻布的老字號義大利餐廳"Alporto"時，久里已經到了。

久里好像有點坐立不安的樣子，低頭看手機。

看到我，如釋重負地笑了。

「田代先生，上次的東京會館也是，你選的店都好高級，讓我好緊張！」

「你第一次來？」

「名字當然聽過，但沒事來不了吧。剛才還看到經常出現在電視上的料理鐵人跟別人說話，定睛一看，居然還有知名的歌舞伎演員……。」

久里一臉興奮地以眼神示意，順著她的視線看過去，歌舞伎的知名演員確實正與家人共進午餐。

「我還在銀行上班的時候，女職員在這裡為我開過慶生會，從此以後就成了常客。」

「好棒啊……銀行的女職員會在這種店幫上司慶生啊！」

「問題是為了回禮，我也在這家店請她們吃過好幾次飯。」

「這麼聽下來，總覺得我二十歲的時候過得好單調啊，真是虧大了！」

前往各桌與客人寒暄的主廚來到我們這一桌。

「田代先生，今天有你愛吃的龍蝦喔！」

主廚說道，也對久里微笑致意。

沒想到能向久里展現出「經常出現在電視上的料理鐵人」知道我愛吃什麼的場面，我太滿意了。

「像久里小姐這種年紀的人，平常都跟朋友約在什麼地方見面？」

「晚上都約在四千圓以下就可以喝點小酒的地方。如果是義大利餐廳，光點一瓶便宜的葡萄酒，大概就要四千圓了。」

久里吃著橄欖油香蒜義大利麵說。

「這裡的義大利麵在網路上也很有名，吃到這麼好吃的義大利麵，會讓人質疑這輩子吃過的到底算什麼？……」

「我想讓你好好地享用這裡的義大利麵，所以特別請主廚以少量的方式提供三種麵。」

話題轉到美味的食物。

久里笑著提起她帶隊旅行時吃到的鄉土料理、各地的醬菜及米的美味，我則暢談自己在世界各地喝到的酒和下酒菜。

聊得比上次還熱絡。

「宮澤賢治在《不要輸給風雨》裡寫道：『一天吃四杯糙米、味噌和少許蔬菜。』說這是為了幫助更多人。」

「一天四杯米也太多了！」

久里展顏而笑。

「為了幫助別人，一定要吃這麼多才有力氣吧！」

「久里小姐也想過這種日子嗎？」

「我在粗茶淡飯這點倒是和賢治一樣，但不是為了幫助別人。」

「才沒有這回事呢，光是這樣和你聊天，我的心情就能得到平靜。」

說完這句話，我全身發燙。

聽起來好像在對她示愛，而且還用「得到平靜」這麼羞恥的字眼。

但我是真的得到了平靜。

被「街道上的英雄們」評審委員會除名的打擊、對快遞員亂發脾氣的窩囊都變得無關緊要了。

「很高興能聽到你這麼說，老是讓你請我吃這麼貴的餐廳，我也覺得很過意不去。」

「別這麼說，你就當是為了幫助我，當成『日行一善』，以後也請繼續賞光！」

「謝謝你。對了，這個！」

久里這才想起來的樣子，從皮包拿出「宮澤賢治展」的招待券，展出地點在日本橋的百貨公司。

「展覽到下週末，如果你有空可以去看！」

「久里小姐已經去過了嗎？」

「還沒，我打算下禮拜再去！」

「那要不要一起去？」

久里揮揮手拒絕：

「我還沒決定要哪一天去，如果是啄木的展覽就好了！田代先生也不用勉強，門票就算作廢也沒關係。」

既然如此，我也不好再繼續糾纏下去。

回到家，道子一個人在家裡。

她說孩子跟公婆一起出去了，千草也還沒回家，她一個人盤腿坐在沙發上，擺出一副「回娘家」的態度。

「爸爸，聽說你談戀愛了？」

才剛和久里分開，聽到這句話不禁有些狼狽。

道子開始泡茶：

「媽媽很激動喔，還打電話跟我說：『你老爸好像談戀愛了。』」

「有什麼好激動的，真沒禮貌！再說了，為了這種事打電話給你，就證明她內心其實很緊張。」

「可是我每天都跟媽媽通電話啊，倒也不是為了這個特別打電話給我。」

這就是所謂的母女同一個鼻孔出氣嗎？

父親每天做牛做馬地工作，結果不管是在外面還是在家裡都成了「過去的人」嗎？

「爸爸的女朋友是什麼樣的人？」

「傻瓜，我又沒有真的談戀愛！」

「我就知道。」

道子仰頭大笑。

「爸爸，聽我的忠告，沒有人會找老頭子談戀愛，或許有例外，但基本上——不太會有。」

這我比誰都明白。

自己和家人都很清楚，不可能踏上這條不歸路。

「如果是事業有成或人生閱歷十分豐富的老頭，或許會有女人真心實意地送上門來；還有，同樣是老頭子，明星或運動選手也可能比較有女人緣，有一些熱愛權力的女人則會喜歡政治家，因為那些人都不是一般人。普通人如果有什麼非分之想，也只會把對方嚇跑。」

「爸爸現在正以考上研究所為最大目標用功讀書，可以斬釘截鐵地告訴你，我對黃昏之戀根本沒興趣！你想想看嘛，我可是病急亂投醫地跑去文化中心研究啄木概論，然後就要整理成論文考東大喔！」

「真的很瘋狂耶，受不了你。」

「所以我怎麼有空談戀愛。如果對寫論文有幫助，不管是文化中心的女孩子還是歐巴桑，我都會拚命約她們吃飯。」

「那就好，不過身為女兒，可不想看到自己的父親自以為是小說裡為愛傷神的男主角，拚命請女生吃飯，結果什麼好處也沒撈到，為此黯然神傷的模樣，才會先給你打個預防針。」

我的胸口一緊。

久里是看在我請她吃飯的份上才答應我的邀約嗎？

我不願這麼想。但老實說，除此之外我找不到任何她願意陪一個普通糟老頭吃飯的原因。

「女孩子這麼容易被請吃飯釣上鉤嗎？」

「時下的女生好像是這樣，我不確定收入比較高的女生是不是也如此，畢竟那樣的女生也不是普通人。一般女生的收入都不高，但又蒐集了一大堆好吃的餐廳或網美店資訊，要是有老頭肯請她們吃飯，她們肯定樂壞了。」

「可是，如果不喜歡對方也不會去吧？」

「除非對方非常臭、非常髒、非常下流——否則應該都會去。」

我無言以對。

看在久里眼中，我應該屬於平庸老頭，還不像道子說的那麼糟糕。

道子興頭上來繼續說道：

「因為老頭說的話跟年輕男人不一樣，有些話題還挺有趣的，對她們來說，具有請吃飯這個附加價值的平庸老頭算是食之無味、棄之可惜的存在吧！」

這樣啊，我對久里而言只是食之無味、棄之「真無彩」的存在啊！

聽起來非常合理。

那天晚上，千草從美容院回來，以興高采烈的語氣說：

「機會難得，要不要一家三口去 Alporto 吃晚餐？」

A、Alporto？我今天才跟久里在那裡吃過午飯！

我心慌意亂地正要說「我想吃日本料理」時，道子已經打電話訂位了。

「喂，老闆娘嗎？我是田代的女兒，好久不見了。現在想和爸媽過去吃飯，有三個人的座位嗎？太好了，很久沒有一家三口一起吃飯了，我也很期待！還有啊，我每種義大利麵都想吃一點，可以幫我們準備三種，但每種的量都不要太多嗎？」

不愧是一流餐廳，老闆娘完全沒透露我中午去過的事，對我中午也點了三種義大利麵的事更是隻字未提。

我放下心中的大石頭，與妻女又去了同一家餐廳。

三個人吃到的三種義大利麵也都跟中午不一樣。

這是主廚的體貼。

看在主廚眼中，我是久里的男朋友，還是具有請吃飯這個附加價值的平庸老頭呢？

星期二下午，我在「宮澤賢治展」的會場入口附近「守株待兔」。

久里星期二只有半天班，我猜比起一整天的休假，中午下班後順便去看展的可能性比較大。

然而等到五點，她還是沒有出現，十二點就下班的話，不可能拖到這麼晚，不是有別的計劃，就是先回家一趟再來。

會場前有個販售賢治周邊產品的賣場，也有可供休息的地方，勉強可以消磨時間，但也已經到極限了。

隨著時間流逝，愈來愈覺得自己像個跟蹤狂般埋伏堵人真是丟人現眼。

如果是年輕人就算了，但我已經六十多歲，還做出這種蠢事，到底在想什麼？

就算假裝巧遇，見到久里，頂多也只能再請她吃頓飯而已。

我意識到自己的丟人現眼，獨自進場。

會場內人山人海，足見賢治有多受歡迎。

最初是年表區，掛著賢治戴著圓頂硬禮帽、頭低低地走在農地裡的照片，這張照片相當有名。

另外，「孕育賢治的故鄉」展示著大量令我懷念的岩手山及北上川、廟會及馬的照片。

啊，這就是我的故鄉！

原本覺得很平常的山川及廟會，一想到賢治也看著同樣的景色、創作出不朽的童話，不禁產生以故鄉為榮的念頭。

為了確認賢治在盛岡待到幾歲，我回到年表區。

沒想到久里正目不轉睛地盯著年表看。

只有她一個人，沒有同伴。

她還在這裡，不就表示她只晚了我幾分鐘進場嗎？我假裝沒看見她。

回到下一個展區，從頭再逛一遍。

我對眼前的展示幾乎視而不見，只是配合久里的速度，不疾不徐地前進。

久里與我之間只有短短五公尺的距離，再這樣下去，她一定會注意到我。

萬一她發現我，流露出迴避的態度，或者是放慢腳步，那一切就到此為止。

我就會從具有請吃飯這個附加價值的平庸老頭畢業。

但她想必會叫住我。

我抱著近似祈求的期待。

問題是久里正拚命做著筆記，時而趴在展示櫃上，完全沒有注意到我。

她走得太慢了，實在沒辦法一直配合她的步調看展。

「啊！田代先生。」

耳邊突然傳來久里的叫聲，曾幾何時，她已經和我逛到同一個展區。

「你來啦！」

「對呀，你都給了我票，我當然要來。」

「這樣我反而不好意思了。」

「人這麼多，沒想到還能遇到你。」

「資料比我想像中充實太多了，令我大開眼界，不小心看得太認真，還在前一個展區被一群婆婆媽媽嫌棄：『你要看到什麼時候啊，快點前進啦！』」

以她那個速度，確實很有可能。

久里又開始專注地看展。

我對賢治一點興趣也沒有，但還是陪久里一起慢條斯理地參觀，同時也開始想要去哪裡吃飯。

兩小時後，我們坐在表參道的西式居酒屋裡，久里堅持今晚無論如何都要請我吃飯。

這是一家以少量提供各種料理、風格類似西班牙小點的餐廳。從明太子涼拌墨魚到棒棒雞、韓式炒冬粉、法式蝸牛，世界各地的美食齊聚一堂，酒也從日本酒到希臘的茴香酒一應俱全。吃吃喝喝，一個人大概也只要三千圓左右。

燈光略顯昏暗，時髦的桌椅跟壁紙明顯鎖定女性客層，到處都重點性地裝飾著歐姬芙（註：美國女畫家，作品主要以局部的花朵、骸骨、風景形成半抽象的構圖）畫的花。

「好不容易能回請田代先生了，雖然是這種小店，但菜色琳瑯滿目，可以搭配各式各樣的酒。」

我有點在意「回請」這兩個字。

難道她希望快點跟我扯平嗎？

店內多半是二十歲到四十歲的上班族及粉領族，六十多歲的人顯得有點格格不入。

我為了掩飾難為情，開口說：

「要是被大家撞見我們單獨在這種地方吃飯不太好吧。」

久里只是噗哧一笑，什麼也沒說。

「看在旁人眼中，大概會以為是老頭子在搭訕年輕女生吧！」

「不會的，我已經不年輕了，而且……。」

從菜單移到我身上的眼神莫名性感。

「田代先生馬上就要變成研究生了，到時候從立場上來說可能比我還要年輕呢，會變成大媽在搭訕學生喔！」

「歡迎你來搭訕我，我隨時都樂意奉陪。」

「我會當真喔。」

久里好像跟平常不太一樣。

無論是眼神還是說的話。

今晚萬一真的有什麼發展，我應付得來嗎？

至於要應付什麼，那就心照不宣了，還是少喝點酒吧！

前兩次吃飯的時候，我們也聊了很多。但今天或許是一起看展，感覺比前兩次更親近。

還交換了電子郵件信箱。

「田代先生來自於賢治口中的烏托邦呢！賢治稱故鄉岩手為烏托邦，也就是所謂的桃花源……。看了今天的展覽之後，我能充分體會他的心情。」

「嗯，我今天也對故鄉充滿驕傲！」

「儘管飽受饑荒及歉收所苦，岩手還是相當美麗。」

「可是啊，每個人的故鄉都是那個人的烏托邦或桃花源吧。」

「這樣啊、說的也是……。」

「嗯，烏托邦就在大家的心裡。」

「……故鄉。」

「沒錯，無論改變了多少，都是自己的烏托邦。」

就連我也很驚訝自己居然能臉不紅、氣不喘地講出這麼青春的話。

久里只是微微點頭，望向遠方。

或許是想起故鄉秋田吧。

可能因為是自己熟悉的餐廳，或者是已經對我卸下心防，久里喝得很醉。

才剛走出餐廳，身體就晃了一下，我趕緊抱住她。

今晚只要我出手，應該就能攻下她吧……。

機會總是突然來臨。

如果還猶豫不決這樣好嗎、今後會不會變得很尷尬？豈不是太不解風情了。

「我叫計程車送你回家。」

久里以迷濛的眼神點了點頭，

我把她塞進迎面而來的空車裡。

「目黑通對吧？久里小姐。」我問她。

我曾在那一帶的公車站看到她，應該是那裡沒錯。

當我送久里回到她公寓樓下，她會讓我上樓嗎？

「嗯、目黑通……沒錯。」

語氣已經醉醺醺，有說等於沒說。

久里「呼……」地吐出一口大氣，不計形象地靠在椅背上。

「我很少喝醉說……。」

「不要緊吧。」

正當我想攬住她的肩頭時。

久里把手提包硬生生地塞進比鄰而坐的我和她之間。

被潑了一盆冷水的感覺莫過於此。

雖然只是個小包包，但就跟結界沒兩樣、就跟堅固的門沒兩樣，暗示我不能再越雷池一步。

都已經醉成這樣了，還能在我們之間布下結界，久里的態度說明了一切。

儘管如此，我還癡心妄想跟她要有什麼發展，而刻意少喝一點酒，幻想她會不會請我上樓。

久里在貌似公寓附近的巷子下車，口齒不清地說：

「謝謝你，下次有空的時候再約我。」

我心想沒有下次了。

「小心點，今天謝謝你請我吃飯。」

沒有女人緣的平庸老頭如此回答著。

自從那天以後，我就不再去文化中心了，因為不想再見到久里。用皮包布下結界，對我來說是天大的侮辱。喝醉的久里或許不記得了，但也正因為是下意識的行為才更傷人。

進入十二月的現在，年內其實只剩三堂課，但我已經決定都不去了。講真的，我的人生只剩下考研究所這個目標，雖然我也不是打從心底想去念，倘若順利考上，就能展開全新的生活。

想到這裡，我便開始解讀長篇的英文。

即使我不再去文化中心上課，久里也沒傳訊息來關心一下。被看扁到這個地步，我也無意再主動與她聯繫。

儘管如此，我仍戀戀不捨地每天檢查信箱。

繼續去健身房，還跟鈴木及同樣的熟面孔一起吃尾牙。

想起與久里共度的那段短暫卻彷彿飄浮在雲端的時光，相較之下，感覺和戴著美國牛仔風格金屬掛飾的老先生、頂著登山帽的老太太一起喝酒的餐會自在多了。

這大概就是所謂什麼年紀該做什麼樣的事。

「田代先生，請問您這週哪一天有空呢？」

我正打算結束重訓時，鈴木問我：

「這麼突然真不好意思。」

鈴木的運動服都被汗水濡濕了，看向我的眼神十分認真。

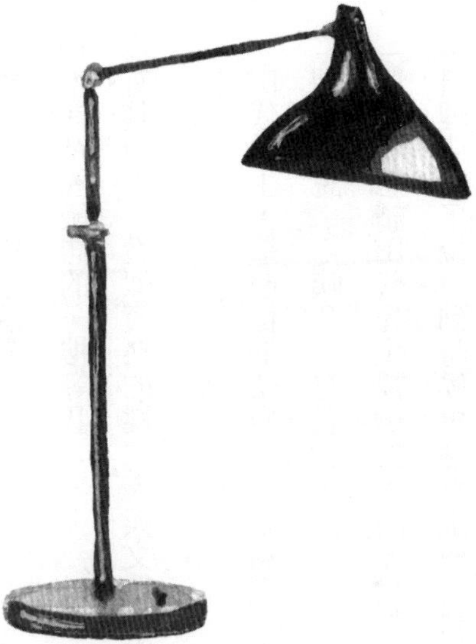

第陸章

靠近年底的十二月二十九日，傍晚五點，家裡的門鈴響起。

鈴木的司機橋本畢恭畢敬地說：

「我來接您了。」

現在是美容院生意最好的時候，千草每晚都忙到十點過後才回家，只需要告訴她：「我臨時跟人有約。」

畢竟我也不知道鈴木找我有什麼事，也不知道橋本要載我去哪裡，更不知道還有沒有其他人，總之我換上西裝，打上領帶。

鈴木在帝國飯店的一樓等我。

沒有其他人，看似資料的檔案夾與文件在桌上堆成一座小山。

「田代先生，這麼忙的時候還請您過來，真的很過意不去。」

「別這麼說……咦？只有我嗎？」

「對，我想請田代先生幫個忙，請先給我一個小時左右說明這些資料，然後我已經在飯店內的日本料理店訂了位，到時候再邊吃飯邊請教您的想法。」

「你要問我的想法，可是我完全不知道你找我的目的……？」

「您所言甚是。」

鈴木指著桌上的資料說：

「這些是敝公司的財務報表、報稅資料等等，可以明白敝公司的所有狀況。如果有需要，您可以抄下來，帶回去研究。」

我愈聽愈搞不懂他的用意了。

「敝公司叫『金樹股份有限公司』，從網路購物起家，目前也從事遊戲軟體的開發，有四十名正式員工，平均年齡三十二點三歲。」

鈴木向我展示公司簡介的小冊子，繽紛的全彩印刷看得出來花了很多錢。

「您看過財務報表就知道，敝公司只是一家中小企業，很幸運能創造出雙倍的利潤。這個業界競爭十分激烈，尤其是最初三年非常辛苦，明年就是創立十三週年，最近剛決定要在國外推出新的事業。」

鈴木端正坐姿，面向我：

「田代先生，您願意來敝公司當顧問嗎？」

「什麼！」

「我從半年前就有這個想法了。」

我聽得瞠目結舌，這件事完全出乎我的預料。

「海外的新事業據點在緬甸，那裡有一家名叫伊洛瓦底的公司，是緬甸政界大佬的親戚開的優良企業。敝公司也曾進軍過海外，但這次和伊洛瓦底公司合作的是很大的案子，內容以網路購物及使用電腦買賣股票這類的交易為主，我們從一年前就已經開始籌備了。」

「為什麼找我？你應該也稍微調查過我的資歷，科技業實在不是我的專業領域。」

「如您所說，我確實在可以調查的範圍內稍微做了點功課，也見過幾位認識田代先生的人，他們都異口同聲地說您：『欠缺協調性，但是非常能幹！』」

我苦笑，鈴木也笑了：

「實不相瞞，我想請田代先生來工作的第一點是因為您畢業於東大法律系的學歷，又有在立花銀行總部待過的經歷。敝公司的員工都還太年輕，所以有個學經歷這麼顯赫的人來當我們的顧問，可以提升敝公司的信用，也能使年輕員工信服。」

我又苦笑了。東大法律系、立花銀行總部的學經歷一下子是扣分、一下子又是加分的要素。

「第二點是敝公司沒有精通與國外做生意的員工，我自己也不是很有研究。」

「我經常去海外工作沒錯，不過也還沒到精通的地步。」

「您太客氣了，大家都提到您在亞洲各國雷厲風行開發業務的事蹟。」

雷厲風行嗎？聽起來很受用。

「最重要的第三點，是希望曾經待過銀行經營中樞的田代先生能以經營顧問的角度切入，協助我們擬訂事業計劃。這是敝公司今後不僅要活下去、還要成長茁壯最切要的工作，您願意助我一臂之力嗎？」

鈴木滔滔不絕的口吻十分熱切。

我沉默不語，沒有回答，但內心早已講出一百個「我願意」。

另一方面，「該不會是騙局吧？」的疑慮也在我心中揮之不去。還沒仔細看過資料及文件，無法斷定，但對只是在健身房萍水相逢的男人輕易提出這種要求實在太可疑、餅也畫得太大了。

「鈴木先生，我聽說網路購物的市場規模高達十七兆圓，你說貴公司創造了雙倍的收益，但現在就連產業龍頭都必須加強服務，例如減免上架費用或運費才能苟延殘喘，免費手機軟體用戶的競爭也愈來愈激烈，你打算如何在這種情況下脫穎而出呢？」

「敝公司把目標放在海外市場，這次先從緬甸出發，再來進軍越南，臺灣、泰國的計劃也都有了雛型，事實上，這些地區都是成長中的市場。產業界的龍頭確實也致力於這一塊，但敝公司很早就鎖定開發中國家未來的需求，這次與伊洛瓦底公司的合作案就是搶先其他公司進行開發的結果。」

鈴木才三十歲就當上董事長，果然有他的本事。

「田代先生是從大型商業銀行出來的人，對敝公司這種小規模企業感到不安也是人之常情。但我認為從與大企業不同的角度出發，尊重年輕人的想法、開拓微型工作的藍海也很重要，將此視為敝公司的宗旨，努力至今。」

我打算跟他借所有的資料回去看，只要仔細檢查，一定能發現什麼不對勁的地方。

憑良心說，可以當顧問，我高興得都快要飛上天了。可是身為銀行出身的人，也不能傻傻地一頭栽進去。

我認為鈴木對金樹的經營狀況及今後的展望都回答得很誠懇，然後我們換了地方，開始用餐。

「至於邀請您來的條件，希望您每週能來公司三天，從早上十點到傍晚四點，地點在大手町的總公司。」

鈴木說完，一臉歉意地低下頭去：

「顧問費不多，年薪只有八百萬圓，您可以接受嗎？我會為您準備私人辦公室與秘書，請您務必認真考慮一下！」

在回家的路上，我衷心向上天祈求，但願文件及資料不要有任何問題。

我想去！我想當金樹的顧問、我想工作！

經營狀況及帳本都由合格的會計師仔細審查過，應該沒什麼太大的問題，但還是得冷靜地檢查一下。

每個月只要上十二天班，有秘書和私人辦公室，年薪還有八百萬圓……以一個年過六十，沒有任何特殊專長的男人來說，簡直是天上掉下來的禮物。

正因為如此，我才無法不疑神疑鬼。

司機橋本將沉重的資料及文件裝進大袋子，幫我提到家門口。

千草遞給他一個小包，以示慰勞：

「這麼匆忙出門，還勞煩您送他回來。這是伊達卷（註：日本過年吃的一種魚漿煎蛋捲），請留到過年的時候吃！」

我只告訴千草有家認識的公司找我去，沒說得太詳細，畢竟一切都還不確定，害她有所期待也不好。

在那之後整整十天，就連除夕和元旦，我都在檢查那些資料。

看了三年來的財務報表和營利事業所得稅申報書，獲利三級跳，不僅幫員工加薪，就連加班費也照實給。

根據我透過人脈及管道調查的結果，該公司的經營還算腳踏實地。

國外的工作也穩紮穩打。

這次與伊洛瓦底公司的合作案高達三億五千萬圓，對金樹來說算是大案子。我能明白鈴木想涉足這個領域的興奮之情。

還有一點，要說擔心也真有點擔心，那就是配合這次的案子雇用了五位正式員工，五位都是技術人員，每人平均年薪七百萬圓。

現階段還不到「危險」的地步，但是先觀察一下情況，再兩、三人這樣慢慢遞增不是比較好嗎？再不然也可以用約聘員工的方式，針對這次增加人力，開發完畢就解約。

一般而言，軟體開發公司投資在設備上的資金不多，最大的成本是花在開發軟體的那一年到三年之間的人事費用。

鈴木的想法恐怕是想一口氣編列五位正式員工，以便隨時都能因應今後進軍海外的事業。我覺得有點太樂觀了，但這點對我要不要去當顧問沒有太大影響。

從各種不同的角度觀察，都找不出什麼問題。

決定了！我要去金樹上班。

我做夢也沒想到生命會這樣峰迴路轉，世事真是難料。

千草過年期間忙得不可開交，幾乎都不在家，我獨自坐在客廳，沐浴在一月明媚的陽光下，明顯地感受到全身正湧起源源不絕的力量。

仔細想想，自從與鈴木談過，我再也沒想起研究所和久里。

想到可以考研究所的時候，我的確滿心期待，認為這才是最適合我的一條路，預感自己即將打開新世界的大門，這是真的。

久里的出現也是，明知不可能會有人愛上平庸老頭，卻還是情不自禁、意亂情迷，這也是真的。

只不過，我最希望的還是被社會需要，在職場上征戰。

從以前就知道這是我唯一的願望，卻不得不逼自己死了這條心。現在回頭想想，研究所和久里只不過是為了壓抑這個願望的工具。

經常可以聽到「人貴自知」這種說法。

這句話說的並沒有錯，問題是每個人的自知都不一樣。

我退休後也想待在社會上繼續和人競爭、繼續與人一較長短、繼續繃緊神經走在鋼索上，這是我的自知。

世人都說退休後如果還過著這種生活，人生未免也太索然無味了，是可悲的工作狂，根本不懂生命的喜悅。說這種話的人真是多管閒事！

明明沒有興趣，卻要求自己去學才藝、閱讀、交朋友，對我來說才是索然無味，才不是我的自知。

放完年假，我立刻約鈴木到車站前的咖啡廳見面。

我身上是平常穿的毛衣，外加羽絨服，拖著借來的資料，走進店裡。

鈴木已經到了，連忙起身跑過來，抱起那些資料：

「新年快樂！怎麼不讓我派人去拿呢？害您扛這麼重的資料過來，真是不好意思！」

「別放在心上，我住得很近。」

鈴木西裝革履的樣子看起來很拘束。

我點了咖啡，望向窗外：

「從健身房回家路上，我常來這裡看著外面喝咖啡，或是坐在靠窗的位置閱讀石川啄木的作品。」

我也是在這個位置第一次讀到啄木的「身心舒暢的疲勞呀　連氣也喘不過來　這是工作後的疲累」短歌。我太渴望從工作中得到「身心舒暢的疲勞」了，根本喝不出用來消磨時間的咖啡是什麼味道。

感覺那已經是很久很久以前的事了。

「能一個人悠閒自在地閱讀啄木作品，這些時間對田代先生而言很珍貴吧！果然還是不想失去嗎……？」

我無法回答這個問題。

如果說「你說的沒錯」，鈴木大概就會知難而退，不會要求我再考慮一下。如果回答「才沒有這回事」，又好像我緊巴著顧問的工作不放，感覺會被看破手腳。

我只言簡意賅地說了句：

「我願意接下顧問的工作。」

鈴木愣了一下，隨即舉起雙手歡呼：

「太好了！」

周圍的客人都在看，他趕緊趴回桌上：

「看到田代先生今天的樣子，我還以為沒指望了。謝謝您！」

「今天的樣子？」

「沒錯，我還以為如果您願意接受，就不會穿著毛衣出現在車站前的咖啡廳。」

「哦，抱歉，原來如此，無論我給出什麼答案，你都認為要穿西裝來聽呢！沒想到你年紀輕輕，也有這麼講究禮節的一面，真了不起！」

「我以為您帶資料來是因為不打算接受，所以想趁早把資料還給我。」

「這只是順便、順便，我仔細地研究過資料，也透過以前的合作伙伴打聽了許多關於貴公司的事。」

「沒問題，敝公司沒做過任何虧心事，請您儘管調查。」

「嗯，鈴木先生年紀雖輕，事業卻做得有聲有色，想必有很多願意給你意見的前輩和助你一臂之力的人，更重要的是員工都很年輕。四十位員工的平均年齡才三十二點三歲啊……身為經營者，肯定勞心勞力到睡不著吧。」

「還好……。」

「如果不嫌我力量微薄，我是真心想為這樣年輕的經營者貢獻一己之力。」

鈴木大概很感動，低著頭，眼眶都濕了。

「只是這對我來說是個全新的領域，不知能提供多少幫助，但無論有什麼問題都可以敞開來說，讓我們一起在業界活下去吧，鈴木先生。」

這下子，鈴木開始拚命眨眼，想逼回水氣。

我假裝沒發現，看著窗外。

「明明才過完年一個禮拜，陽光卻已經充滿了春天的氣息呢，感覺跟年底的陽光不太一樣。」

或許是找到工作的我看什麼都像看到春天，絕對是這樣沒錯。

「田代先生，請問您什麼時候可以開始上班？真希望您明天就來。」

「怎麼可能！下週一吧，也比較有頭有尾。」

一旦真要開始上班，又覺得要告別現在這種無所事事，只有時間多得發慌的日子有點可惜，這種感覺太愉悅了。

回家路上忽然想起今年收到的賀年卡比往年少了好多。

退休後第一次過年，還以為不會減少太多，沒想到一旦沒有利害關係，就被毫不留情地斷開連結。

但我一點也不在乎，多虧鈴木找我去當顧問，中元節或年底禮物驟減的打擊根本算不了什麼。

第一天上班的早上，我穿上淺灰色的西裝，繫上藍底白點的領帶。

這是千草為我搭配的：

「比深藍色更有春天的氣息，也不會太嚴肅。」

我看著全身鏡裡的自己，感覺變年輕了。

世間萬物都比不上穿西裝去上班的滿心歡喜。

「話說回來，研究所你打算怎麼辦？」

我想也不想地回答：

「等我辭掉顧問再說。」

「戀愛呢？我聽道子說，你有中意的人了。」

「等我辭掉顧問再說。」

千草忍俊不禁地說：

「以你的個性，一旦開始傾心工作，也會開始傾心於談戀愛吧！」

「哦，這句話聽起來真深奧。」

「如果你要喝了咖啡再出門就自己泡啊，我得走了。」

「要是我真的有了女人，你還能這麼遊刃有餘嗎？」

「可以啊，我會謝天謝地。」

「謝天謝地？」

「對呀，因為單靠我一個人面對你實在是太累了。」

「哦，來這一招嗎？你才需要談戀愛吧。」

「才不要，到了這把年紀再交男朋友也太可悲了吧，我也不想把時間浪費在男人身上。」

「說得倒好聽。」

「我現在啊，對工作產生了夢想，改天再跟你說，你也想做什麼就做什麼吧！我們都已經到了不能再虛擲光陰的年紀了。」

我目送千草出門，被她有話直說的性格逼出苦笑，要是我沒有接下顧問這份工作，大概會受不了妻子的毒舌吧！

公司位於大手町的日本經濟新聞社附近，座落在規模不大、但很有設計感的大樓內。周圍是經團連會館、三井物產、JA 大樓、消防廳等設施，過馬路就是讀賣新聞社，位置條件十分優越。

辦公室充滿「現代化」的元素，辦公桌擺放得錯落有致。也有身穿牛仔褲或毛衣的員工，大多才二十出頭。

鈴木召集全體員工，將我介紹給大家。

東大法律系的學歷與立花銀行總部部長的經歷，讓平均年齡三十二點三歲的員工們「哦……！」地一陣騷動，敢這麼老實反應，足見他們對自己都很有信心。

我聽他們輪流簡單地自我介紹，與他們眼神交會，要說有什麼令我感到驚訝的地方，無非是他們的皮膚——原來年輕的皮膚長這樣啊！

男生女生都像剝了皮的水蜜桃。

啊，這群人才活了這些年啊！想到這一點的同時，不免心生同情，這種皮膚狀況的年輕人，縱然有前衛的想法及有趣的創意，但還沒累積夠實力，雖然有些小聰明，但經驗尚淺。

我也有過這樣的時代，不過那已經是很久、很久以前的事了，久到想不起來。

人為什麼會以如此飛快的速度老去呢？

千草今天早上說的那句「我們都已經到了不能再虛擲光陰的年紀了」在我的腦海浮現。

沒錯，我是快爛掉的水蜜桃。

「那麼，請田代顧問跟大家說句話。」

鈴木的聲音令我回過神來。

「敝姓田代，今年六十四歲，大概比各位的父親還老吧！不過這把年紀其實有很大的優勢，希望我比各位多了兩倍的人生及經驗能派上一點用場。」

剝了皮的桃子們不知道在高興什麼，拚命拍手，實在很可愛。會覺得可愛，表示我也上了年紀。

顧問的私人辦公室是面向南方的明亮房間。

六坪大的空間裡擺放了辦公桌和會客桌椅、書架和檔案櫃，完全稱不上寬敞，但是氣氛、光線、設備都遠比我待到退休的子公司專務室好太多太多。

不僅如此，秘書藤井真弓大學畢業才三年，是一位年僅二十五歲、身高一百七十公分的美女。聽說她已經結婚了，有個一歲大的兒子。

進公司第一天，我就和鈴木、副社長高橋純一針對營運計劃進行通盤檢討。高橋是鈴木大學學弟，今年三十三歲。

銀行融資給企業時，以前很著重擔保至上主義，現在則是看企業提出的營運企劃書，如果覺得企劃夠周詳，即使擔保品不多，也會給予融資。

因此必須要有周詳的企劃書。

我在初上任的會議上說：

「先利用我的人脈，探查網路購物及遊戲機在東南亞各國的動向，我想你們過去已經進行過十分深入的調查了，但還是有幾個疑問，必須追加處理。」

我指著電腦說：

「為了開發出符合需求的軟體，我認為可以擬訂以下的經營計劃。首先根據市場調查的結果，預測各種顧客的營業額開始。」

鈴木和高橋已經充分了解到這點，但還是有不少漏洞待填補，討論相當熱絡。

晚上七點，大手町的高樓大廈燈火通明，我慢慢走向車站，全身都沉醉在「身心舒暢的疲勞」裡。

這裡是我的容身之處、就是這裡。

不僅如此，顧問每週只要上三天班，所以明天不用進公司，還有比這更幸福的事嗎？

我不想直接回家，想去銀座的「紫俱樂部」坐坐，退休後，只有這家俱樂部在中元節送了玫瑰花給我。

以前都不是花自己的錢在這裡喝酒，但就算貴一點也無妨，今天這股亢奮的情緒在家裡無法消化。

推開酒廊的門，媽媽桑美砂子迎上前來：

「歡迎光臨！怎麼這麼久沒來。」

或許因為時間還早，沒有其他客人，只有兩個熟面孔的小姐。

「媽媽桑，謝謝你夏天送給我的玫瑰，沒想到你還記得我。」

「這還用說嗎？對了，田代先生，你是不是找到工作了。」

我登時愣住，她怎麼會知道。美砂子應該對我退休後的狀態一無所知才對。

「嚇了一跳嗎？看來我猜中了！」

美砂子開了一瓶香檳：

「這是我的賀禮。」

然後叫來小姐：

「你們也過來一起乾杯。」

乾杯後，等小姐退下，我問美砂子：

「你怎麼知道我找到工作了？」

「第六感喔、第六感。」

「我才不相信，到底是誰告訴你的？」

美砂子有些得意地看著我：

「是西裝告訴我的。」

「西裝？」

「沒錯，西裝會呼吸喔。」

美砂子為我見底的酒杯注入香檳：

「我記得是去年的夏天吧，吉井先生不是得到財經界的獎，辦了場酒會嗎？」

我壓根兒不想回憶那個因為吉井會長有恩於我，沒收到邀請也硬要送上門去的自己，以及酒會後被當成釣餌帶去日本料理店的夜晚。

那是我人生的低谷。

「我也受邀去了那場酒會。」

這麼說來，會長也是這裡的常客，從年輕就經常帶我來玩。

「在酒會上看到田代先生。」

「欸，是噢，你怎麼不叫我？」

「有點開不了口。」

「為什麼？」

「因為你雖然穿著西裝，但西裝卻沒有在呼吸。」

「呼吸……？」

「離開工作崗位後，無法配合西裝呼吸的男人，穿起西裝也不會好看了。」

意思是說西裝死掉了，才不再呼吸嗎？

感覺就算在媽媽桑面前逞威風，也瞞不過她的眼睛。或許是因為現在有工作，才有餘力看破這一點。

「當時我正陷入人生的低谷。」

「看得出來。可是啊，光是不跟以前的部下再來店裡，就足以證明田代先生很有骨氣。」

美砂子拿出我常喝的波本威士忌，放在吧台上。

我從年輕的時候就固定喝不摻水的波本酒，也固定以無花果乾當下酒菜。

「才剛退休一年的人經常會跟以前的部下來，想告訴小姐：『我以前很厲害喔！』費用則是由部下買單。可是往往到了第二年就突然不來了，你知道為什麼吧？」

我知道。

以前的部下不可能永遠陪已經退休的前上司交際，一來必須跟緊現在的上司，二來沒有意義的交際費也無法報公帳。

美砂子笑著把無花果乾裝進小碟子：

「我們家開始提供年金折扣了。」

「真是與時俱進啊！不過與其這麼屈辱地要求打折，我寧願在家喝。」

「田代先生是這樣沒錯，可是大家都一臉稀鬆平常地要求打折喔！」

「這樣啊！」

「就是這樣，可是一旦使用年金折扣，西裝就再也活不過來了。今天的田代先生與我在吉井先生的酒會上看到的田代先生判若兩人喔！」

酒精濃度高達六十四度的波本威士忌滲入全身，真好喝。

「如果是現在的我，向女人示愛會成功嗎？」

「那當然，要不，你來向我示愛看看？」

「這真是個好主意。」

同一時間，手機響起。

我嚇了一跳，因為液晶螢幕上顯示的是「濱田久里」。

「久里小姐，有什麼事嗎？」

電話另一頭欲言又止：

「因為田代先生從年底就一直請假，也沒有續報，不知道你發生了什麼事……？」

「害你擔心了，因為有朋友拜託我協助他進軍國際的工作，我還要準備考試，已經再三委婉地拒絕了，卻又不忍心袖手旁觀。」

我一直用客套的語氣說話，暗示彼此之間的距離。

她最好給我反省一下！那天晚上的皮包結界帶給我多麼慘痛的回憶。

「原來如此，那你準備考試怎麼辦？」

「可能要等結束這份工作再說了，我今天也從早到晚忙碌了一整天，實在無法兼顧，現在一個人在銀座的酒吧，媽媽桑還要我向她示愛，今晚可真夠嗆了。」

美砂子在吧台裡聳聳肩。

我不認為因為我一個人，久里就會來找我，但還是先下手為強，主動表示拒絕：

「久里小姐，如果還有單堂課的講座，歡迎你通知我，如果只有一堂課，我應該能去上。」

然後在掛斷電話之際丟下一句：

「工作要加油喔！」

「工作要加油喔」與「請為我加油」可以說是最沒誠意的兩句場面話。

這是結束對話時最典型、也最沒有意義的客套話，沒有人會笨到從這兩句話感受到對方的關心與支持。

我收起手機，美砂子說：

「女人嗎？瞧你說的話簡直是表面慇懃，實際上敷衍至極的範本，故意的？」

「算是吧！因為現在有比女人更令我心動的東西了。」

「也對，畢竟女人無法讓西裝再活過來。」

我喝著波本威士忌，心想：「當你不要了，對方反而會送上門來」或許是真的，就算是只有請吃飯這個附加價值的平庸老頭也不例外。

鈴木在我與會計師森宏太的合作無間下，可以說是如虎添翼。

森宏太非常優秀，年紀跟我差不多大，我們根據人事費用及設備的預算等，規劃短期及長期的獲利計劃。

我向鈴木及高橋說明：

「我會根據這個獲利計劃，計算出未來三年內的必要資金，說服銀行融資，同時也會盡可能運用自己的人脈去推動，如果是這份營運計劃書應該沒問題。」

鈴木與高橋鬆了口氣。

森說：

「能請到田代先生真是太好了！當然，我們過去也相當認真地經營。」

鈴木使勁附和：

「一路走來，我只對森會計師敞開心房，森會計師知道我們的一切，所以財務上完全沒有問題。從今以後還能向田代先生請教經營上的問題，能有實力這麼堅強的左右護法，我真是太放心了！」

高橋也順著說下去：

「我還被罵了，說一次雇用五個正式員工未免也太樂觀！」

「不是啦，我也覺得只要別發生天災人禍，緬甸的事業一定會成功，問題是沒有人知道商場上會發生什麼事。」

我指著營運企劃書接著說：

「既然森會計師也接受這項人事費用，那就趕快開始在海外徵人、組成軟體開發團隊。」

鈴木立刻回答：

「我們會盡快請當地的顧問公司發出徵人啟事，等過濾出最後人選，再請田代先生前往當地面試。」

他的表情神采奕奕，這就是對每一項逐漸具體化的工作全力以赴的樣子。

不過，最全力以赴的應該是我吧！

誰能想到，我還能再為了工作在國外飛來飛去呢。

去職業介紹所找工作、連中小企業都面試不上、西裝已經沒有在呼吸的我，居然又能去海外出差了。

人生會發生什麼事真的很難預料，大家都用「再往前一寸就是黑暗」來形容世事難料，但有時候也會發生「再往前一寸就是光明」的狀況。

緬甸只有三個職缺，卻有將近五十人來應徵。畢竟可以在日本工作、領高薪，來應徵的人都很優秀，從中挑選出最後十個候補人選。

我與專案組長小山飛往當地，進行嚴格的面試。

先由小山從技術面選出「可以派上用場的人」，再要求他們展現英文能力，測試他們對緬甸市場了解到什麼程度，然後根據他們的適應性及對工作的意識、家庭環境等等，配合健康檢查的結果進行嚴格的篩選。

結果找到了優秀的人才。

這是我自銀行時代以來，相隔三十年再前往緬甸，三天兩夜的行程十分緊湊，根本沒有時間觀光。

抵達成田機場時，充實的感受與久違的國外出差令我累得不成人形。以前再怎麼飛也不覺得累，這時不得不意識到自己已經六十四歲了。

不知道為什麼，我突然好想見久里。自從在紫俱樂部與久里通過電話後，就再也沒有聯絡了。還以為只要我逃走了，對方就會追上來，但她完全沒有要挽回的意思。

我也因為每天都很開心、充滿刺激，早已忘了這件事。

年輕時，愈是忙得身心俱疲、累得站都站不住的時候，不知怎麼地，愈會渴望女人。現在已經沒有那方面的欲望和體力了，但還是會想和女人約會，這點即使上了年紀也還是老樣子。

但願久里突然接到我的電話，音調會變得比較興致高昂。

「我剛從緬甸回來，給你帶了小禮物。現在人還在成田，一個小時後，可以在哪裡見個面嗎？」

這次完全不是用生疏的語氣，禮物也只是剛好有多買的伴手禮。

「你可以指定離你家比較近的地點，像是祐天寺或代官山。」

明明沒有欲望也沒有體力，卻刻意跳過千草美容院的所在地目黑（註：目黑也在那一帶）。

久里指定的地點是一間老派的咖啡廳，就在上次看到她的公車站附近，店裡的風格讓人覺得現在還有這種充滿昭和風味的咖啡廳啊……紅色塑膠布的椅子、陳舊的深咖啡色木桌、平凡無奇的白色咖啡杯和小巧的鮮奶壺，感覺像學生時代的咖啡廳，要是能再播放個路易．阿姆斯壯的爵士樂就更完美了。

因為太累了，當時那種浮動的心情反而再度甦醒，這點也跟以前沒兩樣。

等不到五分鐘，久里便走了進來。

充滿春天氣息的淺色毛衣和裙子，有如盛開在昏暗店內的白色花朵。

大概是因為一陣子不見，感覺她更有女人味了，膚色白皙、手腳修長，真是個好女人。

我居然對這麼好的女人有所期待，身為一個平庸老頭，實在是太沒有自知之明了。

久里喝著檸檬茶，看著我說：

「我還沒去過緬甸，不過聽說是個好地方，你覺得如何呢？」

稱職地扮演好聽眾的角色。

「我是去工作的，只去了該去的地方、見了該見的人，算不上好或不好。」

「這樣啊，難得去一趟，『真無彩』！」

我與久里相視微笑。

感覺對方也有同樣的心情……？

「這是給你的禮物。」

我從袋子裡掏出用當地的報紙隨意包起來的伴手禮。

「哇，好好看！我要做成一片裙。」

久里在桌上攤開用粉紅色和橘色線條織的布。

「你果然很內行，我在市場買的時候，負責翻譯的小姐告訴我：『日本女生很喜歡這個，可以做成一片裙或襯衫。』」

「對，東南亞的布真的非常受歡迎，也能當成披肩使用，我要做成一片裙，趕快穿在身上。」

然後我們聊起文化中心的事。

講師還好嗎？啄木教室的學員繼續學下去的人多嗎？淨是一些無關緊要的話題。

開始覺得與彷彿剛洗完澡、充滿性感誘惑的久里見面，如果只給她禮物就回家，好像白來一趟。

但也同時覺得「好麻煩」。

這種想法就連我自己也嚇了一跳，是因為年紀嗎？不對，我前陣子不是還像個跟蹤狂似地在「宮澤賢治展」堵人嗎？所以不是年紀的問題。

那是因為工作嗎？如今我已經得到最想要的東西，第二想要的東西突然沒有那麼吸引人了，與工作的樂趣、刺激比起來，其他相較之下全都黯然失色。

有些男人不管到了幾歲都要談戀愛、玩女人、搞外遇，但我現在敢篤定地說，就算是年輕的時候，戀愛也只是行有餘力時附帶的甜點。

我抓住帳單，站起來：

「我搭計程車回去，要送你到你家附近嗎？還是你用走的比較快？看你方便，不用顧慮我。」

久里停頓了一拍才回答：

「我家就在附近，但可以請你送我一程嗎？」

沒想到她會來這一招。

我把自己的行李箱塞進計程車的後車廂：

「你先下車的話，坐在出口這側比較方便。」

我把自己的波士頓包扔進後座，坐進副駕駛座。

「等你下車，我再換到後座，這樣你可以坐得舒服一點。」

久里默不作聲地挨著波士頓包坐下，在計程車只開了兩分鐘的距離下車。

我從副駕駛座下車，目送她離開。

「謝謝你的禮物，我會好好珍惜。」

久里向我低頭道謝。

我舉起一隻手說：

「改天再去吃美食吧！」

這個動作應該也很適合我。

西裝已經活過來了！

我曾經死過一次，但現在的我和當時不一樣了。

我在後座蹺起二郎腿，自始至終不曾回頭看盛開在暗夜中的白花。

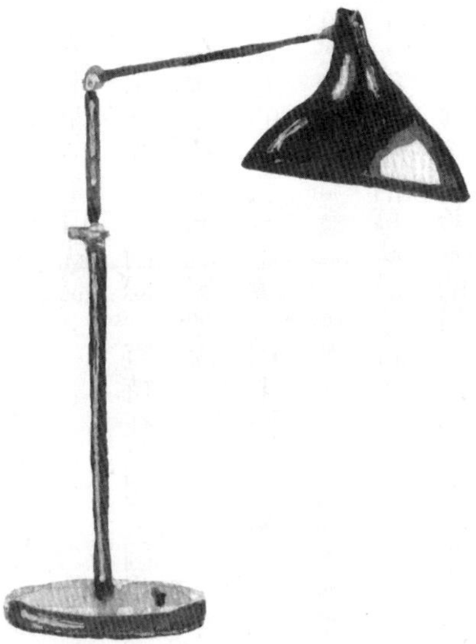

第柒章

退休後剛好一年，成為顧問後也過了三個月。

再過兩天，櫻花大概就會全開，風也很柔和。

當上顧問前的那九個月，對我來說簡直是地獄，但仔細想想，只過了短短九個月，就能重新找到條件這麼好的工作，真是太幸運了！我還在地獄時完全沒想到能有這種發展。

起初還想說天底下哪有這麼好的事，並為此感到懷疑，但金樹的經營非常正派，甚至可以說保守。

鈴木開口閉口就說：

「田代先生，請您一直待在公司，因為顧問沒有年齡限制，真的要拜託您和森會計師了！」

每次我都半開玩笑地說：

「好的，我一定會待到金樹像DeNA（註：日本一家網路公司，創立之初以電子商務起家，現在營運範圍涵蓋社交媒體、電子商務、娛樂）那樣擁有自己的職棒球隊，不過我今年也快六十五了，得快點招募球員才行！」

雖然我才是鈴木的員工，但是他的年紀當我兒子也沒問題，對我說話總是畢恭畢敬。

如果能一直待下去，那真是求之不得，我再也不想重回那段地獄般的日子，拚命尋找興趣。

我對研究所的熱情早已煙消雲散，久里也變成可有可無的存在。現在已經能乾脆地跟「比起孤零零地吃飯，想跟看起來還頗具姿色的年輕女人一起用餐」的想法一刀兩斷。

這些全都拜工作所賜。

想考研究所而閱讀啄木的作品時，他在散文集《玻璃窗》裡寫的心情正是我現在的寫照。

當時的啄木在東京朝日新聞社當校對，忙得不可開交。

「當桌上擺滿了完成一件又來一件，堆積如山的工作時，是我心臟跳動得最愉快的時候。」

「我想有錢，也想看書，想得到名聲，也想去旅行，想生活在能隨心所欲的社會，也想改造自己……心願多如天上繁星，卻沒有一件事能代替我全神貫注地工作時所能得到的樂趣，工作足以讓我忘卻所有欲望。」

我也有「多如天上繁星的心願」，如今每天過著忙得不可開交的日子，單是顧問的工作內容就含括了與銀行交涉到規劃超級業務員的方向。工作實在是「無可取代」、「足以讓人忘卻欲望的樂趣」。

我與鈴木眺望窗外的櫻花說：

「今年好像會提早盛開。」

「我們每年都會在公司賞花，田代先生今年也與我們同樂吧！」

我們走在公司的走廊上，再來要去主要往來的「常葉銀行」開會。

原本由鈴木定期登門拜訪，報告經營、財務上的狀況，我從這次開始同行。高橋打電話知會時，對方似乎很驚訝。

「欸！是那位田代先生嗎？以前在立花銀行總部的……。」

高橋為此感到十分滿意。

「田代先生的大名在銀行界果然很吃得開。」

鈴木又抬出那句話：

「從此以後，常葉一定會對我們另眼相看。田代先生，我又要老話重提了，您可千萬不要突然說欲辭去顧問一職喔！」

就在鈴木笑著走到電梯前時。

他突然軟綿綿地倒在地上。

「喂！你沒事吧？」

血色從鈴木臉上褪盡，只見他滿頭大汗，用力按著胸口。

我的叫聲響徹整條走廊：

「來人呀，叫救護車！快點！」

同一層樓的其他公司員工全都衝出來看，有個女性員工拿著自動體外心臟電擊去顫器 AED 也跑了過來。

金樹的男員工解開鈴木胸口的西裝和襯衫，依照語音指示為他急救。不確定 AED 對鈴木的症狀有沒有幫助，但也不能什麼都不做。

「救護車還沒來嗎？」

「來了！」

救護車其實沒多久就到了，但鈴木的意識看起來愈來愈模糊，感覺好像等了好幾個小時。一送到醫院，馬上進行緊急手術，鈴木躺在擔架上，立刻被送進手術室。

我坐在走廊的沙發上等待。

大概過了三、四十分鐘，高橋狂奔而來：

「我打電話通知社長夫人，她今天剛好帶小孩回北海道娘家，說會馬上趕來，但也不曉得訂不訂得到機票……。」

「這樣啊……。」

「到底是怎麼回事，心臟病發作嗎？」

「不知道……看起來喘不過氣的樣子。」

「可是公司健康檢查時，沒聽說他心臟有什麼問題。」

「那可能不是心臟的問題？」

「幾點才要開始動手術？」

「等準備好就可以開始了。」

「這樣的話社長夫人今天可能到不了，聽說她娘家在旭川的鄉下。」

「等到明天，病情或許會有所好轉。」

我們在即使白天也很陰暗的走廊上持續著毫無意義的對話。

如果不講話，不安就會增幅，或許走廊其實很亮，只是我們的心情感受不到。

不知是否為手術團隊的一員，有個年約四十的醫生從手術室裡走出來，名牌上寫著「福井敦」，看著我說：

「如果家屬短時間內還無法趕來，現場有人可以代替家屬簽名嗎？」

「請問是手術的同意書嗎？」

我反問對方，福井吞吞吐吐地說：

「不只，還有其他各種文件。」

我認為由副社長來簽名比較好，所以用眼神向高橋示意，但高橋搖頭：

「比起我，由田代先生簽名，醫院也比較放心，拜託您了！」

我把高橋留在走廊上，與福井走進小房間。

一走進去，福井就給我五、六張文件：

「這是關於手術的說明書，請仔細閱讀，再簽名以表示同意，如果有看不懂的地方，隨時都可以問我。」

我第一張才看到一半就臉色發白，第二張、第三張、第四張……繼續看下去，愈看愈心慌。

上頭寫著靜脈麻醉藥需要用到吩坦尼注射液和普洛福，但是二十萬人裡會有一個人產生腦部病變或停止心跳的副作用，使用血管擴張劑可能導致循環不全，乃至於心跳停止等等。

我也是第一次看到「深度昏迷」這個字眼，光是看到這四個字便感到恐懼非常。

意思是要我做好心理準備，同意動手術嗎？

雖然明白所有的手術與藥物都伴隨著風險——即使大腦很清楚，真到了要做決定的時候，仍不免驚慌失措。

無論如何，手術還是得做，我一張一張地仔細簽下名字。

手術從中午開始，鈴木的妻子還沒到，要帶兩個稚子從旭川趕來，想必不是件容易的事。

福井說了，鈴木的手術再怎麼順利也得花上六、七個小時，不管她是今晚還是明天才到，如果鈴木的麻醉已經退了，清醒過來，太太也會比較放心吧！

六小時後，鈴木終於離開手術室。

他死了。

鈴木太太還沒到。

遺體先送到加護病房。

負責主刀的山本醫生請我與高橋到另一個房間，向我們說明：

「是主動脈剝離。」

山本解釋說，這是由內膜、中膜、外膜構成的主動脈血管壁剝離的疾病，也就是說，這三層膜破掉了，引起心包膜大量出血，死亡率非常高。

「送來的時候已陷入昏迷，處於休克狀態，緊急做了開胸手術，持續心臟按摩，也換上人工血管，已經盡全力搶救了，還是回天乏術，真的很遺憾。」

山本低著頭說。

高橋說：「我印象中他沒有心臟病。」

山本點點頭：

「可能是突然發作，手術前，我們先簡單地做了一些必要檢查，發現他有高血壓和糖尿病，請問他平常有在抽菸嗎？」

高橋以沉痛的表情回答：

「他年輕時一天要抽四十根菸，不過這一年來已經完全戒菸，還去健身房練身體，過著健康的生活。」

腦海中浮現出鈴木在健身房做重訓的臉，以及他去簡餐店吃午飯，與老先生、老太太聊天的模樣。

他大概是下定決心，努力想過上健康的生活。

「只是鈴木身為公司老闆，確實忙得昏天暗地，這也是沒辦法的事。」

山本態度平和地回答：

「嗯，這的確是沒辦法改善的狀況，像鈴木先生這麼年輕的男性死於心臟病，通常都有其發作的背景，例如工作太忙、睡眠時間太短、壓力太大、太胖、抽菸、高血壓、糖尿病等。當然，不是這些人就一定會得心臟病或主動脈剝離，這只是可以想到的原因之一。」

我還在立花銀行上班時也過著同樣的生活，在我三十九歲，與鈴木一樣大的時候，玩樂、喝酒、熬起夜來根本沒節制，想也知道最先犧牲的一定是睡眠時間。

沒多久，鈴木的遺體被送到醫院內某個乾淨的房間。

窗戶密密實實地拉上蕾絲窗簾，牆上掛著色調柔和的花朵繪畫，完全顛覆了「太平間」給人的刻板印象。粉紅色的沙發還放著白色與藍色的抱枕，看起來明亮極了。

我和高橋陪在鈴木身邊，等他的妻兒到來。

高橋問我：

「是不是打電話通知夫人一聲比較好？」

一臉要我代為通知噩耗的表情。

我第一個想到的是，聽說親人出意外猝死的時候，警方或醫院只會要家屬「請馬上過來」，不會直接在電話中告知死訊。

死亡這麼大的事，不該隔著電話線從別人口中聽到。而且考慮到路上的顛簸，最好還是先別告訴她。

鈴木的死在我心中變得愈來愈具體。

我凝視他還那麼年輕、宛如沉睡的表情，心想棺材果然是用來裝死人，而不是用來裝老人……。

記憶中的鈴木總是笑笑的，就連剛才也笑著說：「我們每年都會在公司賞花。」

我認為鈴木的人生雖短，卻活得有聲有色、有滋有味。

即使引起心臟病猝死的因素潛伏在他的生活裡，但這也是鈴木想過的日子，因此開了公司、聚集志同道合的伙伴、交出漂亮的成績單，想必活得無比快樂吧！

在地獄裡苦過九個月的我很能理解他的心情。

雖然說人死了就什麼都沒有了，但我認為只要是自己選擇的人生，即使充滿酸甜苦辣、喜怒哀樂也很美好。

如果說有什麼遺憾，無非是不能與柔弱的妻子白頭偕老、來不及看到緬甸的事業開花結果。

我望著鈴木平靜的臉，反覆在內心默念：「你的人生很充實喔！我敢拍胸脯對你太太或父母這麼說。別擔心，在那邊也開創一番事業吧！」

高橋垂頭喪氣地窩在沙發裡，一聲不響地看著自己的手。他是鈴木大學學弟，一路陪鈴木奮鬥過來，大概還無法接受現實。

「高橋。」

聽見我的聲音，高橋無力地揚起視線。

「鈴木的一生過得很充實，雖然才三十九歲，但也算是壽終正寢，他的人生其實很值得慶祝，是很漂亮的落幕。」

說完這句話，我命令他：

「高橋，記好了，絕對不要為公司送命、絕對不要為公司生病，聽清楚了嗎？鈴木白手起家開公司，公司是他的，就像他的孩子。但你不一樣，往後就算當上社長，也只是『受雇的社長』，受雇的社長沒必要為公司鞠躬盡瘁，完全沒必要喔！就算為公司送命、為公司生病，也只是自討苦吃。」

這是我的真心話。

在立花銀行工作了二十五年以上，打拚的程度就算生病、過勞死也不奇怪。公司卻輕易把我下放到子公司，毫無愧色地要求我轉籍。

現在回想起來，沒有生病、也沒有過勞死真是老天保佑，公司不值得個人為其粉身碎骨。

上班族就算為公司燃燒殆盡，一辭職就什麼也不剩。

我有個以最優秀成績當上官僚的東大同學，原本應該成為國之棟樑，卻因病倒下了。不知道他病倒是不是因為政府單位太忙或壓力太大，只知道他一直好不了，不得不辭職。印象中，他當時才四十多歲。

聽說組織乾脆地受理他老婆幫他遞出的辭呈，從此以後再也沒有他的音訊。如果是現在的我，可以斬釘截鐵地說，所謂組織，就是這麼一回事。

高橋接下來應該會順理成章地繼任社長，面對突如其來的重擔，我無論如何都想讓他知道我的憂心。

第二天中午，鈴木的妻子終於在護理師的引導下匆匆趕來：

「我是鈴木的妻子理香，一直訂不到機票，不好意思來晚了。……外子的手術成功了嗎……？」

理香不安地從入口處望向床上，顯然醫院也沒有通知她鈴木的死訊。護理師行了一禮，靜靜地離開。

理香似乎感應到什麼，心驚膽戰地走向床邊：

「騙人的吧……。」

理香喃喃自語，驀然佇立。

聽說鈴木的長子四歲、長女才兩歲，和我孫子一樣大，天真無邪的女兒甩著綁上蝴蝶結的頭髮，拍打棉被：

「爸爸、起床了！爸爸、起床了！」

理香又嘟囔了一句：

「騙人的吧……。」

長得跟鈴木很像的兒子也探出頭來看：

「爸爸，你怎麼還在睡覺？今天不是要陪我打遊戲機嗎？就是上次說的那個遊戲啊。」

看到兒子不疑有他對遺體說話的模樣，我與高橋退到走廊上。

即使坐在灑滿春日暖陽的沙發上，還是能聽見理香的痛哭與女兒不明所以地安慰：「媽媽，你怎麼了？不要哭……。」的童言童語。

由公司主導的葬禮在寶町鈴木家的菩提寺舉行。

由高橋出任治喪委員長，雖然不是很盛大，卻很溫馨。

健身房的教練和老先生、老太太、所有的親朋好友都到場，很多人都哭了，可見鈴木人緣有多好。

我沒想到千草會來，為此感到很驚訝，也很感激。千草穿著黑色連身洋裝，美得跟女明星沒兩樣，大概是利用美容院的空檔抽空前來，把路上買來附有小洋娃娃的餅乾和附有怪獸的糖果親手交給鈴木的兩個子女：

「要好好保護媽媽喔！」

千草說完，也向理香致哀：

「我是田代的妻子，能認識鈴木社長是外子和我的榮幸。」

然後悄悄地瞥了我一眼，靜靜地離開，我與鈴木的家屬一起目送她離去，以眼神說了一句：

「謝謝。」

「媽媽，我收到這個！」

「我也有！」

鈴木的稚子口齒不清地說。

「太好了，等一下才能吃喔！」

理香抱緊他們，用眼神向我致意。

那天晚上，我對千草說：

「可以的話，我想盡快讓副社長繼任社長的位置，與大家道別後就辭去顧問的職位。」

「我贊成，因為你的顧問職是跟鈴木先生簽的私人合約嘛，新社長應該也不希望六十過半的你繼續賴著不走，那樣太難做事了。」

這麼毒的話真虧她能說得如此面不改色。

這點我比誰都清楚，但她就不能說得委婉一點嗎？

我相信鈴木再三掛在嘴邊的「希望您一直留在本公司」是他的真心話。

但是鈴木已經不在了，既然公司改朝換代，我也該功成身退。如果將來還有需要我的時候，只要他們願意開口，我還是能以「打工顧問」的身分走馬上任，可惜這種情況應該不會發生。

「你也不要再心猿意馬了，真正開始著手準備考研究所吧！」

「心猿意馬」這個字眼令我怒火中燒，但千草說的沒錯。

在金樹的三個月就像一場夢。

很快樂、很刺激、很有活力，讓我感到被需要，而且鈴木也在。

真的發生過這些事嗎？感覺一切就像南柯一夢，又虛幻又遙遠。

明明只是回到三個月前的生活，卻讓我感到空虛至極。

對我而言，工作是高於一切的存在，正因為曾經得到過，失去的感覺才更加深刻，考慮到年齡和現實，自己不可能再找到工作。

第二天早上，我已經下定決心，決定快刀斬亂麻，在與員工開過晨會後，召集包含我在內的五位幹部繼續開會，並於會議上提出辭呈。

如果不主動出擊，大概就會變成高橋或年輕幹部把我叫過去說：「實在很難以啟齒……。」開什麼玩笑！

這天的幹部會議由高橋主持，光是要向大家精神喊話：「別讓鈴木的死白費、一定要搞定緬甸的事業！」就快應付不來了。

失去鈴木的金樹瀰漫著一股所有人都不曉得該何去何從的氣氛。

會議結束時。

「我有件事要向大家報告。」

我停頓了一拍，接著說：

「必須盡快決定由誰繼任新社長，雖然昨天才剛辦完鈴木社長的喪事，但他去世已經過了四天，組織不能一日處於群龍無首的狀態，雖然在各位面前這麼說無異於班門弄斧，沒有大家跟著鈴木社長打拼，無法讓金樹成長到這個規模。」

四個人都露出堅定的眼神，顯然已經充分了解我的意思。

「我就做到這個月底，進軍緬甸的計劃，目前看來已經沒有問題了，我會把剩下的工作確實處理好，時間雖短，但真的很開心，謝謝各位的關照。」

然後以故作開朗的語氣再補一句：

「另外，如果有困難或想找人商量的時候，隨時都歡迎跟我聯絡，不要客氣！我與森會計師會一起幫大家想辦法。」

我看著高橋的方向，以視線暗示他：「接下來就交給你了，加油啊！」

正襟危坐的高橋看起來比平常還年輕，其他幹部也都像是水嫩的桃子。

這麼年輕要帶領公司往前衝肯定很辛苦，但也有很多是正因為年輕才能辦到的事。

「田代先生，我們已經決定好社長的人選了。」

高橋說道，站起來：

「田代先生，請您繼任社長，這是我們董事全體同意的結論，森會計師也大力推薦您。」

「什麼……？」

「鈴木和我們這些董事是公司的股東，我們一致同意由您出任社長，一切有勞了！」

高橋冷靜地對呆若木雞的我說：

「我們還不夠成熟，無法擔任經營者的重責大任，鈴木在的時候還好，但是就連鈴木也非常仰仗田代先生，如今鈴木不在了，要是連田代先生也離開，我們會很傷腦筋的。懇請您以社長的身分，繼續助我們一臂之力，拜託了！」

其他四個人也都站起來，深深地朝我一鞠躬。

「等一下！」

「求求您，這也是鈴木夫人的意思，可以請您先與森會計師談一下嗎？拜託。」

我以強硬的語氣斥責又一起向我低頭懇求的水嫩桃子們：

「別說這種沒骨氣的話啦，真是的！科技業就是要在年輕社長的手下，帶領同樣年輕的員工往前衝，這點你們也心知肚明，正因為是年輕人的業界，才能以有趣的想法及大膽的經營改變這個世界，輪不到保守的老頭子插手。」

高橋打斷我：

「您說的沒錯，可是客戶不見得都是年輕的公司，過去也不是沒收到：『你們這些初出茅廬的社長、初出茅廬的社員沒問題吧？』的反應。」

鶴卷伸介直勾勾地看著我，接著說下去：

「田代先生，我確實覺得由六十四歲的老頭當社長不符合當今科技業的潮流，也有自信光靠我們就能做得有聲有色。」

他才二十九歲，是負責技術的董事，十分能幹。

「我們只是想利用田代先生。」

高橋挑明了說：

「倘若田代先生願意就任社長，本公司就能與其他初露頭角的企業做出區隔，保守的客戶看到田代先生的資歷會很放心，也會相信本公司能負起責任來。」

「田代先生不是這一行的專家，絕大部分的實務都由我們員工來處理就好。正因為這個業界很年輕，由您出任社長的效果應該可以投下一枚震撼彈。」

「田代先生，社會上還是有很多人佩服您東大法律系畢業、在大型商業銀行工作的學經歷，並對此另眼相看。事實上，穿牛仔褲、留鬍子、斜斜地戴著帽子和太陽眼鏡的年輕社長不管再怎麼優秀，對某些人來說，還是比不上田代先生這樣的人更讓他們放心。」

「你的意思是說，你們想要利用這一點嗎？」

說得如此毫不遮掩，我不禁苦笑，但也不是不能理解他們的心情。

不過就算能理解，「社長」也太誇張了！

以下只是一般論，銀行員非常適合管錢，因為銀行員善於防守。

但是如果問銀行員適不適合經營，有人適合，當然也有人不適合。

雖說實際上是由年輕的他們掌控整家公司的運作，但社長還是負責人。

再說了，頭銜一旦冠上「社長」兩個字，責任就很重大。

我當場提出替代方案：

「既然如此，那我還是跟以前一樣，繼續留下來當顧問。至於新社長，還是從你們當中選一個人來當比較好，也應該由精通科技業的年輕人來當，更何況，由我當社長，公司的特色就不突出了。所以我還是繼續當顧問，與森會計師一起提供經營上的建議，出席必要的會議，如果每週三天不夠，我可以每天都來上班。」

這是最好的安排，對金樹是，對我也是。

大概會比以前更忙，幸好我還有這方面的體力與精力。

但不管是高橋還是鶴卷，總之四個人都不肯放棄：

「鈴木是創立這家公司的人，由他當社長，就算年輕也足以服人。但他倒下後，不管由我們當中的誰臨危受命，都無法取信於客戶，因為份量不夠。田代先生，請助我們一臂之力，別讓金樹倒閉。」

一向冷靜的高橋，語氣前所未有地強硬。

鈴木曾經以「光是有田代先生在公司，就能提升本公司的信用」來說服我。

我想起這件事，但顧問與社長的責任不一樣，無法像當時那樣輕易地答應。

那天晚上，我一如往常地在七點回到家。

阿敏坐在客廳裡，已經開始喝酒了：

「我來打擾了，順便蹭飯吃。」

千草今天不用去美容院，正從廚房端出剛起鍋的炸蝦和炸魚。

「成為顧問後，每天都能準時下班，才可以像這樣喝酒，也能吃到熱騰騰的食物。」

在那之後，我去了森會計師事務所一趟，與森促膝長談。

阿敏在正好，也能請教他的意見。

說是這麼說，但我其實已經決定了。

我會答應，我要接下社長一職！

今天早上聽到這個要求時非常驚訝，完全無意接受，怎麼可能輕易扛下這個重責大任。

然而，當我在事務所考慮了一整天，與森討論公司的現在與未來，想起平均年齡三十二點三三歲的員工，決心開始動搖。

同時也產生「放手一搏吧！」的心情，除了充分理解到高橋他們的心意與熱情，森願意當我的後盾也是重要的關鍵。

然而，最主要的原因其實是我想站在經營的頂端，管理一家公司看看。

我在銀行只差一步就能進入管理的核心，為此感到十分遺憾，想透過自己的判斷運籌帷幄，帶領公司前進，即使是小公司也沒關係。

想當上社長一展身手，這大概是所有上班族共同的想法。

即使認為自己是屬於擅長防守的銀行員，可是一旦站在有機會選擇的立場，還是無法抗拒想放手一搏的心情。

配著熱騰騰的炸蝦及沙拉，阿敏帶來的日本酒滲入全身。

「壯哥，聽說你要辭去顧問的工作？」

我一時間答不上來，千草笑著替我解危：

「對呀，只剩考研究所這條路，即使他對工作還有滿腔留戀，也是時候功成身退了。」

我一口氣喝光冷酒，大聲宣布：

「我要當社長！」

啊，說出來了！

「什麼！」

千草與阿敏同時驚呼，然後又同時說不出話來。

「決定了，我明天就答應他們！」

我把酒倒進三只酒杯，他們依舊沉默不語。

千草好不容易打破沉寂：

「我勸你別這麼衝動。」

「為什麼？」

「我知道那是家規模雖小卻很穩健的公司，但是突然要你去當社長?你今年快六十五歲了，科技業都是年輕人以新穎的創意衝鋒陷陣，在那種片刻不能大意的行業裡，作風保守的你只會被瞧不起。」

「我當時也這麼想、也這麼說了，但最後我還是決定要放手一搏。」

「因為不忍心丟下他們不管嗎？」

「對。」

解釋起來太麻煩，我索性這麼回答。

「規模那麼小，又只有年輕人的公司，要是有個什麼閃失，一下子就倒了。誰也無法保證這種事不會發生吧，你何必去蹚這渾水？」

「是不能保證，但也說不定只要多接幾個大案子，就能變成強大的公司。」

阿敏沒說話。

「公司規模姑且不論，行業也姑且不論，能當上社長、試著以自己的想法推動整家公司的運作是所有上班族的夢想。」

「這我明白……。」

千草說道，眼神望向遠方，彷彿在思考著什麼。

「可是我認為，現在正是你漂亮退場的時候。」

我隨時都把「急流勇退」刻在心上。

正如千草所說，目前正是最佳的退場時機。

但我還想繼續工作，想活得更積極一點，我真的拿這股欲望沒辦法。

千草比平常更囉嗦：

「身為上班族，你已經很成功了，犯不著現在還伸手去接這顆燙手山芋吧！我擔心的不是公司太小或會不會倒，而是你已經工作了一輩子，犯不著這把年紀又開始勞心勞力地拚命，參加過鈴木社長的葬禮，我覺得人還是要愛惜生命！」

「我懂，我不會逞強。」

「不逞強就當不了社長了，為什麼不安分地享受餘生呢？」

問題是我就不是那種能「安分享受餘生」的人啊！

再說了，「餘生」這兩個字簡直莫名其妙，人才沒有什麼「剩餘的生命」呢！

不管是八十歲還是九十歲，不管是健康或生病，只要還活著就是「生」，才不是「剩餘的生命」！

世人動不動就把「我們不是靠自己活著，多虧有身邊的人，我們才能活下去」掛在嘴邊，卻又稀鬆平常地說出「餘生」這種話。

不過要是跟千草爭辯這個話題，肯定會吵架，千草是為了我的身體著想才會反對。

「我啊，在美容院看過各種客人，發現到一件事，最近的人都太在意抗老化了，真不像樣！」

千草不屑地說出「真不像樣」這句話。

「我既然從事美髮的工作，當然也想讓客人盡可能變得年輕一點、漂亮一點，覺得對抗年齡的心情很重要，也想幫他們對抗老化。可是能坦然接受年齡與能力衰退的人才是有態度的人喔！」

沉默持續蔓延。

千草講的很有道理。

我因為太想對抗年齡、太想工作了，無視急流勇退的時機，千草是要我意識到這股不像樣的心情，不要變成占著人家位置的障礙物。

始終無言喝著酒的阿敏冷不防冒出一句：

「壯哥，你還沒有完全放下呢！」

一直低著頭的千草抬起頭來。

聽到阿敏這麼說，我這才理解自己的心情。

看在旁人眼中，自己或許是成功的上班族，但我並沒有「已經燃燒殆盡，對上班族生涯沒有任何留戀」的感覺。

我還沒有完全放下，所以無論經過多久，都像是迷路的孤魂野鬼，到處遊蕩。

千草嘆了一口大氣，文風不動。

阿敏為自己倒酒來喝。

我也無話可說，閉上嘴。

過了一會兒，千草站起來，衝進廚房，大概是被我氣哭了。

「我建議你答應下來，這份工作很適合壯哥。」

阿敏喃喃自語，但我的注意力還落在廚房的方向。

哪是在哭啊！千草捧著香檳，笑著走出來。

四月二十日，我接任「金樹股份有限公司」的社長一職。年薪兩千萬圓，出入有公司車接送，我放棄鈴木搭的賓利，改成豐田的皇冠，但司機還是繼續由已經熟識的橋本留任。

辦公的地方改到社長室，顧問時就跟著我的秘書藤井真弓也隨我過去。

身為新社長，有些話無論如何都想告訴全體員工：

「我擔任顧問的時候就很清楚，科技業與規模大小無關，軟體開發靠的是年輕人的創意及靈感，但也不能缺少可以理解客戶需求的工作人員。只要這兩個要素備齊了，即使想攻下產業龍頭也不成問題，換句話說，員工才是科技業成功的關鍵。」

看得出來大家的眼神都很認真，很好。

「我身為新社長，會盡全力讓這兩個要素堅若磐石。各位如果有任何想法，不管是多小的意見，都請盡量告訴你們的主管，萬一失敗，責任由我來擔，畢竟公司裡就屬社長的年紀最大，老人家不會開發軟體，但至少可以負責。別擔心，放手去做！」

笑容也很有力量，很好。

「還有一件事，我畢業就進入足以代表日本的大型商業銀行工作了一輩子，不怕告訴各位，我的工作能力很強，對公司做出很大的貢獻，人望應該也不差，可是我卻突然摔出升官路線，所有人都跌破眼鏡。我唯一知道的原因是派系問題，我被擠出當時的主流勢力，下放到小型的關係企業。」

看得出來，四十名員工全都側耳傾聽。

「本公司還沒有大到足以產生這個問題，但應該也有小團體。坦白說了，我才不管那些團體，請每個人都做好份內的工作，合力提升公司的業績，我不會讓人事出現任何偏袒或不合理的狀況。本公司的經營很實在，這是鈴木社長創業時打下的江山，為公司奠定屹立不搖的基礎，我雖然是臨危受命的社長，但也想秉持創業者的精神，幫助公司成長茁壯，因此需要在場每一位同事的力量。」

熱烈的掌聲響起。

我猜我已經讓年輕的他們知道我的想法。

回到社長室，鈴木掛在牆上的照片正笑嘻嘻地看著我。

世界上會發生什麼事，真的完全無法預料。

誰想得到原本只是為了打發時間才去的健身房，居然在退休的一年後讓我當上社長。

照片中的鈴木就像我第一次在健身房遇到他時那樣，露出雪白的牙齒，笑得一臉純真。

「鈴木，我會盡全力保護你的公司，直到完全放下為止。」

我鄭重地起誓，真不像我的作風。

「社長，打擾一下。」

真弓進來，遞給我一個小盒子，裡頭是我的名片。

「總之先印了三百張，但應該很快就會發完，快用完的時候請早點跟我說，我好預先準備。」

是嗎？我即將展開三百張名片很快就會發完的生活嗎。

名片上印有「金樹股份有限公司　社長　田代壯介」的字樣，「東京都千代田區大手町」的地址也讓人感覺很有面子。

我苦笑著對自己說：「真是沒出息啊你！」

成為社長以後，雜七雜八的瑣事多到我大開眼界。不同於大企業，因為員工人數不多，社長的工作範圍相對變大。

我一天到晚都在驚嘆：「社長就連這種事也要做啊？」可是如果我不做，公司就無法運作了。除了原本就要與銀行交涉、拜訪重要客戶、洽談生意，也得處理為員工打考績、裁決人事及薪資等問題，甚至還要決定軟體開發的製作方針。科技業雖然稱不上黑暗，但是聚餐之類的應酬也不少。

高橋及鶴卷雖然如當初所言地打頭陣，幫我帶領整家公司，仍有很多必須由社長親自出馬的案件。

每天的業務對將近六十五歲的身體來說，其實是很沉重的負荷，這點倒是被千草說中了，但這無疑是啄木所說的「身心舒暢的疲勞」。

回家洗澡時，泡在溫水裡、幾乎打起瞌睡的同時充滿了「今天也努力工作一整天」的成就感。不經意地想起久里。

最後一次見到她是什麼時候來著……對了，是二月！我拿緬甸的伴手禮去給她，故意坐在計程車副駕駛座的那天晚上。

現在回想起來，我的行為真是幼稚到不行，除了笑，不知該作何反應。

即使想起久里，也沒想過要再約她。

如今冷靜下來，只覺得當初怎麼會那麼認真，真是太丟臉了。

經常有人說：「喜歡上一個人，才發現自己原來還有這麼熱情的一面，這點很令人開心！」這種人可以再可笑一點。

黃昏之戀只不過是因為沒有別的事做，由於得不到最想做的事，只好用愛情來替代，這是我親身經歷所獲得的感悟。

雖然這麼說，但自己還是很感謝久里。

對她的迷戀在最艱苦的時候拯救了我，即使是替代品，依舊給予我力量。

既然如此，就不能當這些沒發生過，等我對社長分內的事再熟悉一點、比較有空的時候，我想向她道謝。

洗完澡，喝著啤酒時，千草拿著話筒走來：

「老公，二宮先生找你。」

二宮的音調充滿喜悅：

「我終於當上男子世界盃的裁判了！」

「真的嗎？太好了，恭喜你！」

「不過是在雅加達舉行，要花不少旅費和時間，若是不想來也沒關係，只是答應過要送你門票，無論如何還是想告訴你一聲。」

二宮一口氣說到這裡，原來如此，奇蹟也降臨在二宮身上了。

人生真是柳暗花明又一村！

「二宮，你明天晚上有空嗎？我想幫你慶祝。如果是以前的我，多的是時間可以去雅加達，可惜現在不行了，等見到面再仔細告訴你。」

我的語氣也很亢奮。

第二天，我與二宮在「紫俱樂部」的吧台碰杯。

「原來如此，你當上社長啦！我們今年都實現了夢想呢。」

「不過我老婆非常反對，因為只是家小公司，前途未卜。」

「羅漢，你接受挑戰是對的，因為你的表情跟以前不一樣了。」

「真的嗎？」

「真的啊！跟上次見到你時簡直判若兩人。那時你的樣子實在太頹廢，幾乎辜負了羅漢這個稱號。」

「這樣啊……。」

「接任社長之後，會發生什麼事確實很難說，但你就喜歡這種不曉得會發生什麼事的生活吧！」

被他說中了。

「羅漢，你還記得嗎？我高中的時候待過文藝社。」

「我不記得了，你寫過小說嗎？」

「沒有，文藝社分成創作組和研究岩手文學史兩個小組，我屬於後者。岩手出了很多文學家，很有趣喔。」

「這跟拳擊完全是不同的世界呢！」

「我活到這把歲數也經歷過許多事，還放棄了大公司的工作，在那些時刻，始終是一位名叫下山逸蒼、出生於明治時代的詩人支持著我的心靈。」

「沒聽過耶？」

「他也是盛岡人喔！逸蒼一輩子都在與病魔博鬥，最後還砍掉了左腳，變成四肢不健全的人，當時他寫了一封信給朋友——」

二宮坐在吧台前默背：

「即使是四肢健全的人，一旦死去，入土為安，就眾生平等了。相較於悠久的宇宙，所有的障礙和苦痛都只是一瞬間的事。」

我感覺內心深處有股熱浪在翻攪，應該不是喝了沒兌水的波本威士忌所致。

二宮默背的聲音流洩在昏暗的吧台上：

「要不是這場大病，我也無法掌握生命，無法走進真正的生活，只會不斷地向下沉淪。」

二宮也嗞下波本威士忌，有些難為情地說：

「雖然很青澀，但是人在痛苦的時候，就連青澀的東西也能救自己一命。我每次痛苦得快要死掉的時候，腦海中都會閃過這些文字，因此得到救贖。」

我點點頭。

如果沒有那九個月地獄般的痛苦經驗，大概也看不上像金樹那種小公司。

完全不明白小公司有小公司的樂趣，也不知道在裡頭工作的人有多大的力量，只會在代替工作的單戀和其實並不怎麼熱衷的研究所考試中不斷向下沉淪。

「去完雅加達之後，你也會在日本當世界盃的裁判吧？」

「我是有這個打算，只要在雅加達沒出什麼大糗，機會總有一天會來臨！」

「出糗是指你在擂台上喘不過氣昏倒嗎？」

「胡說八道，我不管是在體力上還是精神上，還未感受到年齡的衰退。你也是吧！否則你才不會去那種全是小伙子的小公司，而且還是與老人無緣的科技公司當社長。」

這麼說來，我想起忘了在哪裡看過的報導。

聯合國將六十五歲以上的人界定為「老年人」已經是半世紀以前的事，當時日本人的平均壽命為六十五歲，如今不分男女，活到九十歲還很硬朗的人要多少有多少，超過六十五歲就是「老年人」的邏輯也太詭異了。

二宮苦笑說：

「我一直和那些『把全心期望孫子長大視為幸福』的人保持距離。因為老先生、老太太的想法會傳染，一旦被傳染，就會失去站在擂台上的力氣。」

自從上次見到他，直到昨天，二宮都沒有打電話給我，難不成是擔心感染到我身上的枯朽氣息嗎？

當上社長後過了三個月，所有的事都進行得很順利，緬甸的事業已經上了軌道，進軍越南、臺灣的計劃也即將成形。高橋轉任管理部門的副社長，由鶴卷繼任技術部門的副社長，新的體制也開始往前走。起初想把四位董事全部換掉，但比起這麼大膽的改革，不如相信他們一路走來的默契，我認為這樣做對公司比較好。

直覺告訴我，還沒有搞清楚狀況就大刀闊斧異動人事並不是明智的抉擇。

副社長鶴卷走進社長室，打開文件說：

「我從以前就有個想法，把優秀的程式設計師年薪從社長的兩倍調整成三倍如何？」

我也曾經在報紙上看過，雅虎給優秀程式設計師的年薪高達一億圓。想當然耳，比社長的薪水還高。

我會記得這樣清楚，是因為一般公司不可能這樣給薪，那時我還因此嚇了一大跳，心想：「所謂年輕的業界都這麼大膽嗎？」

「社長，您不妨看一下高田的工作成果，再這樣下去，他一定會被別家公司挖走，遠藤也很令人擔心，要評價一個人的工作成果及能力，報酬是唯一的方法，現在已經不是用血淚、汗或對公司的愛就能留住員工了。」

「你說的沒錯。」

「除此之外，我也整理了企業改革的方案，等下次大家沒那麼忙的時候，我想召開經營會議。」

我立刻回答：

「我明白，雖然還達不到產業龍頭的標準，我會先研究你提出的方案，你也趕快請其他幹部看過，下週開會。」

「謝謝社長。」

這就是我渴望的公司，大家開誠布公，勇於提出令人跌破眼鏡的想法，再好好經過大家討論。只過了短短三個月，氣氛卻截然不同。

把鶴卷升上來當副社長成了一劑很有效的強心針，深刻感受到當社長的樂趣，我幾乎興奮到忍不住發抖。

傍晚，為了出席網路購物大客戶董事的婚禮，我前往高輪的飯店。

當我靠在豐田皇冠的椅背上，離開大手町，有個走在人行道上的男人吸引住我的視線——是「街道上的英雄們」事務局的人，是那個對我說「實在很難以啟齒」的人。

豐田皇冠在紅燈前停下來，男人從旁邊走過。

儘管是梅雨季節難得的晴天，空氣依然潮濕，男人彎腰駝背地經過車子旁邊，削瘦的身影看起來異常頹喪。

時間夠我搖下車窗叫住他，但我沒有這麼做。

只要我願意，還能拿出社長的名片，笑著對他說：「只是家小公司，但就在大手町，離你們那邊很近，請務必過來坐坐，念研究所的事不得不延期了。」

年輕的員工們正為了改革這家小公司燃起鬥志，每天都挖空心思提出破天荒的改革建議及新計劃，令我滿心期待，甚至覺得對過去芝麻綠豆大的事耿耿於懷、懷恨在心未免太小家子氣。

豐田皇冠再次疾駛而去，我在心裡自言自語：「鈴木，我返老還童了，金樹改變了我，以前的我好丟人啊！」感覺浮現在我腦海中的鈴木笑得更加開懷。

婚禮上來了很多客戶公司的高層，是一場衣香鬢影、觥籌交錯的盛宴。

散場後，我和他們在飯店的酒吧重新喝過，到家已經過了十點。

千草如同她稍早傳給我的簡訊上說的：「我今天會晚一點」還沒回家。但現在的我已經不會把老婆的一舉一動都往心裡去了。

換過衣服、打開電視，手機響了，還以為是千草，看到來電顯示的時候嚇了一大跳。

居然是久里！

我接起來，聽見她以像是撒嬌、又像是討好的口氣說：

「好久不見，突然打電話給你真不好意思，我現在……有點不開心。」

什麼都還沒問，久里就開門見山地說：

「明天星期六，可以見一面嗎？我禮拜天不用上班，也可以約禮拜天，配合田代先生的時間，可以跟我見個面嗎？」

「怎麼了嗎？」

「發生了一點不開心的事……，我哭了半天，腦海中突然浮現出田代先生的臉，如果你願意聽我說，我肯定會好過一點，自說自話真不好意思……。」

我決定賭一把！

「禮拜天下午在熱海的『銀波飯店』有個會議，我打算從星期六就一直待在那裡閉關工作，你星期六晚上能來熱海嗎？但我要很晚才有空，你可能得在那裡住一晚。」

哪有什麼會議，我根本沒有事要去熱海。

久里信以為真地說：

「我去！我可以過夜。」

掛掉電話，立刻打電話去銀波飯店訂房，那是家好飯店，可以看到一望無際的大海。
明明已經對久里沒有感覺了，掛斷電話後卻覺得渾身發熱。

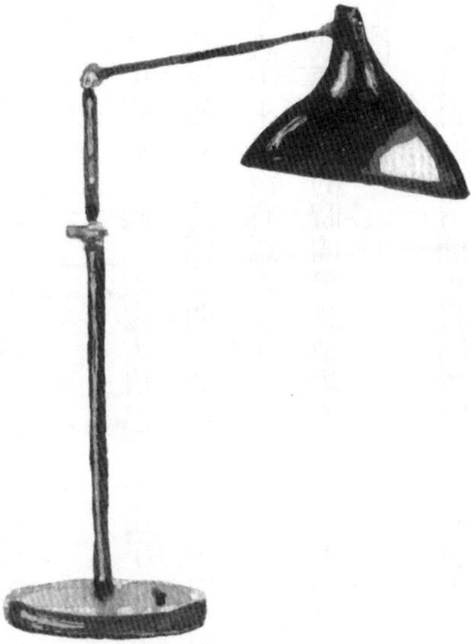

第捌章

好久沒來銀波了，果然是家好飯店，蓋在可以將相模灣盡收眼底的高台上，宛若歐洲的老飯店，小歸小，但是氣派又高級。

還在上班的時候經常來這裡開會或打高爾夫，退休後卻連想都沒想起來過。

我訂了比平常來住時更高兩級的房間。

原來想訂雙人房，但最後還是訂了雙床房，久里進房時，如果看到一張大床，肯定會覺得我不懷好意。

走到寬敞的露台上一看，放著花園桌椅，待會兒可以叫客房服務，邊看海邊喝葡萄酒、享用美食。

久里到的時候，太陽大概已經下山了。但此時海浪正閃閃發光，還可以看見對岸的初島。

我比較想在這個時間、這樣的風景中與久里喝酒，只是這麼一來，她就來得及回東京，特地要她晚上來就沒有意義了。

我要她來的時間會讓她趕不上晚上十點二十八分最後一班從熱海開往東京的新幹線，真是太下流了。

從露台回到房間，打開電腦，重新審視鶴卷提出的問題及營運企劃書，還得對正在緬甸出差的小山做出指示等等，要做的事堆積如山。

明知如此，但我完全無法集中精神。

再過不久，久里就會進到這個房間，在這裡過夜。想到這裡，腦子就再也裝不進其他事，我嘲笑自己簡直跟毛頭小子沒兩樣，心浮氣躁。

久里大概會從櫃台打電話給我，當我請她直接上樓，等她推開門進來，要先做什麼呢？總不能一開始就把她推倒在床上。

應該先像紳士，打開客房服務叫的香檳，問她：「發生什麼事了？」

雖然是很老套的台詞，但也很符合她現在的心境吧！或許她還會哭著進來。

晚餐也點客房服務吧！最好是孤男寡女留在房間裡。

問題是接下來該怎麼發展到床上去呢？要說「你先去洗個澡」嗎？唉，過去明明有過輝煌的戰績，怎麼會這麼進退失據呢？

久里如果沒有那個意思，應該不會來吧？因為我擺明是要約她上床，而她也依約前來。

暮色一寸一寸地染紅了露台外的大海，深橘色的晚霞一寸一寸地變成黑色，最後再變成暗紅色，散發最後一絲餘暉。

就快入夜了，久里就要到了。

我用力深呼吸，面向電腦。

我覺得浮想聯翩的自己很可恥，但是想到可以擁一絲不掛、膚白勝雪的久里入懷，誰還能冷靜地審視營運計劃啊！

床頭的時鐘指向七點半——太慢了！我突然感到不安。

為了趕走不安的念頭，我在洗臉台梳了頭髮、刷了牙、還噴了點古龍水。

電話響起，櫃台向我報告：

「有位濱田久里小姐來找您。」

真的來了！心臟差點從嘴裡蹦出來，不禁覺得這樣的自己也太純情了。

「請她直接來我房間。」

我還沒說完，久里就接過電話。

「我是濱田，我猜你大概還沒吃晚餐，所以訂了大廳的『初島』餐廳。」

「咦……？」

「你還沒吃飯吧？」

「嗯，還沒。」

「那我在餐廳裡等你！」

電話掛斷了。

意料之外的發展，我一時半刻反應不過來。

茫然地走向「初島」，這家店的鮮魚很美味，我來過好幾次。

一看到我，久里滿臉帶笑地站起來。

很難想像這個女人昨天還哽咽著說：「我想見你，我能過夜。」不是應該要哭著跑進我的房間嗎？

「田代先生，真的很感謝你願意抽出時間來見我，我昨天有點亂了方寸。」

「別這麼說。」

「這頓請務必讓我請客！」

「別這麼說。」

真丟臉，一切都與我的想像不同，害我只能「別這麼說」地一再重複。

聊了些熱海的名勝古蹟和海洋的話題，但這些對話簡直毫無意義。

「發生什麼事了？令你方寸大亂。」

久里聞言，垂下眼簾。

她的表情不禁讓我懷疑，難道剛才的開朗只是硬裝出來的？

「我和兩位感情很好的朋友一起參加童話講座，一位是澀谷教室的會計，另一位是家庭主婦。我們在講座上認識，一路互相扶持。三個人的年紀都差不多，但誰也沒熬出頭。」

久里低著頭，一副隨時都要哭出來的樣子，很好！我在心裡歡呼。

我善解人意地安慰她：

「能熬出頭才是奇蹟吧！無論是音樂、繪畫、戲劇還是什麼，熬不出頭才是正常的結果喔！」

久里微微點頭，默不作聲。

然後揚起視線，淚盈於睫：

「可是當家庭主婦的朋友突然就熬出頭了，拿下可以讓新人鯉魚躍龍門的首獎。那是由一流出版社主辦的比賽，我和會計朋友也投稿了，可都在第二關被刷下來。」

「這樣啊……。」

「得知她獲得這樣的好名次，我和當會計的朋友都驚呆了，因為一旦拿下首獎，那家出版社就會幫她出書，不僅如此，她還能立即得到在童刊上發表單篇童話的機會……。」

人生在世，難免會遇到這種事。

我也被同一時間進公司的西本拋在腦後，明明我比較優秀。

這個世界不是光靠個人的能力就能無往不利這麼簡單。

「她因為生活變得忙碌，不能再參加講座，便送我們一人一條絲巾，眉飛色舞地退了課程。」

久里說她和當會計的朋友把絲巾扔進車站洗手間的垃圾桶，一起藉酒澆愁。

「我們大肆批評她根本沒有才華，那種水準就算能拿下大獎，肯定也很快就會被埋沒，還說接下來要一起努力，即使深受打擊，還是要振作起來，繼續加油。」

來時的開朗與活力已經完全從她身上消失了。

久里幾乎沒動筷子。

「昨天……當會計的朋友也熬出頭了。」

久里從皮包裡取出新聞剪報，攤開在我面前，那是《每日新報》的文化版，篇幅還挺大的，標題寫著：「非久保井小姐不可」。

還有一張知名足球選手小出徹與某位女性一起拍的照片。

「久保井小姐就是我當會計的朋友，也是照片裡的人。在把小出選手的人生寫成童書的比賽中拿下最優秀獎……。」

報導上寫到比賽的宗旨是把從小父母雙亡的小出選手不屈不撓的精神寫成童書，希望能「挖掘出小出選手新的才能」。小出也參加了決選的評審，與其他評審委員共同選出久保井的作品，還說：「久保井小姐絕對是實至名歸」。

「我沒有參加這個比賽，但還是受到很大的打擊。她們居然接連獲得這麼大的獎項，我實在沒有心情祝賀，只覺得我們明明沒有太大的差別，為什麼？還希望她們最好都給我出車禍……。」

久里說到這裡，沉默下來。

我將日本酒送到嘴邊，平靜地說：

「或許有人會罵你：『只不過是這麼點小事，怎麼可以詛咒別人出車禍！』但你的心情其實是人之常情，不瞞你說，我以前在公司也曾經有過同樣的念頭。」

很少有人能由衷為別人的成功感到高興。

道子說過：

「從決定要結婚那刻起，有兩個朋友便開始避著我，真令人傷心。」

但說這句話的道子看起來一點也不傷心。

而且她還補了一句，令我印象十分深刻。

「她們只是在嫉妒我！嫉妒我突然嫁給長得很帥的菁英份子。」

道子的心情、她朋友開始迴避她的心情、久里的嫉妒都是人世間的常態。

「久里小姐的心情是人之常情，但是最好趕快忘了那兩個人，思考自己未來該怎麼做比較好。」

我看了時鐘一眼，已經九點了。

「我認為，放棄兒童文學也是一條路。」

久里驚訝地看著我，開始流淚。

仔細想想，我拒絕回鍋，在六十三歲的時候毅然決然地辭職也是一種放棄。

退休時，我確定自己在工作上的能力比任何人都優秀，也還想繼續工作。

但如果繼續留在老東家，天曉得會要我做什麼工作，可能會被丟在隨便一個位置。大部分的朋友無法想像，那些看在我眼中說是「屈辱」也不為過的職位。在那裡工作，受盡年輕人的冷眼，賺取微薄的薪水。

我不認為那是「工作」。

那是對我的「施捨」，我不想把自己放在被施捨的位置上。

然而，這就是現實。

所以我放棄工作，儘管我還有十二萬分的能力。

因為是強迫自己放棄，這件事始終無法完全放下，並為此飽受煎熬。

沒想到突然又變成社長，真是世事難料！所以，換成久里也同理可證，誰也說不準未來會發生什麼事。

「我們改去樓上的酒吧，你在這麼亮的店裡哭，我也很尷尬。」

我半開玩笑地掩飾自己的非分之想。

比起從大廳層的「初島」到我的房間，從樓上的酒吧到我的房間還比較自然。

久里受到的打擊對我而言純屬「不過如此」的程度，根本不值得哭泣或埋怨，不過年輕的時候難免比較脆弱。

酒吧位於頂樓，偌大橡木桌的座位前面就是大海，被聚光燈照亮的包廂座位與隔壁的座位隔得很開。

我選了包廂座位。

久里的紅酒碰也沒碰，問我：

「你為什麼要我放棄呢？是因為我沒有天分嗎？」

我想狠狠地折磨她，希望她哭得更慘一點，然後乖乖上我的床。

「說得直接一點，就是這樣。」

久里淚眼迷濛地瞪著我。

「你已經學了將近十年的童話，也鍥而不捨地參加過大大小小的比賽，可是一次也沒得過獎，這就表示你沒有天分，但你的兩位朋友都熬出頭了。我認為現在正是放棄的時機。」

久里開始痛哭。

「先說好，我無意否定你的人格，只是在童話這個領域，你可能沒有天分，就只是這樣而已，已經熬了十年，也夠了吧！」

久里看著我，哭得鼻子通紅，

心裡湧起一股想抱緊她的衝動。

「一旦放棄，這十年的努力就全部白費了！我這十年花的時間和金錢，全部白費了。我拚命忍耐，相信總有一天能實現夢想，最後全都沒了，我才不要！」

「你都快四十歲了，還這麼天真啊！要實現夢想，除了努力，還要有運氣。如果沒有天分，再給你幾個十年，夢想還是不會實現，現在放棄只是浪費了十年，但如果不放棄，可能一輩子都浪費掉了！」

久里低下頭，動也不動。

肩膀微微顫抖，淚水在膝上凝聚成水窪。

「世人動不動就說『永不放棄』，未免也太抬舉『永不放棄』這句話了。我認為『急流勇退』還比較有價值。」

久里好似聽不懂我的意思，抬起淚濕的臉。我語重心長、慢條斯理地告訴她：

「這是指人退場的時候，也就是放棄的時機很重要，只有在最好的時機痛快地放手，人生才會價值千金。像隻無頭蒼蠅似地亂竄、說著永不放棄，有時候反而會給自己帶來恥辱，比起死命掙扎，不如抓住急流勇退的時機。」

「……我覺得還不到要急流勇退的時候。」

「我問你，你那兩位朋友學童話學了幾年？」

久里小聲回答：

「主婦兩年……會計……一年。」

「我想也是，當然世上也有苦熬幾十年才聲名大噪的案例。可是啊，有天分的人多半都能一下子就衝到終點，而你已經花了十年。」

「你在……嘲笑我嗎？」

妝都哭花了的臉看起來異常冶艷。

「或許吧，因為我不想再看你這樣消耗珍貴的人生。」

「……我不想走到生命的盡頭再來後悔，如果竭盡所有努力，最後還是失敗，我也不會有遺憾。」

「每個人都這麼說，『不想後悔』是不想撤退時最好的藉口，既然如此，那你就再試試看吧！別給自己設期限，試到能完全放下為止。」

我想到自己的狀況，確實是因為還無法完全放下才接下社長的任務。

「可是啊……。」

我接著說：

「為了完全放下，一定要成功！唯有成功地迎向終點，才能完全放下，如果一直不成功，即使過了十五年、二十年也無法完全放下。」

要是我能爬到董事或行長的地位，辭職時或許就能產生「此生無憾」的感覺。

一事無成就結束的不甘心，讓人無法灑脫退場。

「最後還是得由你自己決定，只是有位很有名的拳擊會長說過，光看跳繩的姿勢，就能知道這個人有沒有成為拳擊手的天分，對打過就更清楚了，如果發現這個人再怎麼努力都熬不出頭，你猜這位拳擊會長會怎麼做？」

久里搖搖頭。

「他會花兩年的時間指導這個人，讓對方盡情地練習，因為花了兩年的時間，沒有天分的人終究能接受自己沒有天分的事實；另一方面，脫胎換骨的人也不是沒有，只是非常少。因此過了兩年，有人主動說要放棄，也有人決定改為興趣。」

這是二宮告訴我的。

「那位會長還說：『接下來的人生還很長，不能讓他們一直虛度光陰，要他們放棄才是愛他們的表現！』」

久里低著頭，深深地吸了一口氣。

「所以我對你說這些話也是因為愛你。」

我果斷地說到這裡，閉上嘴巴。

她不是小女孩了，不可能聽不出來我的「愛」與拳擊會長的「愛」有不一樣的言下之意。

凝重的沉默橫亙在我們之間。

久里繼續掉淚，紋絲不動，我自顧自地喝酒。

一對男女，女的在哭，任誰看了都會勾起好奇心，也會觀察這時男人的態度。把手放在對方的肩膀上安慰或是取悅對方都很難看，最帥氣的反應就是任由她哭泣。

我瞥了時鐘一眼，已經超過十點三十分。

久里顯然趕不上末班車了——雖然我本來就是這個打算。

為了讓自己冷靜下來，我面向酒保，舉起空酒杯說：

「再給我一杯。」

這時，久里突然也舉起酒杯。

「也給我一杯。」

她已經收起眼淚了。

「田代先生，真的非常感謝你，能見到你真是太好了！」

感覺她正努力地擠出開朗的笑容，不過語氣確實已經沒有剛才那麼消沉。

「我本來是希望你能鼓勵我才來的，希望你能告訴我永遠不要放棄、只要不放棄，夢想一定能實現，告訴我你還年輕，別管朋友怎樣，你只要繼續努力就好了，等諸如此類的話。可是，田代先生完全不是我想的那樣，不僅要我急流勇退，還說我已經花了那麼多時間……。」

服務生送上續杯的酒，久里舉起酒杯，作勢與我乾杯，臉上的笑容十分僵硬，很明顯還沒完全走出來。

我也舉起酒杯。

「現在雖然還無法完全死心，但也該朝新的方向邁開腳步。我很感謝田代先生能給我這個動力。」

「這樣啊，那就好，我說得有點太嚴厲了。」

久里笑著搖頭，望向時鐘：

「哇！這麼晚了。」

「你不是要住下來嗎？」

「對呀。」

「那我們走吧！」

「好。」

我直接在桌邊買單，與久里一起站起來。

走出酒吧，久里凝視著我說：

「謝謝，結果今天的餐廳和酒吧還是讓你破費了。改天換我在東京向你道謝，雖然無法請你去太貴的地方。」

然後又補了一句：

「應該還有計程車吧！」

我以為自己聽錯了，她要搭計程車回東京嗎？

久里從皮包拿出飯店的房卡給啞口無言的我看。

「怎麼可能搭計程車回東京，我訂了熱海站前的商務旅館。」

「你不在這裡住下嗎？」

「這麼高級的飯店，我怎麼住得起。」

我再也忍不住了！

「等一下，我指的是我的房間。男人問你『要不要住下來？』當然是指住在男人的房間，這你不會不知道吧！又不是小學生了。」

久里沒有應聲，顯然心裡有數。

都快要六十五歲的男人，還在這種地方大呼小叫，實在很丟臉、很沒出息，但我實在吞不下這口氣。

幸好已經很晚了，沒有人經過酒吧。

久里轉過來，正對著我說：

「昨天通電話的時候，我確實想在田代先生的房間過夜，才會回答『可以住下』。兩個朋友都熬出頭了，打擊實在太大，當時覺得怎麼樣都無所謂了。」

久里似乎完全沒有意識到，這句話非常失禮。

「可是過了一天，我稍微冷靜下來，開始問自己真的可以嗎？在開往熱海的火車上也一直在思考，想了又想，最後的結論是不能和你過夜。」

太好笑了，我對兩人在床上的遐想一發不可收拾時，久里反而愈來愈冷靜，太可笑了。

「我很喜歡田代先生，如果你不嫌棄的話，我打從心底希望能一直跟你維持親密的關係。」

我很好奇有哪個男人聽到這種意思的「喜歡」會高興。

「要是我在田代先生的房間裡過夜，再來不是分手，就是成為你的情婦，也許會和你結婚。問題是一旦發展成男女關係，原本可以維持十幾二十年的關係，很可能一年半載就結束了。」

有道理。

但是我完全不打算跟這個年輕女人維持只請她吃飯卻什麼也不做，聽她傾訴煩惱、幫她出謀劃策的關係。

「久里小姐，我懂你意思了，請櫃台幫你叫計程車吧！」

「謝謝，我們回東京再聯絡。」

「不了，一切到此為止。」

「咦……？」

「我認為啊，異性之間如果要維持良好的關係，立場必須對等才行，我無法與年紀尚輕的你建立對等的關係。像我這種中年大叔，總是會忍不住想要發展成戀愛關係，這是我的問題，抱歉。」

久里愣住。

「保重，這段日子很開心。」

我走進電梯，笑著揮手。

電梯門在呆站著不動的久里面前關上。

回到房間，倒在床上，我自言自語：

「太好笑了。」

這算哪門子的「急流勇退」，不管是對工作，還是對女人，我都還沒死心，真是丟臉。

幸好工作這方面承蒙大家的器重，拱我成為社長，還不算是「過去的人」。

至於女人，或許我只是想藉此來證明自己，藉由和年輕女人交往、上床，證明自己不止工作、身為男人也還沒有變成「過去的人」。

不愧是高級飯店，頭頂上的天花板沒有一絲污漬，壁紙是淺淺的米白色，上頭交織著白色的幾何圖案。我以目光追逐連綿不絕的幾何圖案，一個連著一個，纏纏綿綿，無邊無際。

原本理所當然擁有的一切會隨年華老去而逐漸失去，這是人世間的常態，親人、伴侶、朋友、工作、體力、運動能力、記憶力、性慾、食欲、出人頭地的欲望、以及身為男人或女人的吸引力……。

都說身為男人或女人的魅力與年齡無關，也有人認為執著於年紀的日本尚未成熟，然而正如「正值壯年的男子」、「芳華正茂的女子」這類字眼所示，人類有所謂盛開的年齡。

一旦過了最好的年華，接下來只會不斷失去原本理所當然擁有的一切。到了那樣的年紀，大概也無力向其他年齡層的人展現自己，但又不願承認，所以拚命想粉飾太平、想證明自己還年輕、還在盛開、還沒有結束、還……。

六十歲的人太飢餓了，只想找回失去的東西，拚命往肚子裡塞，我不就是最好的例子嗎？等我跨過人稱「後期高齡者」的七十五歲，或許就不會再感到飢餓，當失去的比得到的還多，失落與絕望的感覺太深，大概就能做好未來只能與這樣的自己湊合著過下去的心理準備。

然而，六十歲的人還不能忍受飢餓，這不合理，我還年輕、我還能盛開、我還沒結束。

我想到久里。

倒也不是特別想跟她上床，但仍希望能發展到那一步。

之所以在酒吧前氣急敗壞，或許是因為沒有被當成男人看待的屈辱所致。

算了，都已經過去了。

我盯著天花板壁紙上綿延不絕的幾何圖案，沒換衣服就沉然睡去。

十月了，秋季清澈的天空藍得望不見一片雲。

接下社長之職已半年，一切都很順利，什麼問題也沒有，對於飢餓的六十歲老頭來說，光是能找到好工作，一切如願達成就要謝天謝地了。

與久里自然是從那天以後便再沒有聯絡，她也沒回頭找過我。

直到今日，我仍然覺得與久里共度的日子充滿戲劇性，為了讓她多看我一眼，為了知道她怎麼看我，為了約她去旅行，心裡始終有一群小鹿在亂跑亂撞。

我是怎麼了。

自己想過無數次，就算是只有「請吃飯」這個附加價值的平庸老頭也無所謂，我想再約她吃飯，但最終還是打消念頭，是我自己撂下「一切到此為止」、「對等的關係」這種大話，事到如今要怎麼拉下老臉再約她。

而且單純扮演具有請吃飯這個附加價值的平庸老頭無法滿足我的飢餓，那是「過去的人」才會做的事。

也沒有其他女人要與我發展出戀愛關係的徵兆，讓我徹底認清人生歸人生、小說歸小說這件事。

從回家的車上不經意往外看，天空掛著又大又圓的月亮，看起來像是滿月。

小時候，老媽每逢農曆十五號或十三號的晚上，無論做什麼菜，都會打一顆蛋，理由是：「因為要賞月」。

妹妹美雪小學一年級還是二年級的時候，曾經抗議過：「不要在湯裡打蛋啦！」反而被老媽念了一頓：「既然是日本人，就要珍惜四季的變換！」

憶及此，不知道遠在故鄉的老媽還好嗎？

尤其是九月十三日，老媽常煮麵疙瘩湯給我們吃。把南部小麥的麵粉揉成麵疙瘩，加入滿滿的南部土雞和鴻喜菇、香菇等當地的菇類，以及大量牛蒡和蔥等當季蔬菜，再以柴魚高湯調出醬油的風味。

老媽也很會醃漬山藥的醬菜。

一時心血來潮，請司機繞到東銀座，看到又大又圓的月亮，突然很想念老媽煮的麵疙瘩湯。我想去位於歌舞伎座斜對角的「岩手銀河廣場」，那裡有岩手縣的產地直銷商店，可以買到各種岩手縣產的食品。今晚由我做飯，我打算用南部小麥及南部土雞等做出道地的家鄉味。

剛退休，時間多到不知該如何打發時，我為了消磨時間，曾經去看不想看的電影。幾乎都選新宿的電影院，避開銀座及有樂町，以免遇見銀行時代的舊識。

不過也曾經抽中試映會的票，去東銀座的松竹看，看完試映，漫無目的地在街上閒晃時，發現這家「岩手銀河廣場」。

當時我覺得很懷念，走進去一看，裡頭擺滿了岩手縣產的食物及工藝品等，那些我從小就很熟悉的東西。我記得那天還買了「雜糧麵包」和「小岩井農場的起司」。

今天則買了岩手當地的酒和麵疙瘩湯的材料。

一踏進家門，阿敏就迎了出來：

「我又來打擾了！」

「哦，你來得正好，我今天要煮麵疙瘩湯。」

「怎麼，有了工作就想進廚房啦！」

「少囉嗦，我才不想把進廚房當成工作呢！」

阿敏說的沒錯，正因為有工作這個寄託，我才會想做菜。

話說得很滿，但是走進廚房，我才想起自己根本沒煮過麵疙瘩湯。

趕緊打電話問盛岡的老媽，記下作法。

先把麵粉倒進大碗裡，揉到有如耳垂般柔軟的硬度、用柴魚片來熬煮高湯等。

正當我覺得沒什麼了不起的嘛，忍不住對著話筒大喊：

「什麼！要煮一個小時？我肚子餓了，等不了那麼久！」

被我的叫聲嚇到，千草和阿敏憂心忡忡地看過來。

我對老媽說：「我知道了，那也沒辦法。」

老媽輕描淡寫地回以一句：「麵疙瘩湯這麼簡單的東西，即使是你也不會失敗。」，掛斷電話。

我沮喪地告訴千草和阿敏：

「要用濕布把揉好的麵糰包起來，至少醒麵一個小時。」

於是兩人也輕描淡寫地回答：

「沒關係，我們可以邊喝邊等。」

我按照記下的作法，開始孤軍奮戰。

利用醒麵的空檔切菜、熬高湯。烹飪本身很有趣，更令我喜悅的是明明站在廚房，卻像回到故鄉，更別說還聽到老媽的盛岡腔。

我的心情好得不得了，在心裡默念「故鄉真好，方言真好」，製作老媽口中「即使是你也不會失敗」的麵疙瘩湯。

一個半小時後，我端著冒著熱氣與香味的陶鍋，走進客廳。

「哇！」

「看起來好好吃！真有你的。」

從家裡的窗口看不見月亮，但還是用岩手當地的酒乾杯。

啊，酒和麵疙瘩湯溫暖了全身。

啊，有故鄉的人真幸福。

久里對秋田的米棒鍋也有相同的感情嗎？

不經意又想起久里，真沒出息。

正要伸手去拿酒瓶時，千草阻止了我：

「在喝醉以前，我有話要跟你和阿敏說。」

千草坐正身子說：

「我打算在明年八月自立門戶。」

「自立門戶？」

「沒錯。」

千草天外飛來一筆的發言，令我驚慌失措。

阿敏拿著酒杯的手也停在半空中。

「自立門戶的意思是你要開美容院嗎？」

「沒有這麼誇張啦，我只是要租個十坪左右的空間，一個人幹。」

「目黑的美容院呢？」

「我打算明年年初提出我要自立門戶的事，五月辭職，提早五個月告訴美容院，這樣就有足夠的時間可以交接了。話說回來，就算我辭職，對他們應該也沒有太大影響。」

千草明年就六十歲了。

正常人不會想在耳順之年自立門戶吧！也不知道會不會有客人上門，還要租場地、投資設備嗎？

話滾到嘴邊，又被我吞回去。

接下金樹的社長一職時，我心中無疑有過「想成為社長，帶領整家公司，當社長是所有上班族的夢想」這種心情。

千草大概也一樣。

「需要多少資金？」

「設備加上裝潢的費用，至少也要一千萬。」

阿敏驚呼：

「這麼多！」

「嗯，我打算向銀行貸款，加上我自己的存款，再借一點這個人的退休金。」

「如果這樣就能搞定，我倒是不介意，問題是你有把握嗎？」

「我想打造一家只有我這個年紀才能經營的美容院。這是個年輕人愈來愈少、老年人愈來愈多的時代不是嗎？我打算開在住宅區裡，像以前的理髮廳那樣，讓婆婆媽媽都能輕鬆地來弄頭髮，這是我鎖定的目標客層，還有老太太帶來的孫子。」

「這樣能賺回一千萬的本金嗎？」

「考慮到我可以從中得到的成就感，我認為十分值得。」

我無法反駁，「成就感」這三個字的威力太大了。

「吃飽飯後，我再仔細說明資金的問題和我的策略，還有，阿敏！」

「什麼事？」

「美容院的商標、宣傳手冊、招牌……諸如此類的設計就拜託你了，免費的！」

千草說得理所當然，我聽得目瞪口呆。

阿敏一口答應：

「可以啊！至今受到表姊這麼多照顧，什麼都可以免費做給你，而且我認識很多裝修工人及室內設計師，當然不能叫人家免費，但我可以請他們幫忙。」

「真的嗎？太好了！我接下來才要找開店的地方，到時候也請你開車帶我去了。」

「沒問題，我也有房仲業的朋友，一起去瞧瞧吧！」

「耶！一起去、一起去，太感謝你了！」

我雖然忠於自己想做的事，卻非百分之百贊成千草自立門戶。但她已經完全在興頭上，就算反對，大概也聽不進去。

「千草，你四十三歲的時候突然決定去上美容學校，我想說：『算了，就當是家庭主婦的消遣。』沒想到會有自立門戶的一天。」

「我從一開始就想出來創業了，去上美容學校就是希望能靠自己的技術活下去。」

千草為麵疙瘩湯重新加熱。

「我決定去上學是在你四十九歲的時候，就是你告訴我已經沒望進入董事會，要去子公司那時。我才恍然大悟，不能一輩子都在別人的手下工作。」

原來如此，原來是從我身上學到的教訓啊。

如果我現在沒有工作，肯定會被這句話刺傷吧。

「像你這麼優秀、有能力、也有人望的人，都會陰錯陽差地脫離升官路線，不對，還是被踢出去。自己的人生居然掌握在別人手上，開什麼玩笑嘛！所以我想學會一技之長，不想屈居在他人手下。」

阿敏不由得苦笑：

「決心是很好，但這只是不知人間疾苦的千金大小姐，剛好瞎貓碰上死耗子成功的特例。一般人才不會四十歲跑去上美容學校，快六十歲還不管三七二十一地想要自立門戶，如果不是因為有壯哥賺錢，你哪能去上學、哪能過上好日子。」

「這我知道啊，可是為了讓這個人隨時都能遞辭呈，我也一定要自立門戶！」

「你要養壯哥嗎？」

「對！」

「真是不知天高地厚的大小姐？對吧，壯哥。」

我邊笑著邊用酒澆熄內心深處熾熱的火苗。

只能隨千草去了，幸好我們的生活比一般人還要寬裕，就算砸一千萬開的店經營不善也還過得下去。

千草也不要有後顧之憂、想做什麼就做什麼比較好，以免變成飢餓的老太婆。沒錯，這樣比較好……。

自從宣布要自立門戶以後，千草看起來愈來愈朝氣蓬勃。

她從以前就很有事業心，如今即將要有自己的事業，激動與緊張的感覺想必更是不可同日而語，我很了解這種心情。

要是我還每天都無所事事地往返於健身房和文化中心之間，肯定見不得老婆如此神采飛揚的模樣。

突然想起早已逝世的父親。

父親以我為榮，「這小子比我有出息多了！」這句話常掛在嘴邊，周圍的人也異口同聲地表示羨慕：「令公子真了不起！」雖然明白不是所有人說的都是真心話，其中一定也夾雜著嫉妒。但無論是哪種，都讓父親感到很有面子。

但父親的人生絕非一帆風順。

他從小就很優秀，最後還當上英文系的大學教授，卻沒有受到世人的關注。

同事及後輩都去留學，父親卻始終沒有機會出國研修，雖然提出了論文，卻很晚才當上教授，也不曾在學會擔任過評審委員或理事。

而且終其一生不曾當過婚禮的媒人，同事及後輩都受託當過好幾次媒人了，父親一次也沒有。

我不明白這是因為父親的人緣不佳，還是因為他總是得不到鎂光燈的眷顧，大概兩者皆是吧！

父親能在我走在平步青雲的路上，成為董事呼聲最高的時候去世，未嘗不是一件好事。

對兒子受到周圍的人讚揚、嫉妒的狀況，老媽常說：

「你爸的人生沒有一件好事，你一定要過上幸福的人生，為你爸報仇。」

兒子如果能為自己報仇，父親肯定會很欣慰、會以我為榮，但這終歸是兒子的幸福，就算覺得與有榮焉，也無法照亮自己黯淡無光的人生。

我認為父親的人生絕對稱不上幸福。

自己現在能放任活得有聲有色的千草去做她喜歡的事，是因為我很幸福，不是因為家人得到幸福而感受到的喜悅，而是為田代壯介的人生感到心滿意足。

好久沒去健身房了，去了才發現平時聚在一起的伙伴們少了兩個人。

「阿春因為老公的失智症愈來愈嚴重，得待在家專心照顧，所以來不了了；伊藤的太太死了，只好搬去北海道和女兒一起住。」

才一陣子沒見，向我解釋的老太太和在一旁點頭的老先生看起來都老了好幾歲。

其中一位老先生說：

「鈴木、阿春、伊藤一個接著一個離開了，真的好寂寞呀！我還以為能永遠跟大家有說有笑地運動。」

「唉，人生瞬息萬變，沒有什麼是永遠不變的！」

所有人都意志消沉，害我不禁想約剩下的人做完運動一起去吃飯或喝一杯。

還來不及開口，大家就三三兩兩地拋下一句「改天見」，各自回家。

我獨自練習重訓，想起久里。

那次在熱海一別後，已經三個月沒見，唯有受辱的憤怒與自慚形穢的情緒還殘留在心底。

生命如此短促，一輩子能遇見多少人呢？

而且那些人還有可能某天突然消失不見，就像鈴木那樣、就像阿春和佐藤那樣。即使是銀行或子公司的同事，絕大部分也都已經沒有交集了。

在這個沒有什麼是永遠不變的世上，不應該與有幸相遇的人劃清界線。彼此的生命都很短暫，光是有緣擦身而過，就已是三生有幸。

我從鈴木的死體會到一件事，死神什麼時候要來敲門，真的沒有邏輯可言。即使是年輕人，說不定哪天就先走了。

我想打電話給久里，想開朗地問她：「你好嗎？過得怎樣？」沒必要見面或約吃飯，如果久里主動約我另當別論，但也只要說句「改天再打電話給你」就好。

快六十五歲，已經是「前期高齡者」。不要與有緣相遇的人拉開距離，就算只是一起吃飯的朋友，在短促的人生中也是珍貴的緣分，我看著阿春慣用的跑步機。

話雖如此，但我也很清楚自己無法打電話或傳簡訊給久里。這點小事硬著頭皮上不就好了？但我實在提不起勇氣，相隔三個月才聯絡，天曉得對方會怎麼想。

話說回來，過去也曾經隔了好幾個月才聯絡，久里都不以為意地前來赴約，大概是因為她不討厭我吧。

可是……六十歲的男人遲遲無法下定決心，想到在酒吧前分手的情景，實在沒辦法主動和她聯絡。

束手無策地來到十一月的某個星期六，千草說：

「我打算從明年春天開始籌備開店的事，今晚要不要去吃飯，算是謝謝阿敏，也要跟他討論一下。」

「你不是早就開始準備了嗎？」

「八月才開始營業，等五月離職後再找房子、進行整修就夠了。太早決定的話，就得一路付房租到開店。」

剛結婚的時候，千草還是不知民間疾苦的大小姐，如今已變得如此幹練。

傍晚，道子也加入，一起前往義大利餐廳 Alporto。兩個孫子去她公婆家舉行「兩天一夜的慶生會」。

好久沒有一家三口並肩走在路上了，道子指著花店說：

「那個好可愛！女生一定會喜歡。」

是個做成迷你三角鋼琴形狀的黑色陶製花瓶，打開三角鋼琴的琴蓋，插進五顏六色的花。

「鋼琴是黑色的，襯得色彩鮮艷的花看起來好漂亮！雖然五千圓不算便宜。」

下一秒，我便轉頭對道子說：

「道子，你想要的話，我買給你。」

「真的嗎？買給我、買給我！」

我從一開始就想買兩個，一個給久里。

插在鋼琴裡的鮮花頂多只能撐個兩、三天，我為自己設下期限，必須在兩、三天內打電話給她。

「道子，買兩個，我要送給公司的秘書，平常受她許多照顧。」

「哦，貼心的社長！」

道子笑了。

千草開口要求：「也給我買一個。」

結果我花了一萬五千圓。

走進 Alporto，又想起久里。

我們曾在這裡共進午餐，一定要在鋼琴裡的花枯萎以前見到她，人生苦短，不應該與有幸相遇的人形同陌路。

與阿敏會合，四個人一起享用美味的全餐，品嚐香醇的葡萄酒，聊千草的店聊得很熱烈。

啊，我好幸福！

前腳剛踏出餐廳，阿敏就約我們：

「要不要再來我家喝幾杯？現在才八點半，我家裡放有各種酒。」

我們立刻同意，十一月的晚風清涼如水，但高亢的心情十分熾熱，還不想立即回家。

從阿敏住的大樓可以看到欅坂，耶誕節還能看到漂亮的燈飾，是最適合光棍住的地方，藍色燈飾在平緩的坡道上閃閃發光的景象，就連大叔也會覺得很浪漫。

距離耶誕節還有一段時間，我們眺望著樸實無華的坡道喝酒，配著鹽漬墨魚和起司。

我有工作、有家人，身體也相當健康，下禮拜或許還能見到久里。天吶，太幸福了！

這時，耳邊傳來用鑰匙開門的聲音，同時有女人的聲音在門外響起：

「阿敏，我來了！有人送我很好吃的魚乾，我今晚不回去了，明天早上可以烤來吃！」

久里邊說邊走進來。

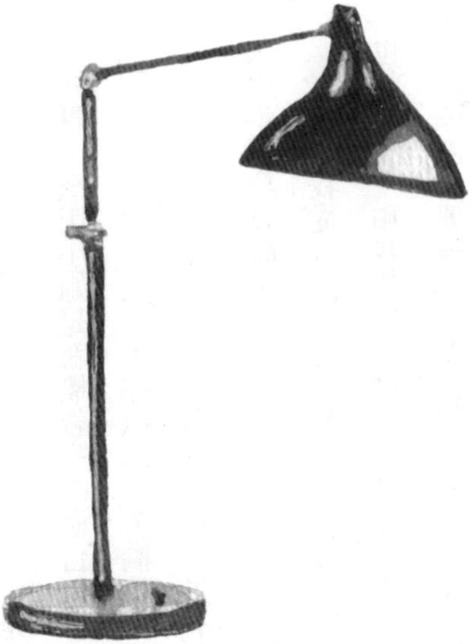

第玖章

那一瞬間，所有的聲音都消失了。

見到久里的剎那，所有的聲音都從我四周隱去。

久里大概也好不到哪裡去，看到我那一刻，臉色大變。

我立刻重新打起精神，但還是無法收拾驚訝的表情。

「你好，濱田小姐，好久不見。」

久里還沒回答，阿敏就先說：

「對了，壯哥去過日本文化中心嘛，可是啄木的課不是在新橋教室嗎？」

「對呀，濱田小姐是新橋教室的櫃台。」

「欸，這樣啊。久里，你以前在新橋教室啊？」

「以前？久……呃，濱田小姐，你現在不在新橋教室啦？」

久里手裡拿著脫下的大衣與披肩，呆站著不動：

「對……我從八月、就被調到池袋教室的企劃課……。」

也就是說，和我在熱海見面以後沒多久，她就調職了。

她的確沒必要告訴我調職的事，但被矇在鼓裡還是令我有些火大。

阿敏笑著對久里說：

「我和壯哥是親戚喔。」

「親戚……？」

久里已經驚訝到不能再驚訝了，阿敏向她介紹千草與道子：

「這兩位是壯哥的太太和女兒道子，我是壯哥太太的表弟，從年輕就經常去他們家蹭飯吃，久里，坐啊！」

久里不知所措地坐下，手仍緊抓著大衣和披肩不放，肯定是想快點逃離這個窘境吧！

阿敏把久里介紹給千草和道子認識：

「我們是在兩個月、還三個月前相遇的。呃……久里，我在池袋教室開特別講座是不是九月的事？」

原來如此。

久里認識阿敏才兩個月還三個月，就和他發展成有阿敏家的鑰匙，可以拿著魚乾說「我今晚不回去了，明天早上可以烤來吃」的關係。

我努力了一年還是只能請她吃飯。

千草苦笑著對久里說：

「真是的，雖說是自己的表弟，但是配上像你這麼標緻的小姑娘，真是委屈你了。」

阿敏得意洋洋地說：

「是不是，她可是秋田美人！」

「你是秋田人啊！我老公是岩手人。」

她早就知道了。

「濱田小姐，阿敏人真的很好，請你多多關照。」

道子也笑著插嘴。

「唯一的缺點就是太有女人緣了，但他是真的很溫柔，從我小時候就經常陪我玩。」

久里大概也不知該如何是好吧，只能笑得很尷尬地猛點頭，阿敏還狀況外地說：

「久里，可以麻煩你把帶來的魚乾烤一烤嗎？還有酒，可是已經沒有下酒菜了。明天早上再去附近吃就好，這樣你也樂得輕鬆。」

千草委婉地阻止：

每次阿敏直呼「久里」的名字，我都覺得自己的體溫上升了好幾度。

「那可是別人送給她的魚乾，你們明天再一起吃。濱田小姐，我們吃過晚飯才來的，差不多該回去了！」

久里連忙說：

「不不不，是我突然跑來打擾。我家裡還有事，先告辭了！突然跑來真不好意思。」

久里一心只想快點逃離現場。

阿敏沒有任何戒心地說：

「抱歉，下次去熱海的時候再補償你。」

熱海？他們要去熱海？

我笑著問正要逃走的久里：

「好好噢，你們要去熱海啊。」

「啊……呃、對呀，嗯……」

阿敏笑著對吞吞吐吐的久里說：

「有必要尷尬成那樣嗎？像我們這種年紀的人要去哪裡、要做什麼都可以吧！」

然後對我們說：

「熱海不是有家銀波飯店嗎，久里去過一次，對那裡讚不絕口，不過因為是去談公事，只去了餐廳和酒吧，沒進到房間，所以一直很想去住一晚。」

我語氣平靜，目不轉睛地盯著臉色鐵青、低頭不語的久里說：

「去熱海談公事，而且還是去銀波的餐廳和酒吧談公事，也算是機會難得了！既然如此，就算再討厭對方、再逼不得已，也得耐著性子去見識一下呢！」

千草指著我，大笑著說：

「真的、真的，如果是銀波，我也願意耐著性子陪這傢伙去！」

「沒禮貌。」

「濱田小姐，房間比酒吧漂亮多了，可以從露台看到海景，客房服務的早餐也很好吃。」

久里居然想去銀波住一晚，這打擊太大了。

跟我不行，跟阿敏就可以嗎？

阿敏說：

「已經是幾十年前的事了，我的出版紀念餐會不曉得為什麼辦在銀波，明明東京就有一大堆飯店，害我覺得莫名其妙。原來是主辦人想打高爾夫球，為了這個原因才優先選在那裡，我從那次以後就沒有再去過，原來壯哥和千草姊是常客啊！」

我若無其事地回答：

「對呀，我七月也因為公事去過。」

瞥了久里一眼。

久里還是靜止不動。

「濱田小姐，你都去了銀波，卻止步於酒吧和餐廳，實在『真無彩』。」

聽到我說出兩人經常使用的方言，久里終於低眉斂眼地站起來，端莊地行了一禮。

「我先告辭了，突然跑來真不好意思。」

正要走向門口時，千草叫住她：

「是我們打擾你們難得的兩人世界，這是賠禮。」

遞出那個包裝好的鋼琴。

「這是剛才外子買給我和道子的小東西，是個做成鋼琴形狀的花瓶和花，非常可愛喔！」

久里不住地後退拒絕：

「這怎麼好意思！我不能收。」

「別客氣啦！不瞞你說，其實是我逼他買給我的。」

「濱田小姐，這是內人的心意，你就收下吧！」

我都這麼說了，久里只好不再推辭。

然後再次深深地低下頭道謝，奪門而出。

原本要給久里才買的「可愛小鋼琴」這下真的只能送給秘書了。

我半開玩笑地調侃阿敏：

「你的手腳未免也太快了。那女孩總是正經八百地坐在櫃台前，看起來實在不像是兩個月就會被男人拐走的類型，真不愧是阿敏！」

「不是啦，我只開過一堂繪本的特別講座，結束後和幾個工作人員去喝酒，她也是其中之一，說她想創作兒童文學，問了我很多問題。」

道子調皮地說：

「結果沒有車可以回家，兩人就共度一宵……是嗎？」

「就是這麼回事。」

我好驚訝。

「阿、阿敏，你們認識當天就上床了？」

「就剛好天時地利人和嘛！」

道子為大家調酒，千草也沒有什麼太大的反應。

「阿敏從以前就這樣，阿姨總是很擔心：『這孩子遲早會被女人搞到身敗名裂！』但你其實對女人很好。」

「可不是嗎？雖然我對久里在兒童文學上的天分持保留態度，但她不管身為人，還是身為女人都無可挑剔。」

我不動聲色地問他：

「你打算跟她結婚嗎？」

「不，我不打算跟任何人結婚，這點我也跟久里說過。」

千草冷笑著說：

「像她那麼漂亮的女人，很快就會嫁給別人，拋棄你了。」

沒有人發現久里和我的私情。

太好了。

四個人敞開來喝，但我怎麼喝也喝不醉。

當天就能跟阿敏發生關係，卻拒我於千里之外。

雖說我和阿敏確實天差地別，但我對久里那麼好，為她著想、替她出謀劃策。

阿敏什麼也沒做，居然當天就發展成那樣的親密關係了。

如果是活了四十年，離過一次婚的女人，應該知道誰比較重視自己吧！

那天晚上，回到家的時候已經過了十二點。

千草洗完澡就去睡了，我一個人又開始喝酒。

再怎麼說，阿敏和久里……。

沒想到會發生這種事，但也不是不可能。

我和久里就只是純吃飯，什麼事也沒發生的關係，但她應該感受得到我對她的情愫、好感和善意，以及花在她身上的金錢和時間、對她的照顧。

然而，她卻對喜歡的男人說那只是「公事上」的關係。

我成了笑柄。

道子洗好澡出來：

「媽媽睡啦？」

「早就睡了。」

道子從冰箱裡取出罐裝啤酒：

「那個人就是爸爸之前迷戀的女人吧！」

突然殺得我措手不及，臉色都給她嚇白了。

道子說這句話的時候沒盯著我的臉看，已是最大的體貼。

老實說，感激不盡。

「別擔心，媽媽沒發現，不過就算發現了也不要緊，因為是爸爸單方面喜歡人家、百般討好，根本沒從對方身上撈到半點好處。」

道子說的彷彿親眼所見，雖然都被她說中了，但我也是要面子的：

「笨蛋，爸爸打從一開始就對她沒有非分之想。我跟阿敏不一樣，在她身上並沒有感受到任何身為人或身為女人的吸引力。」

道子咕嘟咕嘟地嚥下啤酒：

「是嗎？」

壓根兒就不相信的語氣。

「爸爸，不用隱瞞喔，你在追問銀波飯店的時候簡直咄咄逼人，該不會是你特地約她出去，結果人家根本不讓你越雷池一步吧？」

「你想太多了，我怎麼可能這麼做。」

「無論如何，爸爸成為『請吃飯的老頭』這種事還是別讓媽媽知道比較好，因為當這種男人的老婆是女人最大的恥辱。」

道子一臉神祕地看著我。

「你知道我為什麼會猜到她就是爸爸喜歡的女人？」

我答不上來。

一旦回答，就等於承認我喜歡久里。

「因為披肩。」

「披肩？」

「那女人不是把緬甸的布當成披肩使用嗎？那是爸爸帶回來的伴手禮吧！我也有一條不同顏色的。」

「可是她明明說要做成一片裙……。」

說到一半，要吞回去已經來不及了。

「你看看你，穿幫了吧！原來如此，那女人說要做成一片裙啊，可能是中途改變心意了。」

已經無法自圓其說了。

「算了，雖然很難為情，不過我們什麼也沒發生，真是太好了。萬一跟阿敏的女人有一腿……。」

我想開點玩笑緩和一下氣氛，但道子不假辭色地一語道破：

「你們就算交往一輩子，她也不會跟爸爸發生任何關係，因為爸爸對她而言是無可取代的人。」

無可取代的人？我想必露出了受寵若驚的表情吧。

道子搖搖手：

「老男人果然馬上就誤會了，無可取代的人是指『可以當朋友的人』啦！因為『可以當男朋友的人』隨便都能找到替代品，一點也不特別。」

我想起久里說過的話。

她在熱海說過：「一旦發展成男女關係，原本可以維持十幾二十年的關係，很可能一年半載就結束了。」

或許就如道子所說，如此一來會變成隨便都能找到替代品的關係。

但就算是那樣，男人與女人保持這種「無可取代」的關係也太難堪了。

「那個女人就算跟爸爸很久沒見，就算隔了好幾個月才約她，她也完全不放在心上，每次都會赴約對吧？」

一點也沒錯。

「沒有女人緣的老男人會因為這樣就認為對方不討厭自己，以為自己還有機會，對吧？」

對。

「這真是大錯特錯！對方雖然不討厭你，之所以會赴約，只是因為當你是朋友。即使好幾個月不見，也能不當回事地說出：『好久不見！』如果是男朋友，要是很少傳簡訊或打電話、不常常見面，就會開始疑神疑鬼，可是朋友就無所謂了，尤其是老頭。」

道子說得很無情，但我無力反駁。

「爸爸，你應該沒問過那個女人：『明明已經好幾個月不見了，你為什麼還願意答應我的邀請？』這個問題吧！」

我沒問過。

「你要是問了，只會得到一個答案，那就是：『因為和你見面很開心！』這種可以用來回答任何人的萬能答覆。」

「……你也說過這種話嗎？」

「嗯，結婚前說過，男人不也是嗎？如果是你不放在心上的女人問你：『為什麼要和我見面？』不是也有個萬能答覆嗎？——『因為和你在一起很放鬆。』」

「你瞞著爸爸經歷了大風大浪呢。」

「所以我才能變成賢妻良母啊！可是啊，我不想看到自己的父親被當成『金時餅』，那女人真過分。」

「什麼是『金時餅』？點心嗎？」

「不是啦！指的是有『錢』、有『時間』的老頭，就像爸爸這樣。」

如果是聽女兒以外的人這麼說，我大概會氣得跳腳。

道子跟千草一樣，在專門給大家閨秀讀的教會學校從幼稚園念到女子大學。

結果還是變成這副德性，日本的女性真是不容小覷。

彷彿看穿我在想什麼，道子說：

「高中到大學一、二年級是女人最美好的年華，長得再醜都有男生願意捧在手心裡呵護，唯有在這段期間好好玩、多多經歷，才能長成像樣的大人，這點看我就知道了。否則長大以後才覺醒的話，很容易走偏，爸爸也是，我猜爸爸以前也曾遊戲人間，但是和阿敏比起來，根本不值一提。」

我只能藉酒澆愁。

「媽媽說阿敏會被甩掉，正好相反喔！阿敏每次都是故意讓女人拋棄自己。因為他絕對不會主動甩掉對方，而是讓對方甩開自己，簡直身經百戰。」

「真了不起啊！」

「所以如果對手是阿敏，根本毫無勝算。」

「我不是這個意思，我是指道子真了不起！居然能觀察到這麼細微的地方。」

「因為我也身經百戰啊！」

我真的很想請教我這位身經百戰的女兒。

請吃飯的老頭和阿敏那種老頭到底差在哪裡？

然而，身為父親的尊嚴與身為男人的尊嚴著實讓我問不出口。

「爸爸，老實告訴你好了，世界上的老頭有九成都是只能請女人吃飯的老頭喔！也有女人會因為同情，願意陪對方睡一次。但那絕不是出於愛情，而是為了抵伙食費。」

她講得太直接了，我只能苦笑，假裝沒什麼興趣地問她：

「想到像我這種人居然占了九成，連氣都嘆不出來了，阿敏有那麼好嗎？他又不是絕世美男子，今年也五十六還五十七歲了。」

「因為看在一般女人眼中，阿敏有種獨立不群的感覺，全身散發出與眾不同的氣質。他來我們女子大學演講的時候也是，同學們簡直為之瘋狂。」

既然是散發出來的氣質，再怎麼努力也無法模仿。

只有像阿敏那種插畫家、演員或歌手等具有特殊才能的人才能擁有。

雖說有些具特殊才能的人也沒有那種出眾的氣質，但桃花運並不會因此就降臨在普通老頭身上。

道子打開第二罐啤酒，不以為意地說：

「即使是普通老頭，也有人有那種氣質喔！」

希望又冒出頭來，情不自禁地探出身子。

「那就是家庭不幸福的人。」

果然……。

「簡單一句話，男人如果沒有任何破綻，反而不會受到女性歡迎。不說了，我也要去睡了！」

道子把剩下的啤酒倒進我的杯子裡，走出客廳。

我可以理解道子說的意思。

世人都說不要管年齡，去談戀愛吧！如果在小說或電影裡，愛情的確與年紀無關，但社會是由九成氣質一點也不特殊的老頭構成，在現實中，老頭要談戀愛簡直比登天還難。

我原本也小心提醒自己「中老年人的戀愛只存在於小說中」。

但是道子的話很有說服力。

我再也不要把精力浪費在談戀愛這種莫名其妙的事情上，絕對不要。

單戀久里的那段日子令我臉紅心跳、充滿刺激，然而，若是問我快不快樂？我也無法斷言。只覺得受辱的感覺比較多。

中老年已經是不能受侮的年紀了，絕對要避開所有的可能性。過去已吃盡苦頭了，年紀有多大，就有多少受屈辱的記憶。

想努力談戀愛無非是為了回春，結果只換來令人難受的回憶，別說是重返青春了，反而加速了老化。

第二天，久里傳簡訊給我。

「昨天真不好意思，沒想到你們是親戚，嚇了我一大跳。青山敏彥老師教會我很多關於兒童文學及繪畫的事，希望能一直與他保持良好的關係。

昨天因為太驚訝了，話都說不好，甚至沒能好好打聲招呼，我打從心底感到抱歉，今後也請多多指教！」

真敢講，昨天才說「阿敏，明天一起吃早餐吧！」還說我們是「公事上」的關係，今天居然就改口成「青山敏彥老師」、「今後也請多多指教」。

她大概是考慮到既然我和她喜歡的男人是親戚，今後肯定還會見面，為了不破壞她和阿敏的關係，最好趕快向我賠不是。

她對阿敏這麼認真啊！

我回信：

「期待你在他的指導之下，能有新的感悟，早日出人頭地。」

進入十二月中旬，寒風刺骨，愈來愈感謝能有專車接送我上下班。

回完那封信，我與久里徹底地結束了。

不，我們原本就沒有開始，連用「結束」來形容的關係都不是。

阿敏也為了千草的店經常來家裡，繼續跟我一起吃飯、一起喝酒。

我覺得他應該沒有發現我和久里的事。

從那之後也沒提過久里，話題始終圍繞著千草的店打轉。

今天早上也一副要下雪的樣子，一踏進公司，高橋和鶴卷就抓住我的手臂。

「社長，發生了一點狀況！」

往來於日本與緬甸之間的小山也跑了過來，三人把我推進社長室，厲聲命令藤井秘書：

「別讓任何人進來！」

「怎麼了？發生什麼事？」

鶴卷壓低聲音說：

「伊洛瓦底公司應付的帳款沒有如期匯進來。」

「什麼?!」

簽約時先收到五千萬的訂金，剩下的三億圓尾款應該要在十二月十五日一次付清。

昨天是十六日，高橋詢問伊洛瓦底公司，得到以下的答覆：

「敝公司還沒收到客戶的匯款，所以要付給貴公司的錢也跟著遞延，請再等兩、三天，等我們收到其他公司的入帳。」

我也是接獲這個報告。

今天是十二月十七日，已經拖了兩天。

心裡湧起一股不祥的預感。

與伊洛瓦底公司的合作從我還是顧問前就開始了，當初在考慮要不要接下顧問一職時，當然也調查過伊洛瓦底這家公司。

該公司是由緬甸有頭有臉的閣員烏丹・明當的親戚開的，烏丹的權力很大，經營狀態也沒有任何問題。

軟體的交貨是從把寫好的程式安裝在客戶的電腦裡開始，再檢查有沒有使用上的問題，有的話就加以排除，直到能夠正常運作，才能通過客戶的驗收，完成交貨。

這時才能請款。

我們當然已經解決各種問題，在三週前的十一月二十六日就完成交貨，再來只要等對方付款即可。

後來又接到伊洛瓦底公司的關係企業曼德勒公司的訂單，開始研發軟體。

我立刻命令高橋等人：

「先暫停曼德勒的研發，然後請小山前往緬甸，搞清楚是怎麼回事，帶溫茂一起去。」

溫茂是我們在當地錄取的工程師，是一位非常能幹的青年，還具有可以翻譯日常對話的日文能力。

高橋以僵硬的表情說：

「溫茂已經用網路與當地的家人、朋友、工作伙伴聯絡過了，都說沒有任何不妥的地方。總而言之，得快點採取行動才行！」

等他們都離開後，我上網仔細研究緬甸的社會局勢及文化等現狀。

我平常就會觀察這些動向，一向沒有任何問題，這次也沒有查到新的消息。

回到家，阿敏和千草正專心地盯著電腦。

「我來打擾了，我們正在研究千草姊的店要用什麼顏色的牆壁和椅子。」

「你也來看一下嘛！雖然連店要開在哪裡都還沒有決定好，但是不同顏色會給人截然不同的印象，遠超過想像喔……阿敏，我比較喜歡剛才的椅子。」

「這種牆壁配剛才的椅子嗎？啊！挺低調的，卻又很明亮！」

「不錯吧，就選這個！」

我也從他們背後敷衍地瞄了一眼，但完全不在乎結果，滿腦子都是伊洛瓦底公司的事。

躺在床上也睡不著。

金樹開發的軟體已經裝進伊洛瓦底公司的電腦裡，不可能再收回來。不同於可以轉賣給其他公司的商品，大部分的軟體皆配合客戶的要求開發、製作，也就是所謂的量身打造，不可能再賣給別的公司，也很難找到買家。

這下子該怎麼辦才好？

無論如何都得收回那三億圓。

但我該怎麼做？

不知不覺間，窗外已經泛起魚肚白。

隔天晚上，小山從緬甸打電話來，語氣很凝重：

「事情還沒有曝光，但我猜很快就會揭露在各大媒體上了，伊洛瓦底公司岌岌可危。」

「怎麼回事？」

「伊洛瓦底公司表面上由閣員烏丹．明當的親戚經營，背後其實是烏丹在操控一切，而烏丹確定要丟官了。」

「你、你說什麼！」

「是金錢上的醜聞，他收賄了。」

「……所以也拖了該付給其他公司的貨款嗎？」

「我想是的，當地已經傳起不太對勁的流言。」

負責經營的親戚想必一直以來都很依賴這個位高權重的政治人物，只怕做夢也想不到烏丹．明當有一天會失勢，大概以為他一定能爬上政治的金字塔頂端。

「我明白了，總之請你盡快回國，我與森會計師會一起想辦法。」

第二天，我打電話給東大時代的同學。

岩田洋平是擅長國際事務的律師，在業界也算是鼎鼎有名的人物。

我與岩田已經十年以上沒見了，先在電話裡簡單說明一下狀況，問他什麼時候有空，想去事務所向他請教。

「不用特地撥時間過來。」

他願意在電話裡聽我仔細地說明一切。

然後馬上說要介紹緬甸的律師給我。

「他叫巫丘海，四十多歲，非常能幹，可以放心地交給他，溝通上搞得定嗎？」

「如果是法律上的用語，我們家的員工可能沒辦法，可以請你介紹翻譯嗎？」

「好，沒問題，我先跟當地的律師事務所說一聲，請他們主動跟你聯絡，你再飛去緬甸與他詳談。」

「謝謝你，幫了我一個大忙！」

「倘若還有任何問題，隨時都可以找我商量，不要客氣！」

岩田說到這兒，告訴我他的手機號碼，然後笑著調侃：

「話說回來，田代，你的人生還真是波瀾萬丈啊！平常人到了這把年紀應該都要退休享福了。」

「就是說啊，真受不了。」

「這樣也不錯啊！在職場與墳場之間還能享受刺激的人生不是很有趣嗎？」

「可不是嗎？有人教我就算上了年紀也要談戀愛，問題是談戀愛的臉紅心跳和工作比起來根本算不了什麼！」

「談戀愛？你犯不著這樣委屈自己吧！就連十幾二十歲的時候，戀愛也只是生活中的點綴。」

我掛斷電話，笑意在臉上蔓延開來。

「生活中的點綴」……嗎？

仔細想想，世上所有的一切都只是「生活中的點綴」也說不定。

職場與墳場之間什麼都沒有的人生未免也太無趣了，這點自己深有體悟。

我一定能戰勝這次的驚險場面，一想到這裡，力量便泉湧而出。

過完年，二〇一五年二月，伊洛瓦底公司倒閉。

一切都發生在轉眼之間，烏丹下台的同時，一切兵敗如山倒。

倒閉的消息令我全身發熱——危險、我的公司也很危險，金樹非常危險！萬一拿不回那三億圓，無疑會陷入破產的危機。

本來區區三億圓並不會讓公司破產，因為金樹一路走來非常順遂，從過去的利潤中提撥了一定的保留盈餘。

然而，創辦人鈴木社長去世時，公司付給遺孀的撫恤金高達一億五千萬圓。這筆錢就是來自於保留盈餘。

這麼一來，三億圓的應收帳款如果收不回來，無疑會動搖經營的根基。

我刻不容緩地前往緬甸，與巫丘海律師商議對策，想盡辦法要收回那筆錢。

結果得知除了變賣伊洛瓦底公司的資產、扣押社長的私人財產外，沒有別的辦法。只是科技業本來就沒有太多設備，也沒什麼稱得上是資產的東西。

在這樣的情況下，和我們一樣收不到錢的公司多達幾十家，就算抵押社長的私人財產，也只是杯水車薪，再把回收的金額換算成日幣，簡直少得可憐。

不僅如此，還不曉得要花費多少時間和勞力。

不愧是岩田推薦的律師，巫丘海很優秀，才能搶先其他公司採取行動，但他還是直言不諱地告訴我：

「接下來就交給我吧，不過最好還是做好無法收回債款的心理準備。」

我雖早有覺悟，但也斬釘截鐵地向他表明：

「就算只有五十萬或一百萬也好，都請你盡量回收。」

無法擺脫「破產」二字的桎梏，我在回程的飛機上連脫下外套的力氣都沒有。

腦海中走馬燈似地浮現出四十位年輕員工的臉龐，浮現出他們宛如水嫩桃子般的皮膚。

不能讓那群青春的水蜜桃失業，無論如何都要讓公司度過難關。

等回到日本，就去找各家金融機構商討融資的可能性。

話雖如此，但我以前是銀行員，深知可能性有多低。

必須馬上召開董事會，商議對策。

然後請外包廠商再給我們一點時間，租賃費用等直接從銀行扣款的費用也得先暫停……雖然都是些小錢，但也只能這麼做了。

我在飛機上絞盡腦汁。

以前曾經發生過汽車產業龍頭在海外被倒了上百億，報紙上也大幅報導。

當時六十五歲的社長立刻決定放棄掙扎。

報上指出董事們都反對：「能回收一點是一點。」但社長堅持：「別捨不得那三、五億圓，再從別的地方賺回來就好了，比起泥足深陷，這時候跑得快的人才是贏家。」

這才是所謂的「急流勇退」。

社長不能誤判撤退的時機，一旦判斷錯誤，損失想必會雪上加霜。

「別捨不得那三、五億圓」嗎……？我現在剛好與那位社長一樣大，卻無法眼睜睜地看著那三億圓化為泡影。

中小企業不同於產業龍頭，三億圓的損失就足以致命。

即使想從別的地方賺回來，主要都是小筆訂單，臺灣及越南的事業也還等著用錢。

所以，就算只有五十萬或一百萬，也要想盡辦法收回來。

三月，社長的薪水少了百分之五十，董事的薪水少了百分之二十。

我輕描淡寫地告訴千草：

「國外的客戶出了一點狀況，該給我們的錢無法如期支付。不過對方背後有政界的大人物撐腰，不用擔心，只是因為我們在日本還要付錢給很多廠商，所以先用社長及董事的薪水來填那些坑。」

我只透露了這些，不想讓她操無謂的心。

千草還是露出不安的表情：

「我們家的家計是還好，但公司沒問題吧？還有，社長會不會被捲入奇奇怪怪的麻煩裡？……傷腦筋，我什麼都不懂。」

「這你不用擔心，薪水減半的情況到夏天就會恢復正常，你只要專心籌備開店的事就好了，完全不用擔心！」

我知道自己篤定的說詞與開朗的表情讓千草放心不少。

唯獨薪水減半瞞不過她，但也沒必要讓她知道所有的細節。因為就算知道也幫不上忙，千草正為自立門戶忙得不亦樂乎，知道太多只會掃她的興。

伊洛瓦底公司和金樹都不關千草的事。

四月，鈴木的一週年忌日到了。

頭頂上是萬里無雲的藍天，灑落金黃燦爛的陽光、柔和的春風拂面，與鈴木去世的一年前一模一樣，但公司已經完全不同了。

最後還是收不回那三億圓的帳款。

就算只有五百萬或一千萬也好，可以想到的辦法全都試過了，回收的金額仍遠低於預期。

銀行果然不出我所預料，跑了好幾家都不肯融資給我。

他們的態度很有禮貌，但內心想的都是「誰要借錢給你的公司啊，你敢講我們還不敢聽呢！」果不其然，我還在銀行上班的時候也經常這樣在內心嘲笑別人，再清楚不過了。

筋疲力盡地回到家，千草像個火車頭似地從屋子裡衝出來：

「我找到最佳地點了！簡直不能再完美！」

臉上滿是想趕快讓別人知道這個好消息的表情。

「在南雪谷，清明學園的山坡上。你還記得嗎？有一整排櫻花樹的那個坡道，位置就在爬上去馬上就到的地方。」

我拚命打起精神回答：

「哦，那裡是高級住宅區，真虧你能找到那麼好的地點。」

「真是太棒了！就在高級私立學校附近，接送小孩上下課的媽媽也會注意到。天吶！沒想到我居然能找到這麼理想的地方！」

我只想快點走進客廳，癱坐在沙發上。

但千草才沒想到這麼多，繼續在門口向我報告：

「都是託阿敏的福，他介紹的房仲太厲害了！從以前就聽說遇到好房仲要靠緣分，找到完美的房屋也要靠緣分，南雪谷可是田園調布（註：日本知名高級住宅區）的後花園喔！」

千草高興得幾乎都要高呼「萬歲」了。

如果是孩子們還在求學、要負擔教育費用的時期，薪資縮水可是攸關死活的問題。

幸好我們家已經過了那段時期，我的退休金也不算少，所以千草並不在意。

「怎麼了，你在聽嗎？」

千草突然頂了頂我的肩膀。

「我在聽啊！後花園嘛，離我們家也很近，太好了，租金應該不便宜吧！」

我走向客廳。

「發生什麼事了？」

「沒有啊。」

「那就好，應收帳款遲遲收不回來，對公司是很大的問題嗎？」

「別擔心啦，我不是說事情到了夏天就能解決嗎？」

「那就好，還是工作太辛苦了？你已經六十五歲了，還突然當上社長，結結實實地忙了一整年。」

千草撫摸我的臉：

「你都瘦了。」

「在公司的問題解決以前，這也沒辦法。」

「也對，畢竟是你自己不顧周圍反對，硬要接下的職位嘛！」

她這麼說，我只能無言以對。

「可是啊，如果夏天就能解決，要不要趁這個機會辭掉工作，交棒給年輕人？我們的生活已經很過得去了。」

要是能交棒給年輕人，我也不會為此消瘦了。

公司已經完全進入危險水域。

話雖如此，緬甸政治家的醜聞對我們而言只能說是太不走運了，既不是我們有問題，也不是我們的錯。

但對我們而言，三億是致命傷。

絕對不能被擊垮！為了鈴木，也為了董事們，更重要的是為了那些水蜜桃！

我奮力死撐，但是該怎麼處理眼前的資金調度著實令我身心俱疲。

這時，我突然想起全然無關的另一件事。

山下——位於本鄉的「山下醫療用品」那家中小企業的社長。

我以前曾經想過，只要能找到工作，我什麼都願意做，在職業介紹所的介紹下去面試，看在過去一路平步青雲的我眼中，那是家遠離權力核心、小之又小的公司，但我現在有了別的想法。

真虧山下能維持好一家公司，在這個再往前一寸就是黑暗，隔著一塊木板，腳下就是地獄的世界裡，真虧他能一路挺過來。

事到如今，我又想起山下毫不起眼的模樣。

我與董事們為了避免公司破產，拚了命地努力。

用盡所有方法。

也去立花銀行拜訪無數次，求對方融資，先在出人頭地的競爭中被同期的西本打敗，如今又為了調度一家小公司的資金搞得焦頭爛額，就連我也不想看見自己低聲下氣、死皮賴臉，只為求銀行融資的德性。

沒有一家金融機構願意融資給瀕臨破產的公司，就算是我以前待過的銀行，也不可能看在過去的情分上給予寬貸。

我在五月連假緊急召開董事會，公司已經撐不下去了。

「大家都盡力了，但真的不得不向員工報告公司的狀況了。」

高橋、鶴卷和其他董事都同意。

「在座的董事已經砍掉兩成的薪水長達兩個月，再來只能請員工共體時艱，看薪水能不能晚一點再付，或者是分期付款，夏天的獎金顯然也發不出來。」

鶴卷隨即反應：

「我也想過真的沒辦法時，只能搬離這個租金比較高的辦公室，研究了幾個地點，但老實說，我覺得就算搬家也沒有太大的意義……。」

他的意思是說，既然已經預料到破產的結局，再花錢搬家也於事無補。

聽到鶴卷的肺腑之言，所有人都默不作聲，因為大家的想法都一樣。

「連假結束後，就由我這個社長向大家報告。的確已經超過危險水位，但是畢竟還沒破產，為免削弱員工的士氣，我想盡可能提出一些重建的方向。」

雖然是老生常談，但是靠「團結一心」打破僵局的奇蹟也不是沒有發生過。

我已經被逼到不得不這麼想的地步。

黃金週的天空實在太藍、太亮了，令我覺得好痛苦，倘若天空是灰色的、陰暗的，心情可能會好受一點。痛苦的時候、跌到谷底的時候，美麗的五月反而是一種折磨。

回到家，桌上擺滿了冰得透心涼的香檳、烤牛肉和滿是海鮮的沙拉、魚子醬開胃麵包小點等美食。

「這是怎麼了？」

我嚇了一跳，千草把香檳杯擺到桌上說：

「我也打電話請阿敏過來吃，但他正和濱田小姐在京都。」

千草對我露出明艷照人的笑臉：

「我今天圓滿地從美容院辭職了，這是為了慶祝！」

沒有一絲陰霾、藏不住喜悅的笑臉與五月的天空同樣是一種折磨。

我把董事會那沉痛的一幕藏在心底，拚命擠出笑容。

同時也對妻子放棄固定收入感到不安，而阿敏與久里去旅行的事早已無關緊要。

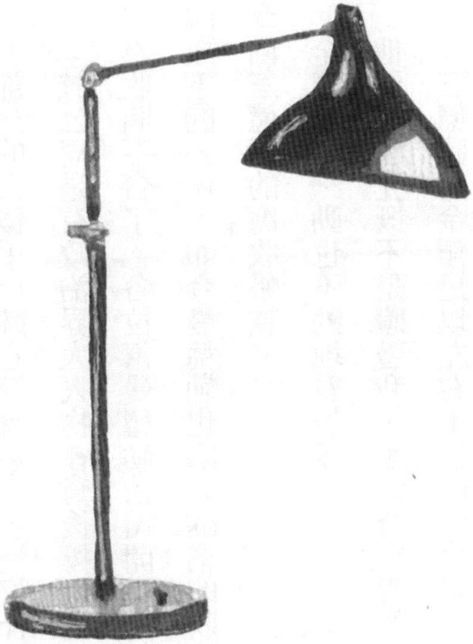

第拾章

九點半，上班時間一到，四十名員工就全部聚集在社長室前。

五月的早晨涼風徐來，令人神清氣爽。

心情沉重，但我還是得向員工傳達公司陷入危機的事，與其從別人口中聽到胡說八道的流言……不過，他們可能已經聽到了。

「今天有件事情想向大家報告，恐怕有人已經注意到了……緬甸的伊洛瓦底公司破產了。」

只有幾個人發出驚呼聲。

大部分的人似乎已經心裡有數，表情沒什麼變化。

「該公司是有政治界大人物在背後撐腰的企業，業績很穩定，利潤也很可觀，但那位政治人物因為收賄下台了。各位幫曼德勒公司開發的程式之所以臨時喊停，也是因為曼德勒是伊洛瓦底集團旗下的公司，如今曼德勒也陷入歇業的狀態。而本公司最大的困境是……無法向伊洛瓦底公司拿回三億圓的應收帳款。」

全體員工一動也不動地看著我。

他們的目光既不是瞪著我，也沒有究責的意思，只是微弱而哀傷，令人不忍直視。

「三億圓的金額足以左右本公司的命運，我們已經即時與當地的律師想辦法挽救，還是收不回那三億圓。大家不眠不休、好不容易開發出來的軟體搞成這樣，真的很對不起各位。」

我和董事們深深地鞠躬致歉。

這時，有個十九歲的女員工戒慎恐懼地發問：

「我們會倒閉嗎？」

我用力地搖手，笑著回答：

「不會，目前確實處於很危險的狀態，但也正以董事為中心研擬對策，希望大家能跟以前一樣工作，不要過度擔心。」

可是員工們早已藏不住臉上不安的表情。

我半開玩笑地說：

「薪水也會照付啦，別擔心，只不過，有一個請求……。」

員工們都屏氣凝神地看著欲言又止的我。

「夏季獎金可能發不出來了，對不起。」

「什麼……？」

有人發出努力壓低的驚呼。

「真的很抱歉，現在是本公司的關鍵時刻，請各位共體時艱，一起度過難關。」

我和董事低頭懇求時，有人問道：

「請問……這個月……五月的薪水發得出來嗎？我們也需要生活，如果獎金發不出來，薪水也發不出來，還要我們跟平常一樣努力工作的話……。」

我等不及他說完就回答：

「五月的薪水可能會晚一點，但一定會給，唯獨獎金，請各位見諒。」

我與董事又要低頭道歉時，名叫高田的工程師舉手。

「我要辭職。」

名叫遠藤的工程師也跟著舉手。

「我也要辭職，最近別家公司的朋友一直跟我說：『你們家是不是快不行了？』高田也聽過類似的話吧！我要去以前就找我過去的公司，不好意思。」

說話雖然就像時下的年輕人一樣顛三倒四，但他們確實是很優秀的工程師。以前副社長鶴卷還曾經提醒我：「那兩個人一定會被別家公司挖走，要不要把他們的年薪從社長的兩倍調整成三倍？」

高田也說：

「我們剛好被同一家公司挖角。」

我問他：

「本公司的流言已經傳遍大街小巷了嗎？」

「應該還不到人人皆知的程度，但我猜本公司的員工或多或少都知道一點，只是大家可能不像我們看得那麼嚴重。」

兩人在其他同事還六神無主的情況下，一臉雲淡風輕地深深一鞠躬，頭低到都快要碰到地板了。

「感謝大家長久以來的照顧。」

姿態擺得那麼低，反而讓人有種被小看的感覺。

當我這個社長把現狀告訴大家，等於坐實了流言。

看得出來員工們都非常混亂，此時此刻所有人腦中恐怕只有一個念頭——得趕快找下一份工作。

聽完我說的話，再加上高田和遠藤說要辭職，自己也得做點什麼才行，為此焦慮不已。

在那之後，我請董事在社長室集合。

「我想更進一步分析獎金及破產的機率，但是站在員工的立場，比起這些，更想趕快找工作吧。」

「有道理，或許那才是正確的選擇。」

「我還以為能看到大家同心協力，發誓要重建金樹的企圖心。」

「或許沒有那種企圖心比較好……。就算告訴他們到了夏天一定能解決問題，卻還擬不出任何具體計劃。」

隔著那道隔開社長室與辦公室的玻璃門，可以看見員工們正三三兩兩地聚在一起討論，沒人有心工作。

大概都在討論找工作的事。

就像千草正按部就班地準備開店那樣。

晚上和她一起吃飯時，她迫不及待地向我報告：

「裝潢差不多快大功告成了，沖水台和椅子、鏡子皆已陸續就定位。阿敏也幫我畫了充滿巴黎古董風味的木製招牌，美極了！」

「真的嗎？」

「很適合那個高級的地段，在綠蔭深處若隱若現的招牌，看起來就像雜誌上的圖片。」

「接下來沒問題吧？」

「別看我這樣，我的技術還不賴，也有在努力學習。」

「不是啦，我是指資金。」

「嗯，控制在最低水位的一千萬以內。我向銀行借了三百萬，剩下從我自己的存款和你的退休金補足，而且三百萬也不是還不起的金額。」

「那就好，顧客人絡繹不絕。」

「我沒有帶走任何一個以前待的美容院客人，也沒有讓客人知道我要自己開業的事。」

大部分的情況下，把自己服務過的客人挖到自己新開的店是經營上的重點。

「因為那樣等於是和過去那麼照顧自己的店搶客人，我認為要在這個行業做下去，不要讓前一家美容院蒙受損失要比挖客人重要多了。」

千草說到這裡，燦然一笑：

「剛才啊，以前那家美容院的店長說他想來看一下，帶了大包小包的禮物來給我，非常感激地說：『沒想到你的客人都不知道你自立門戶的事，我太驚訝了！』還說如果我有困難，隨時都可以向他求救，我好感動！」

「你真是個八面玲瓏的政治家啊！」

千草突然放下筷子，正襟危坐地向我道謝：

「店長、阿敏和我的朋友們都說，我能這麼為所欲為，都是因為有個可靠的老公，經濟上沒有任何需要我擔心的地方，才能做這種不知何時才能回本的生意，起初可能要賠點錢，但假以時日，一定能開始賺錢的，能這樣無後顧之憂，都是託你的福，這點我心裡也很清楚。」

我只能從鼻子裡冷哼兩聲，藉此掩飾害臊。

唉，你的「老公」現在正面臨著重大的危機！

梅雨霏霏，我和董事們冒雨四處奔走，只要能做的都要奮力一搏。

向銀行申請融資，無論如何動之以情、說之以理，至今仍然沒有一家銀行願意核貸。

身為以前在銀行工作過的人，我很清楚這是必然的結果。

但仍鍥而不捨地繼續詢問。

到處和人求情拜託，請外包公司和電腦等設備的供應商答應讓我們延後付款。

也提出了遞延支付員工勞健保費用的申請。

所有支付期限快到的稅金等雜七雜八的費用全都申請延後。

還有各種自動扣款的租賃費用也都暫時停扣。

我和董事們也去請求客戶針對已經交貨的軟體盡快付錢，原則上不可能提早付款，事到如今，也只能姑且一試。

每次都低聲下氣地拚命請求：

「今後也會傾全公司之力負責維護，可以請你們提前付款嗎？」

只可惜，沒有一家公司答應我們的請求。

儘管如此，六月的員工薪水雖然慢了幾天，但總算是付清了。

想當然耳，我的薪水還是少了一半，董事也繼續減薪兩成。

一天得不到銀行的融資，以這種挖東牆、補西牆的削減開支能省下多少錢，其實不用認真去想也能知道。

我深刻地體會到何謂「杯水車薪」。

同時也深切感受到愈是這樣縮減開銷、愈是到處懇求融資，金樹的信用反而愈不值錢。看到我們的態度，任誰都會在背後議論：「那家公司好像快撐不下去了。」「金樹也來找過我們喔！」「已經沒救了吧！」

在這種低迷的情況下，後來又有十一名員工辭職。包括高田和遠藤在內，共計十三張桌子變成堆放雜物的地方。儘管努力慰留，仍沒能留下半個，畢竟社長及董事到處籌錢的樣子他們都看在眼裡。我的疲憊到達臨界點。

四名董事沒有人臨陣脫逃，拚命為公司奔走是我唯一的安慰。

這段時間，我經常想起岩田說的話：

「在職場與墳場之間還能享受刺激的人生不是很有趣嗎？」

仔細想想，從銀行退休以後，想工作卻沒有工作可做，令我苦不堪言，我很擔心是不是在入土為安以前都只能過這種生活。

人生六十才開始。

沒多久，在難以置信的因緣際會下，我得到就連自己也嚇一跳的工作，樂得差點要飛上天，結果竟然是這個下場。

我在職場與墳場之間得到的刺激早已超越有趣的範疇。

七月來了。

終於進入付不出薪水來的窘況。

購買電腦等設備的貨款也不能再拖了，業者沒日沒夜地上門催促。

就算想付也沒有錢付，因為再怎麼求客戶先對已經交貨的軟體付款，也沒有公司願意提早付款。

已經沒救了嗎……？

除了付給留到最後的二十三位員工及四位董事七月的薪水和遣散費，還能為他們做些什麼呢？我沒有能力幫他們找到下一份工作。

自己已經做好心理準備。

要背上巨額的債務。

金樹向不止一家銀行借的錢還有一億五千萬圓要還。

公司無力償還的債務全都要由公司負責人一力承擔。

這點在跟銀行的借貸合約上白紙黑字寫得很清楚。

這是我吵著要做而接下社長職位時所伴隨的義務。

我從一開始就很清楚「社長」是個重責大任，不是想做就能輕易接下的職位。

但我還是想在社會上工作。

七月九日晚上，我帶高橋和鶴卷等四位董事前往銀座的酒吧。價位當然比坊間的居酒屋高出一大截，但今天比較適合這種安靜有格調的店。

「明天一大早，請把員工召集起來。」

我嚥下烈火般灼熱的波本威士忌說道。

光是這麼一句話，他們就心領神會，我要向大家宣布金樹破產的事。

所有人都默不作聲地喝酒。

大家都知道已經無計可施了，再也沒辦法挽救。

「真的非常感謝各位，謝謝你們一直努力到現在。」

我深深地低下頭去，鶴卷說：

「這是我有生以來第一次有燃燒殆盡的感覺，這輩子從來沒有這麼努力過，這次完全燃燒的經驗必定會成為我將來的動力。」

想盡辦法重建公司，不眠不休地在日本與緬甸之間飛來飛去的小山眼眶泛淚地說：

「我也很感謝您，長這麼大，從來沒有人像田代社長這樣全權交給我處理。我真的培養出自信來了！有朝一日，田代社長要創業的時候，請一定要叫上我。」

我的眼眶也快要發熱了，默默點頭，但我才不會創業。

我已經六十五歲。

已經是「過去的人」了，只是剛好又苟延殘喘一陣子。

「能遇見大家真是太好了！我臨死之前想起來的不是銀行時代，也不是學生時代，而是待在金樹的時光和各位的臉龐。」

或許是覺得氣氛太傷感，高橋故作開朗地說：

「員工們都還年輕，一定能找到工作，別擔心！當然也不用顧慮我們，小山還是孤家寡人，總有辦法養活自己，我們三個的老婆都有工作，不用煩惱。」

然後指著我說：

「社長還比較令人擔心喔！年紀大了，還有負債……。」

我也故作開朗地回答：

「我老婆也在工作，對了，我老婆的美容院再過不久就要開幕了，有空擔心我，不如幫我老婆介紹客人。」

我打起精神說，掏出美容院的傳單。

今天早上出門前，千草塞給我的。

我沒心情慢慢看，只說「到了公司再看」就塞進皮包，高橋等人輪流傳閱，異口同聲地說：

「老婆有工作果然比較安心。」

「不過要分擔家事很麻煩，沒空生小孩也是個問題。」

「沒錯沒錯，還是單身最好了。」

「為了田代社長的晚年，拿去影印，到處發吧！」

不知是害怕沉默，還是擔心悶著頭喝酒的我，大家七嘴八舌地說。

隔天七月十日，我一大早就站在全體員工面前。

說是全體員工，但是包含董事在內，只剩下二十七人。

「我想大家都很清楚，我們一直努力到現在，實在是沒辦法了，非常遺憾，金樹要收掉了。各位能留到現在，真的很不容易，我感激在心，也對鈴木前社長的在天之靈十分過意不去。」

不知不覺胸口一緊，員工們都低著頭，有些女生已經在擦眼淚了。

「可是我會抬頭挺胸地在他墳前報告，各位努力到現在的心意與志氣。這段時間真的、真的非常感謝大家，無法讓各位留下美好的回憶，身為社長，對你們感到非常抱歉。」

我深深地一鞠躬，高橋說：

「破產並不是社長的錯，無論是鈴木還是誰當社長，碰上這次的飛來橫禍，公司都會破產。」

「不，都怪我能力不夠。關於每人的出路，我也很想助各位一臂之力，可惜實在沒把握辦不辦得到，不過如果有機會，我一定會竭盡我所能的給予協助。」

不僅薪水遲發，公司還破產，下一份工作還沒有著落就被丟出去的二、三十歲新世代，一張張聽我說話的臉即使在這麼悲慘的狀況下，還是像極了嬌艷欲滴的水蜜桃。

是我害這群孩子失去工作。

「雖然金額不高，還是會給大家少許的遣散費和七月的薪水，非常感謝大家。在這家公司一起奮鬥的日子對各位的未來哪怕只有一點點幫助也好，這樣說來實在有些不好意思，但這是我最後、最真心的祝福。」

從緬甸當地雇用的溫茂舉手，用已經很嫻熟的日文說：

「因為我們國家的問題，害大家遇到這麼倒楣的事，對不起。」

淚水從他眼裡流下：

「緬甸人多半都是很認真、很正派的人，但也有那麼可惡的人，真的很可恥。請大家不要因此討厭緬甸。」

鶴卷笑著說：

「溫茂，沒事的！每個國家都有害群之馬，日本人雖然也都很認真、很正派，但其中也有人會貪贓枉法。」

溫茂用拳頭抹去纖長睫毛上的淚珠，我對他說：

「應該是我這個社長向你道歉，你在競爭那麼激烈的情況下從當地脫穎而出，想必是懷著遠大的夢想來日本，真的很抱歉。」

溫茂猛搖頭，頻頻拭淚。

唉、如果我還年輕，如果還不到五十歲，多想以在座的員工為基礎再開一家公司。

可是我已經六十五歲了……。

從那天開始，金樹停止所有的業務，開始著手清空事務所的作業。

事務所預定於七月底關門大吉，我在那之後還得再收拾四、五個月的殘局，幾乎都跟財務有關，包括要清償向銀行借的一億五千萬圓。

已經不能再瞞著千草了。

直到現在，我都還沒告訴千草公司的事。

她對薪水減半及遲發當然也覺得事有蹊蹺，問過我好幾次：「公司沒事吧？」

我每次都正經八百地回答：「沒事，夏天就會恢復正常。」

我猜千草是被我落落大方的態度騙過了。

公司的負債總額高達兩億五千萬圓。

「向銀行借的錢　約一億五千萬

欠員工的勞務費用（含公司負擔的勞健保費用）　約三千萬

包括租賃費用在內的應付帳款（含外包公司及購買電腦等設備的未支付尾款）　約七千萬」

這筆錢要怎麼還？

只能變賣我個人所有的資產。

還好房子登記在千草名下，不必賣掉還錢，銀行也扣押不到，千草的店也是。

但是像定存、高爾夫球場的會員、有價證券，除了登記在千草名下的以外，全都必須放手。

我的私人財產大概有一億三千萬。

高爾夫球場的會員頂多只值一百萬，除此之外——

「個人存款　　約三千萬

個人投資　　約五千萬

養老型儲蓄險滿期贖回　約五千萬」

再加上未來可以向客戶回收一億三千萬的應收帳款，可以用來償還七千萬的應付帳款和向銀行借的一億五千萬圓中的六千萬。

至於欠員工的勞務費用，只能從我個人的存款拿出三千萬來支付了。

計算下來，我的個人財產還剩下一億。

再扣掉要還給銀行的九千萬。

手頭最後只剩下一千萬嗎？

當上社長前還有一億三千萬的財產，一年後的現在只剩下一千萬嗎……？

幸好我在二〇一〇年秋天買了三百萬圓的境外股票。

當時一美元相當於日幣八十圓，假設目前的匯率為一美元兌一百二十圓日幣，再加上增值的部分，賣掉可以有五百萬圓。

這筆錢就連國內都沒有人知道，我也沒告訴過債權銀行。

話雖如此，即使加上這筆錢，也只是從一千萬變成一千五百萬而已。

該怎麼向千草解釋才好。

假設我們都能活到八十歲，兩個人加起來還要活三十四年，人一旦上了年紀，也比較容易生病。一億三千萬的後盾變成一千五百萬的衝擊未免太大。

但我反而異常冷靜，接受了這個現實。

自己很清楚今後的生活將變得多窘迫。

卻也只能坦然接受。

無論是工作、生病、還是其他天災人禍，在盡了最大的努力後，如果還是陷入「只能接受」的狀態，倒不如坦然面對，方能換來身心的平靜。

我是這麼想的。

沒錯，已經到了凋零的時刻。

完全不敢指望千草的收入，美容院才剛開幕，美容師還是個六十歲的老太太，想也知道收入完全不能指望。

更何況我還害千草的晚年失去著落，這也是我沒臉面對她的原因。是自己剝奪了千草坐擁一億三千萬的資金安享晚年的權利。

我不會拿她的收入一分一毫。

不過我在立花銀行上班時投保的企業年金和厚生年金每年都可以領回五百萬圓左右，加上一千五百萬的財產，生活應該還過得去。

雖然不能再像以前那麼養尊處優，還是能過上正常人的生活。

我不知道有多少，但千草應該也有她自己的存款。

不過那些錢可能已經被她用來充當開美容院的資金，真的很對不起她。

一面思考將來的方向，又想到應該要向千草說明一切的狀況，導致每天回家都很憂鬱。

有一天，我在森的事務所與他討論與宣布破產有關的剩餘業務，討論到很晚才離開，到家的時候已經過了十一點。

一踏進客廳，千草就說：

「公司，倒閉了吧？」

誰告訴她的？

千草先發制人，我茫然佇立。

「今天店裡還沒開門的時候來了兩個年輕的小姑娘，兩個都是金樹的員工，非常有禮貌地主動報上名字，真的非常有禮貌喔！分別是太田小姐和瀨川小姐。」

是二十一歲和二十歲的員工。

我一句話也說不出來，千草以不帶一絲抑揚頓挫的音調說：

「她們非常生氣地說公司破產了，連獎金都發不出來，社長夫人居然能開店，問我她們真的能領到七月份的薪水和遣散費嗎？問我是不是應該把店賣掉，把錢還給大家，所以想來店裡親眼確認一下。」

兩人起初只是在店門外走來走去，偷偷觀察。

千草覺得很奇怪，給她們傳單，對她們說：

「七月二十日開幕，到時候請務必賞光。」

兩人拿出已經收到的傳單。

「我們就是看了這上面的地圖才來的，我們是金樹的員工。」

然後自報家門。

千草請她們進到店裡，端茶出來歡迎她們的時候，聽到破產的噩耗。

「她們雖然說得義憤填膺，卻也沒有要吵架或恐嚇我的意思，只是低著頭，畏畏縮縮地說：

『我們是從鄉下來的，需要錢生活……。』我向她們道歉，說我真的什麼都不知道，答應她們會跟你好好談談。」

那張傳單大概是高橋或其他人影印給她們的。

「兩個年輕女孩穿著便宜量販店的成衣，畏畏縮縮的樣子，比對我粗聲粗氣更令我難過。」

「嗯……我一定會全額支付七月份的薪水與遣散費，我保證。」

「怎麼付？」

我答不上來。

「就是因為周轉不靈才會破產不是嗎？她們說公司損失了三億圓。明明沒有錢，是要怎麼付？」

「這個嘛……。」

我不禁抬起頭來看著她，千草不由分說地打斷我：

「等一下，別動我的店和這棟房子的歪腦筋喔！我的店下下週就要開幕了、下下週！」

我忙不迭地猛搖手。

「這棟房子登記在你的名下，誰也拿不走，店也是。你的個人財產絕對不會有任何損失，銀行也知道破產與配偶無關，美容院絕對可以照原定時間開張。」

千草頓時浮現出鬆了一口氣的表情。

事實上，大型商業銀行通常不會做出威脅個人生活權利的討債行為。

「金樹結算下來到底還欠銀行多少錢?」

「九千萬。」

「九千萬!你說什麼?九千萬!」

「嗯。」

「……這些全都要由社長負擔嗎?」

「對。」

這次換千草啞口無言。

看得出來她的臉色一陣青、一陣白。

「你要怎麼生出九千萬,生不出來吧!」

「只能硬擠出來了。」

「你說什麼傻話!別說我們的晚年,就連明天以後的生活也會陷入困境。你以前在銀行上班,認識很多大人物不是嗎?沒辦法讓金額減少一點嗎?」

「銀行的內規非常嚴格,就算認識再多董事級的人物也無法減輕債務。萬一有人看在私人情感給我開了後門,肯定會被股東代表一狀告上法院。」

「你怎麼能這麼冷靜!你應該要想辦法求銀行同情你,說你還不起那麼多錢啊!九千萬可是個天文數字!」

事到如今，只能告訴她實話：

「求也沒用，銀行不會同情我。」

千草撕心裂肺地吶喊：

「逞什麼強啊你！」

「只有在社長的私人財產全部用來還錢也還不完的時候，銀行才會同情你。」

千草瞪大雙眼。

沉默了好一會兒，才以氣若遊絲的音量說：

「你是說……除了登記在我名下的財產以外，我們家、所有你的私人財產……都要賣掉來抵債？」

我深深地吸進一口氣，向她賠罪。

「就是這麼回事，真的很對不起你。」

「真不敢相信……所有的財產、都要被拿走嗎？」

我一五一十地告訴她一億三千萬的私人財產即將縮水成一千五百萬的事。

「我真的覺得很對不起你，到了這把年紀，還讓老婆生活陷入困境……真的非常抱歉。」

千草失魂落魄地癱軟在沙發上，一動也不動。

我低眉斂眼地坐在餐桌的椅子上。

千草喃喃低語：

「我阻止過你了，你完全聽不進去、硬要當社長……這就是你要的結果？」

第二天早上，千草不在家。

內心深處其實已經有所預感，等到發生時並不震驚。

沒有留下紙條之類的訊息，也沒有從衣櫃裡帶走衣服的痕跡，大概是要等我不在的時候再回來拿。

我煮了咖啡，煎了火腿蛋，烤了麵包。

今天也要去公司處理剩下的業務，在那之前應該會先給道子打個電話。

但是打給她要說什麼呢？我並不想為此分居或離婚，決定權握在千草手中。

我邊想邊喝了口咖啡，嚥下烤得太焦、幾乎要刺傷口腔的土司。

千草說的沒錯，事情會變成這樣都怪我不聽她百般勸阻、硬要當社長的緣故。

明明安安分分走到生命盡頭就好了，我卻無論如何都想工作、無論如何都想重回第一線，根本沒想過要拒絕。

我有十二萬分的自信可以做好，也真的努力到現在。衝鋒陷陣交給年輕人，我在背後支持他們的模式也運作得很完美。

然而，我卻沒有判斷好身為「過去的人」應該要急流勇退的時機。

那一億兩千萬的負債大概就是上天的懲罰。

我很明白自己踢到鐵板了。

十幾歲、二十幾歲、三十幾歲……每個階段都有每個階段「適合做的事」。

五十幾歲、六十幾歲、七十幾歲也有。

有形的東西都會逐漸變化，終至消失不見。

把對抗這些變化視為「積極進取」實在太天真。

一旦進入「過去的人」的人生階段，就應該享受、歌頌美麗地凋零老去的生命。

事到如今就算大徹大悟，也改變不了我負債一億兩千萬的事實，就算先從我個人的存款還清積欠員工的錢，也還欠銀行九千萬，這九千萬就是我的負債。

中午時分，我從還在收拾爛攤子的事務所打電話給道子。

毫不保留地告訴她破產和負債的事。

「你媽今天早上不見了，我想大概是離家出走了。如果她跟你聯絡，幫我轉告她，一切都照她的意思。」

「嗯，我知道了。」

從她波瀾不興的樣子看來，我猜千草已經跟道子談過了，說不定她現在人在道子家。

「我其實更早之前就知道公司會破產，但是說了也沒用，所以就一直瞞著她、沒告訴她。結果害她從公司的女員工口中聽到，也難怪她會生氣。」

道子不以為然地說：

「瞧你說得那麼浪漫，媽媽氣的只有一件事，就是那九千萬，『明明是夫妻卻一直被矇在鼓裡、把妻子當什麼了……』這種話只會出現在讀者投書喔，媽媽生氣只是為了錢！」

說得太露骨了。

五天過去了，千草連一通電話也沒有和我聯繫，果然趁我不在的時候回來拿衣服鞋子。

阿敏倒是經常打電話給我，讓我知道千草的近況。他說千草不在道子那邊，而是住在飯店裡。

「她都從飯店去店裡。快要開幕了，忙得不可開交，你不用擔心！」

聽到這裡，我確實放心不少，但是「忙得不可開交，你不用擔心！」也很傷人。

千草大概在考慮離婚，萬一她真的向我提出，我打算把一千五百萬全部給她，淨身出戶。

很多人光靠年金就能過日子，我也可以。

「阿敏，你和濱田小姐還在交往嗎？」

「嗯，還在交往啊！我改天再打給你。」

我很久沒想起久里了，在這種情況下還會想到她才奇怪。我深刻領悟到岩田說的沒錯，戀愛不過是生活中的點綴。

我在回家的電車上決定前往許久沒去的洗足池前咖啡廳坐坐。閱讀啄木的作品、答應鈴木接下顧問的工作，都是在那裡發生的事。

我轉乘池上線，穿著浴衣的小孩比平常多，是有廟會嗎？這才想起今天是七月十六日，洗足池會流放燈籠。

自己幾乎每年都會去看，以前帶著年幼的道子去，最近則是跟千草兩個人去。念頭一轉，決定放棄咖啡廳，改去洗足池。

洗足池位在中原街道上，於洗足池站前。傳說日蓮上人曾在這裡歇過腳，廣大的池塘與樹林一年四季都美不勝收。

池子裡已經有約莫六百盞燈籠明明滅滅地在水面上搖曳，穿著浴衣的孩子們在岸邊合起小小的雙手，大人們則凝視倒映在陰暗池子裡的燈光。

我也用視線追逐著搖曳的燈光，在心裡對鈴木說：「鈴木，對不起，把你的寶貝公司搞垮了。」一思及此，我實在沒臉面對他，也不曉得該怎麼向他道歉才好。

鈴木大概也附在池塘中的某一盞燈籠上，回到現世。

他會原諒我嗎？

燈籠始終搖晃著，沒有一刻稍停。

我直挺挺地盯著看，突然想起父親。想起他穿著陳舊大衣、踩在盛岡雪地上去工作的佝僂背影。

這輩子沒發生過任何好事，只是勤勤懇懇地研究學問的父親。

有人注意到他的孤獨嗎？誰也沒注意到。

孤獨是無法與人分享的情緒。

事到如今，我終於明白了，也終於能注意到別人的孤獨。

我買了便利商店的便當，回到家，管理室有我的包裹，是老媽寄來的。

打開空無一人房間裡的燈，拆開小包裹，裡頭有一包用《岩手日報》包起來的東西。是老媽每年夏天都會醃漬的小黃瓜和水饅頭（註：用葛粉做的日式甜點，類似涼圓）。這是盛岡到了夏天才會出現的甜點。

包裹還附有美雪寫的信，問候著。

「哥，一切可好？」

一點都不好。

「有個岩手出身的歌手唱了一首歌：『當季節在都會迷失了腳步，收到母親寄來的包裹』好像唱出了我們家老媽的心情。在這裡就算不吃小黃瓜或水饅頭，也知道夏天來了，因為要練習盛岡三颯舞，街道上到處迴盪著太鼓及笛聲。那就祝你Sakkora Choiwa Yasse！」

“Sakkora Choiwa Yasse”啊……這是跳「三颯舞」時喊的口號，盛岡市民會喊到喉嚨沙啞。

“Sakkora”寫作「幸呼來」。

配合多達一萬個太鼓，不分男女老少，所有人都高喊「幸呼來」、「幸呼來」，一連四天在盛岡市中心載歌載舞。

對了，故鄉的三颯祭又要開始了。

我邊看《岩手日報》邊吃便利商店的便當。

配著母親醃漬的小黃瓜。

最後的整理也逐漸接近尾聲。

一如預定，當我的財產只剩下一千五百萬時，一切就結束了。

至今仍不厭其煩地去跟銀行交涉，請求減少債務金額，終究是徒勞無功。主導權始終握在銀行手裡，不是表面客氣，實則無禮地逼問我要怎麼還錢，就是質問還有沒有其他可以變賣的資產。

現在的狀況是前所未有的悲慘。

在這樣的情況下，自己竟然覺得「唉，還好已經六十五歲了」。

即使活到平均壽命，頂多也只剩下十五年左右。如果只有十幾年的時間，就算被社會埋葬，也還能忍耐。

要是才三、四十歲，接下來的四、五十年可能都會被我過得十分糜爛，甚至發生無可挽回的憾事。

來日無多並不完全是壞事。

還好再來已經不是要衝鋒陷陣的年紀了，我感覺如釋重負。

同時又想到一件事。

人生在世，還活著卻陷入「過去」的狀況，無非是到了一定的年齡。

退休從六十歲遞延到六十五歲，其實也是妙不可言的時間點。

——是最適合舉行「生前告別式」的年齡。

只要再熬十五年，就能迎來真正的葬禮。

來日無多對於墜入谷底的人而言，大概是至高無上的幸福。

不，就算沒有墜入谷底，只要年過六十，所有人都能得到這份幸福的眷顧。「反正也來日無多了，就照自己喜歡的方式活下去吧！」

不用跟不喜歡的人吃飯，不用去不想去的地方，不用想著如何討別人歡心，不管別人說什麼，無論發生什麼事，都能「處變不驚」、隨心所欲地活下去。

不管周圍的人說什麼，謠言都不會流傳超過四十九天，所以要「處變不驚」。

這是來日無多的人才有的特權，不是很幸福的一件事嗎？

我由衷慶幸自己年輕的時候沒有受到太嚴重的挫折。

七月二十日，梅雨初歇，夏日的艷陽普照著大地。

「千草美容院」在這樣晴朗的天氣裡開幕了。

千草已經離家出走九天，我只能透過阿敏和道子知道她的近況，完全沒機會跟她說上話。

會變成這樣都是我害的，千草一點錯也沒有。

既然如此，無論是分居也好、離婚也罷，當然可以回復原本的生活更好，我都必須主動做個了斷才行！

——我內心很清楚，比誰都清楚，但同時又覺得好麻煩啊！

千草是我很珍貴、沒有人能代替的妻子，這種心情絕對沒有半點虛假。但是如果她再也不回來，我也樂得輕鬆的這份心情也沒有半點虛假。

我從沒想過孤家寡人原來可以這麼輕鬆、這麼舒心。

萬一真的離婚，一個人住在又窄又小的公寓，還能這麼說嗎？不過事到如今，距離一無所有也只剩下一步之遙，一旦下定決心去面對，反而有種莫名的解脫快感。

再也不用看妻子的臉色了。

絕不是自暴自棄，我甚至開始覺得就算死在路邊也不錯。萬一落得那種下場，人們大概會用「孤獨死」或「傑出人士的末路」來形容我。但是不管他們說什麼，我都已經死了，不痛不癢。

而且離婚也不會給千草帶來任何麻煩。

但也不能一直這樣拖著不解決，我與銀行討論完負債後，去了「千草美容院」一趟。

參加社團的國中生正齊聲喊著口號，在清明學園的坡道上奔跑，夕陽照亮了夏天的樹蔭。千草的店就開在坡道頂端，位於靜謐的住宅區。

周圍果然綠意盎然，有些房子幾乎被爬滿整面牆的夏季花草淹沒了。阿敏的設計十分出色，讓整家店融入上述的背景。招牌極為小巧，入口彷彿藏在植栽裡，很容易一不小心就走過頭。

悄悄地往裡頭窺探，店內擺滿祝賀的蝴蝶蘭，還有阿敏及道子的身影。我猶豫著不曉得該以什麼臉進去時，千草為了送客人離開，走到店門口，我反射性地躲到盆栽後面，明明沒必要躲藏，真是丟人。

見千草眉開眼笑地回到店裡，我覺得她好耀眼。

女人喜歡把「閃閃發光」這四個字掛在嘴上，聽到時總覺得矯情。但千草現在就處於「閃閃發光」的狀態，她果然是個美人兒。

我猜千草肯定也體會到一個人比較輕鬆自在，同樣覺得耳根子清淨多了，這個臆測令我感到如釋重負，推開店門。

不料閃閃發光的千草率先高呼：

「哎呀！你來啦，謝謝。」

開開心心地走上前來。

嚇我一跳。

完全出乎我的預料！

「你來得正好，剛才終於忙完最後一個客人，坐吧。」

等候區的深咖啡色沙發很有格調，牆上掛著花草的繪畫。

「壯哥，你評評理，千草姊居然逼我畫出配合沙發顏色的畫，還得呼應她的名字，畫上成千上萬根草，說是我選的沙發，要我負責到底。」

阿敏說得眉飛色舞，一點也沒有不情願的樣子。

「用啤酒乾杯吧！」

道子從冰箱裡拿出罐裝啤酒。

「好棒的店啊，地點很棒，室內及室外的裝潢也很棒！」

「可不是嗎？不枉我這麼努力，預約也沒有斷過。」

「媽媽好過分，就連我這個女兒和孫子也不肯打折喔。」

「這不是廢話嗎？我也要生活。」

空氣頓時靜止了。

「都是我的錯，害千草晚年的生活只剩下工作的樂趣及成就感，我感到非常抱歉，也想過遲早得跟你說清楚，盡可能達成你的要求。」

阿敏喝光啤酒站起來：

「我先走了。」

道子也站起來，問阿敏：

「阿敏，你和濱田小姐有約嗎？」

「沒有，我約了別的女人。」

「這樣啊，我跟孩子約好了。」

兩人識相地離開了。

我和千草坐在沙發上，漫長的沉默橫亙在我們之間。

「離婚也好，分居也罷，你想怎麼辦就怎麼辦。」

千草沒回答。

沉默持續蔓延。

窗外的斜陽落入地平線，草木裝點的夏日晴空逐漸被暮色籠罩。

這樣的黃昏令我想起和久里在東京會館吃英式烤牛肉的過往。

「我還沒原諒你這次的判斷喔，正常人才不會扛下九千萬的負債。」

她說的沒錯。

「你把我們花了這麼多年，好不容易積攢下來的錢一下子全部用掉了，那些錢有一半是我的。」

她說的沒錯。

「借錢開這家店的還款計劃也因此亂了套。」

千草放下百葉窗，關掉店裡的燈。

唯有等待區沐浴在聚光燈下。

「我明天就會回家。」

為什麼？

「我一直在想，如果和你離婚，總覺得不太舒服。如果是你在外面有了女人，或者是有打老婆、賭博之類的惡習，一定二話不說和你離婚，但又不是。」

聽她這麼說，反而覺得更無地自容。

光憑我自作主張所做的一切，就足以構成離婚的理由了。

「不跟你離婚其實是為了我自己。」

「什麼意思……？」

「要是輕易斬斷我們在一起這麼久的緣分，我一定會睡不好。從今以後，我沒有要照顧你的意思，但也不會和你分開。」

電話響起。

「您好，這裡是千草美容院。對，剛開幕的前三天都六點就打烊，之後才會營業到八點，您要預約嗎？謝謝。」

看千草接電話時神采飛揚的模樣，我認為這個結論無疑是最狠的報復。

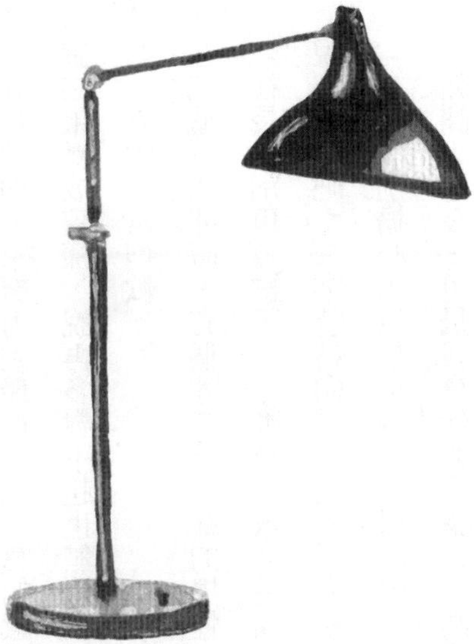

第拾壹章

破產的後續處理還在進行中，但大手町的辦公室在七月底就清空退租了。

扣掉繼續幫我收拾殘局的副社長高橋和鶴卷，最後只剩下十八名的員工也在七月原地解散。

最後一天，我親手交給那十八名員工七月份的薪水和聊表寸心的小紅包。金額少到稱不上資遣費，卻是我從私人存款領出來的微薄心意。

大部分的行李與雜七雜八的物品皆已清空，陽光從窗戶灑落在地板上的最後一天，員工們都面色凝重地收下小紅包。

「非常感謝大家努力到最後一刻，真的感激不盡。與各位共度這一年多的時光是我的寶物，很遺憾結果變成這樣，說再多對不起也無法表達我的歉意。都怪我能力不足，沒能提前看懂緬甸的情勢，真的非常抱歉。」

在我低頭賠罪時，有個才二十五歲的男性員工開口：

「社長，別再道歉了，今晚為了幫社長加油打氣，我們已經訂好餐廳了，對吧？」

說到「對吧」二字時轉頭問其他人，大家報以熱烈的掌聲，高橋緊張地解釋：

「社長，別擔心，只是很便宜的居酒屋！」

「謝謝大家……可是我拿什麼臉讓大家為我加油打氣啊。」

「別這麼說，我們都很清楚社長有多麼努力、背上多大的債務，為我們付出許多。」

看到十八個人一起微微點頭，內心感動萬分，這群年輕的孩子擠出所剩無幾的金錢，為我加油打氣……。

為我「加油打氣」的餐會在新橋的居酒屋包廂舉行。說是包廂，其實也只是用屏風隔開的一角。

我拚命強忍淚水，變得沉默寡言。

他們大概是覺得非鼓勵我不可，拚命講些「一定還會有好事發生」安慰話語的樣子好可愛。可是也多虧他們的青澀，我才能忍住淚水。

在每個人只要掏出三千圓就能喝到飽的便宜居酒屋裡，年輕的男生女生都以水蜜桃般的肌膚與純淨無瑕的紅唇高呼「好好吃」、「好好喝」地大吃大喝。

我讓來日方長、至少還能再活上五十年的青春蜜桃失去了工作，等於是告訴他們「接下來不關我的事，你們好自為之」一樣。

看著桃子們把像是泡在油鍋裡的天婦羅和乾到翹起來的生魚片吃個精光，我愈來愈沉默寡言。

千草的美容院生意興隆。

開店初期本來以為客人都是基於好奇心才上門光顧，熱潮總有一天會消退。但時間推展到了十月，新的客人還在穩定增加。

「太好了，這都是因為你誠懇的服務態度和精湛的技術。」

我總是極盡諂媚之能事地拍她馬屁，一想到九千萬的債務，在她面前就完全抬不起頭來。

每次我拍她馬屁，千草總是面無表情地回答：
「是因為店的位置夠好。」
對話到此結束，只能默不作聲地吃飯，每次都是我受不了相對無言的壓力，率先打破沉默：
「如果有什麼我可以幫得上忙的地方要跟我說喔！」
「並沒有。」
又繼續默不作聲地吃飯。
雖然還保持婚姻關係，但是對我和千草而言，這樣真的好嗎？
不如乾脆心一橫，搬去兩坪大的便宜公寓住，盡可能彌補千草，和她離婚還比較好，這樣千草也樂得輕鬆吧！不管怎樣，至少我會輕鬆一點，一直處於這種相處在同屋簷下的狀態實在很痛苦。
自己也想過婚姻生活對男人而言到底算什麼？
我們婚姻觸礁是我不好，與妻子充滿嫌隙也是理所當然。
即使換成一般人，家庭內的主導權也掌握在妻子手中。就算妻子在外面工作，丈夫也分擔家務，但在大部分的情況下，還是由丈夫賺錢養家。即使粉身碎骨地養活一家人，一旦變成「過去的人」待在家裡，也會變得很礙眼。
尤其女兒會跟母親一鼻孔出氣，雜誌裡經常出現父親一直待在家裡，女兒當著父親的面嫌父親「好煩」、「好噁心」的描寫。

對男人來說，上班與結婚其實是同一件事。對公司沒有貢獻的人等於失去了存在的價值，會被掃地出門。在家裡一旦上了年紀也會變得很礙眼，被趕出家門，都一樣。

我無法判斷結婚對男人是不是好事，不過，這點對女人來說也一樣。

如果有來生，我可能不會結婚。

金樹的後續處理預定在十一月告一段落。

從此以後，我又要恢復剛退休的生活，而且還沒有多餘的錢上健身房或去念研究所。

但也不再像以前那樣渴望工作。拜金樹所賜，我完全放下了，雖然害千草的晚年陷入危機，但是身為上班族，我終於完全放下了。

接下來我打算當一個家庭主夫，攬下所有家事，這樣既不用花錢，也算是對妻子微乎其微的補償。

話說回來，真感謝千草還在工作。對家計雖然沒什麼太大的幫助，至少不用長時間大眼瞪小眼，真是謝天謝地。

晚上當我獨自看電視時，手機響起，是二宮打來的。

「怎麼啦？好久不見。你這次要在東京當世界盃的裁判嗎？」

二宮不知道我破產的事，話筒那頭傳來他雀躍的聲音：

「不是世界盃啦，後天要不要去盛岡？你聽說了吧，南部高中打進決賽了！」

「決賽？什麼決賽？」

「你不知道啊，南部高中明年春天有機會去甲子園了！」

「真的嗎！打進岩手縣大賽的決賽啦。」

「對呀，學長姊全都興奮成一團。」

我因為破產和千草的事，根本沒有心情關心高中棒球。

也沒料到全國數一數二的升學高中能在縣大賽過關斬將，甚至有機會進軍甲子園。

「羅漢，一起去加油吧！決賽是後天，十月五日中午十二點三十分，地點在縣營球場。比賽的時間地點都沒問題，問題在於決賽的對手！」

「對上哪間學校？」

「水澤學院。」

「慘了，不在同一個量級上耶！」

水澤學院是培育出許多職棒明星選手的強校。

「所以校友會卯足了勁，身為南高的畢業生，至少要敲鑼打鼓地為他們加油。好像也找了很多我們那一屆的學生，還可以順便開同學會。」

十月五日還需焦頭爛額地收拾倒閉的殘局，但如果是兩天一夜，我應該能撥出時間。雖然連新幹線的車票錢都想省下來，但想去加油的心情無法隱藏。

「羅漢，當社長很忙，是不是沒辦法去？沒關係，畢竟時間也太趕了。」

我連忙打斷他：

「我去、我去，我要去！萬一南高真的打進甲子園，比有五百個人考上東大更了不起！」

「對吧？那就在當地會合！」

這通電話讓故鄉在我心裡無限放大。

問題是，我曾經是南部高中有名的秀才，也曾經是菁英份子，卻在最落魄的時候返鄉。

真希望能衣錦還鄉啊，腦海中浮現出岩手山、北上川，耳邊依稀聽見老媽的盛岡腔。

千草一回到家，我難掩興奮地告訴她：

「我後天要去盛岡，我念的高中說不定能打進明年春天的甲子園。後天是縣大賽的決賽、決賽喔！」

「這樣啊，路上小心，我去換件衣服。」

看著千草消失在臥房裡。

岩手山、北上川、還有老媽的盛岡腔……都失色了。

十月五日，我跳上早上九點八分從東京出發的「隼」九號車。好久沒有選擇普通車而不是商務車廂，久到幾乎想不起上次坐普通車是什麼時候了。列車經過新白河，光是四周的風景開始變得充滿東北風味，就足以令我心情為之振奮。我的額頭幾乎要貼到車窗上，看著窗外。

三一一地震剛過一個半月左右的時候，千草要我回去探望老媽的狀況，曾經當天來回過一次。當時我已經註定要窩在子公司的角落待到退休，要住一晚或兩晚都沒問題，但我卻沒這麼做。不想遇到認識的人，也不想被問到近況。

話說回來，其實根本沒有人惦記得我，就算有，地震才剛發生沒多久，大概也沒人有心情管我在做什麼。

只是曾經平步青雲的人不管到了幾歲還是會自我感覺良好。

隨著「隼」經過仙台，再經過一關、水澤江刺、北上、新花卷，窗戶明明打不開，卻感覺故鄉的味道愈來愈濃。我太興奮，還沒看比賽就累了，地震後返鄉時並沒有這種感覺。

大概是因為事已至此，再也沒有任何東西可以失去了。我已接近一無所有，只剩下故鄉也說不定。

想起石川啄木的短歌：

「故鄉的山從遙遠北方　進入火車窗戶時　我趕緊正襟危坐」

啄木自從明治四十年離開故鄉岩手，終其一生不曾回去過，但他的心始終向著岩手。這是他終生懷念卻回不去的故鄉，只能想像回鄉的自己，在異鄉寫下的短歌。

一踏上盛岡站的月台，就看到寫著「盛岡」的牌子。

我回來了。

光是看到這兩個字，便覺得自己候鳥歸巢。

抵達岩手縣營球場還不到十二點，觀眾席已經坐滿為兩支球隊加油的群眾。現場也來了很多電視台及報章雜誌的記者，「職棒明星選手輩出的強校水澤學院對上全國首屈一指的升學名校南部高中」的標題非常吸睛。

正當我以為不可能在人海裡找到二宮時。

「羅漢！這邊。」

有人叫我！是老同學根津，綽號「老鼠」的傢伙。

「羅漢，好久不見了！」

「這邊、這邊，我們幫你留了位置。」

還有別人的聲音，定睛一看，整群都是老同學，二宮也朝我招手。

我也「嗨！」、「好久不見！」地一一應聲，管他是誰，先握手再說，也有很多人的名字壓根兒想不起來，即使如此，還是有種「我回來了」的感覺。

剛坐下，人稱「小市」的市川便遞給我冰涼的罐裝啤酒。

「喔，大白天就開喝嗎？」

「這樣才好喝啊。」

是盛岡腔。

這時，深藍底印著白色「N」字的校旗朝向觀眾席飄揚。這面「N旗」是從舊制南部中學時代傳下來的標誌。

明明沒有接收到任何指示，觀眾卻同時站起來。

穿著日式和服、戴著學帽的加油團長意氣風發地出現在眾人面前，這也是從舊制南部中學時代留下來的傳統。

男女同校後，再加上青春貌美的女子啦啦隊。但是在此時此日已經很少見的加油團長「哈！」吆喝聲和強而有力的加油聲還是跟以前一樣。

觀眾全都帶著恭敬的心仰望N旗，扯著嗓門高唱校歌。

全身的雞皮疙瘩都站起來了。

已經幾十年沒唱過的歌詞，自然而然地脫口而出。

甚至覺得我在東京遭遇的困境一點都不重要了。

比賽呈現一面倒的局勢，但是只要擊出一支安打，加油區就激動得像是贏了比賽。

七局下半已經拉出七比零的懸殊差距，兩人出局、三壘有人。加油區的人全都站了起來，在加油團長的帶領下唱校歌。

大家臉上都浮現出十七歲的影子，掩不住與現在的年齡一起度過的歲月。

所有人都已經是「過去的人」了，如今只是暫時脫離過去的軌道，聚在這裡，大唱青春歲月的校歌。

七局下半雖然拿下一分，結果還是以一比十輸得慘兮兮。儘管如此，看台區還是歡欣鼓舞地高喊「從水澤學院手中搶到一分！」

比賽結束後，在附近舉行簡單的同學會，約好晚上再和二宮他們找的成員喝一杯。

我心情大好地回到老媽正在等我回去的老家。

我家在一個名叫大澤川原的小鎮上，從 JR 盛岡站用走的就可以走到的距離。我還是高中生的時候林立著鐵匠、賣榻榻米的商店，如今因為都市更新已經變了很多，古老的旅館大正館也變得又新又漂亮。在這樣的情況下，只剩鹽釜馬具店還保留著以前的風貌，還有佐藤繩索商會及坂本刀具農器製作所不畏時代變遷、傲然挺立的風姿令人眼眶發熱。

老家也改建過，已經不是我長大的家了。

即使小鎮和老家都變了模樣，依舊只有故鄉才能帶給我這種喜悅與悸動。

老媽踩著蹣跚的步伐走到門口迎接我：

「我看到新聞了，輸掉了。」

「對呀，不過居然可以搶到一分，不覺得很厲害嗎？」

妹妹美雪在旁邊噗哧一笑：

「怎麼，大哥，你已經變回鄉音啦！」

這麼說來，大家在看台區都用鄉音說話，二宮如是，在大阪住了快四十年的渡邊亦如是。人一旦回到故鄉，大概就會變成這樣吧！

客廳的桌上已經擺滿干貝生魚片和炒香菇、味噌漬燒岩手短角牛，還有盛岡炸醬麵和啤酒。

「因為大哥要回來，媽從一大早就開始準備了。」

老媽不愛吹冷氣，所以家裡沒有半台冷氣機。夏天再熱，也只有電風扇和從外頭吹進來的風，因此重建的時候順便做了以前那種緣廊，如今舒服的秋風正從緣廊吹進來。

「干貝和短角牛都好好吃啊，跟在東京超市賣的味道完全不同。」

「可不是嗎？跟小時候的味道一模一樣。」

老媽慢吞吞地站起來說：

「吃飽飯，記得去你爸的墳前上香。」

確定老媽走出去以後，我小聲地向美雪坦白：

「別跟媽說，我公司倒了。」

「什麼！」

我趕緊要失聲驚呼的美雪住嘴，望向廚房。美雪指了指庭院，老媽正在剪花，大概是要讓我帶去掃墓。

我告訴美雪截至目前的狀況和九千萬的負債。

美雪太過於驚訝，整個人都呆住了。

「九千萬、金額太龐大，反而沒有真實感……。」

「我也是。」

「這筆錢要由你負責還嗎？」

「嗯。」

「……大嫂怎麼說？」

「說她絕對不會原諒我，還離家出走過一次。目前暫時過回平常的生活……。」

「不順利嗎？」

「嗯。」

「這也難怪……。」

美雪跟著難受地噤口不言，後來又想說什麼的時候，老媽正拿著花走進來。

「全家一起去看他，你爸一定會很開心！」

「掃完墓，我想去岩山走走。」

岩山是可以將盛岡市區及周圍的群山盡收眼底的丘陵。

「太好了！壯介肯回來，我覺得好高興啊。」

我推了推呆若木雞的美雪。

美雪反應過來地抬起頭，指著花說：

「媽，把花插在水裡比較好吧。」

「啊，說的也是，就這麼辦。」

老媽一走開，美雪就嚴肅地看著我。

「你回去以後告訴大嫂，以後不用寄那麼多生活費給媽了！我老公還在上班，等媽真的動不了的時候再來討論。」

「平常都拜託你照顧老媽，我已經很過意不去了，生活費的事你不用擔心啦！我們有年金，還是可以正常生活……。」

「可是……。」

「以後如果有困難，我再找你商量！總之現在不用擔心。」

美雪微微點頭。

「媽這陣子不太記得最近發生的事，大概認為你還在立花銀行上班。」

「這樣啊，那真是太好了！」

「嗯，像這種時候，我也覺得爸媽的頭腦不要太清楚比較好。」

說來感傷，但確實是這樣沒錯。

搭乘美雪開的車抵達岩山的觀景台，正是夕陽西下的時刻。

我和美雪站在兩邊，中間是拄著拐杖的老媽。

岩手山巍峨地矗立在眼前。

泰然自若的姿態跟我小時候看到的一模一樣，無論發生任何事都能不為所動的莊嚴肅穆。

西倚岩手山，東臨姬神山，北上川由北向南流經其中。石川啄木在他的短歌集處女作《憧憬》的致謝辭裡寫道：

「僅以此書獻給尾崎行雄（註：日本政治家）與遙遠的故鄉山河。」

我喃喃自語地說：

「其他地方可沒有這麼美好的山川。」

老媽煞有其事地說：

「對日本人而言，故鄉的山就是這麼回事。」

美雪也煞有其事地說：

「提到河川，新潟人會想到信濃川、長野人會想到千曲川、京都人會想到鴨川、高知人會想到四萬十川……每個人都會想起自己故鄉的河川，認為再也沒有比故鄉的河川更美好的河川，真有意思。」

故鄉就是這麼回事吧！任何人都會覺得「面向故鄉的山　竟無語凝噎　故鄉的山令人心存感激呀」。

暮色漸濃，岩手山與姬神山開始沒入漆黑的陰影裡。前方是盛岡開闊的街道，家家戶戶逐漸點亮燈火。隨著天色愈暗，燈光愈來愈亮。

我在這個城市出生、長大，和父母、妹妹一起在燈火闌珊處生活。

在父母的羽翼下，不曾操心過明天的事，過著吃得下、睡得著的日子。

往旁邊看，老媽駝著背，凝視我們生活的街道。

感覺老媽縮水了。

老媽看著街道，突然冒出一句：

「你乾脆回來吧。」

我瞪了美雪一眼，用眼神質問她：「你說了？」美雪拚命搖手，以眼神回答：「我才沒說。」

老媽依舊望著眼前的街道，平靜地說：

「所謂的故鄉，就是即使你在他鄉住了幾十年，還是會為你留一個安身立命的地方。」

老媽該不會什麼都知道了……我不禁這麼想。

美雪還在「我沒說，我什麼都沒說」地猛搖手，我用眼神示意「知道了啦」，環抱住老媽佝僂的背。

加上我共八人的小型同學會在「盛岡啄木、賢治青春館」附近一家名叫"Accattone"的小酒館舉行。

由年輕老闆兼酒保經營的店很別緻，用岩手食材做的菜也很美味，以前並沒有這家店。

我比約好的時間還早到，笑著打趣：

「因為是『前期高齡者』的老頭聚會，還以為會隨便找家居酒屋集合。」

以前是橄欖球隊的吉川指著老闆兼酒保說：

「別看他這麼年輕，他可是我的老師，我一直在研究葡萄酒，去年終於考到侍酒師的執照。」

我嚇了一跳。

吉川從高中時代就給人頭腦簡單、四肢發達的印象，是個生活中只有橄欖球的學生，與我沒有任何交集，只是點頭之交。

他邊選葡萄酒邊說他從南高畢業後，考上仙台的私立大學，後來又回到盛岡，在飯店工作。

「我不想離開土生土長的故鄉，大概是基於一種危機意識吧，大家都去東京、仙台工作，幾乎沒有年輕人肯留下來……。更重要的是，我喜歡盛岡。」

吉川利用在飯店經營的人脈、接待客人的知識與技術，在四十二歲自立門戶開餐廳。

「有幸找到能幹的廚師，現在在遠野、一關都開了分店，加上盛岡兩家店，也能幫助自產自銷與就業。」

「真是激勵人心的成功故事。」

「哪裡哪裡，大家都在笑話我，說吉川太笨了才去不了東京。」

這倒是，確實有人會這麼說。但高中時代除了橄欖球沒有任何專長的吉川不僅成了侍酒師，還是好幾家餐廳的老闆。

不一會兒，陸續進來六個人。

除了長住大阪四十年的渡邊、住在東京的我和二宮外，其他五個人不是一直留在故鄉，就是曾經闖蕩過一次又回來。

畢業以來四十七年沒見的及川現在是「盛岡中央國際醫院」的副院長，我只知道他從高中時代就非常優秀，應屆考上東北大學的醫學系。

「我待過東京和仙台的醫院，但還是想從事岩手的地方醫療，便決定回來了，已經在目前的醫院服務十七年。」

及川的專業是胸腔外科，是一位聲名遠播的名醫。

「及川剛回來的時候，也有很多人在背後說三道四。」

聽吉川這麼說，及川大笑。

「沒錯沒錯，說我是因為開刀技術太差，害死六名患者，才被趕回盛岡。我起初也覺得莫名其妙，六個人這個數字是怎麼來的。」

「謠言是怎麼消失的？」

「不開玩笑，真的是因為我的技術夠好，知道我的醫術沒問題以後，謠言沒多久就止住了。」

羅漢呢？你好不好？

怎麼可能會好。

我突然想起來，以前考大學的時候經常聽到一句話：「虎落平陽」。

這句話是指東京的高中生考到鄉下大學的意思，除了北海道大學到九州大學的舊七帝國大學及醫學系以外，聽說「虎落平陽」對東京的高中生而言都是奇恥大辱，換句話說，東京人瞧不起鄉下的學校。

相反地，鄉下的高中生或大學生擠進東京的大學或大企業的窄門，意氣風發地離開故鄉稱為：「鯉魚躍龍門」。實不相瞞，當時去東京確實比留在故鄉還要高人一等。

我也曾經是走路有風的「鯉魚躍龍門組」。

沒想到侍酒師吉川、三十出頭就返鄉服務的大學教授市川、名醫及川都是從年輕就決心要回故鄉工作，而且也站穩根基、功成名就。

我現在才發現，立志回故鄉工作，為縮小城鄉差距盡心盡力，從中獲得成功也是一種生活方式。

二宮眉開眼笑地告訴大家：

「羅漢很厲害喔！過去是大型商業銀行的第一把交椅，現在則是科技公司的社長，即使在競爭十分激烈的東京、而且還是最先進的科技業，也始終跑在最前面。平常人到了這把年紀，根本應付不來四十名年輕員工。」

「還好啦，有很多不為人知的苦楚。」

我含糊帶過，綽號老鼠的根津插進來說：

「人生會發生什麼事真的很難說呢！即使以前都在同一個教室裡上課，有像羅漢這麼成功的人，也有各種脫離正軌的人生，在座的各位應該都知道我的慘況了。」

聽說老鼠在東京的大型家電製造商，只差一步就能當上董事時，奉命移籍子公司，跟我一樣，與我不同的是，他在子公司做到常務後，接受了延長雇用期間的安排。

只不過，他去公司也沒事做，與三位同樣處境的人擠在一個小房間，看看報、整理年輕員工交代的文件。

「但是這樣也能領到薪水喔，雖然只有以前的幾分之一，只是覺得公司欺人太甚，待了半年就辭職了。」

據說接下來才是悲劇的開始。

「我……一早就去居酒屋。」

「咦？一早就去？」

「沒錯，早上的居酒屋是退休老頭的交誼廳，隨時都有很多人問打工的妹妹：『今天推薦什麼？』」

「每天從早上就開始喝啊。」

「沒錯，每天，還在上班的時候每天『喝到早上』，退休後則是每天『從早上就開始喝』。」

這個從「到」退回「從」的過程，也象徵男人從天堂墜落至地獄。

「蒸餾酒兌蘇打水也好、加熱的日本酒也罷，每天早上八點開始喝，反正喝醉了也不會有任何人在乎；我老婆是東京電視台的幹部，眼睛裡已經沒有我了，我每天中午都喝得爛醉，然後回家睡午覺。有一天，突然接到這傢伙打來的電話。」

老鼠指著工藤說。

工藤在三一一地震後辭去大型壽險公司的工作回盛岡，無論如何都想成立非營利組織，為重建故鄉盡一份心力。

才會打電話給在東京醉生夢死的老鼠，問他能不能幫忙。

工藤苦笑著以三陸的醋漬時令海鮮下酒：

「我做夢也沒想到老鼠會過著醉生夢死的生活，因為這傢伙高二就通過留學考試，去美國留學一年不是嗎？」

「沒錯沒錯，大家當時都很崇拜老鼠。」

「我想起他喝過洋墨水，非營利組織經常要接觸外國及外國人，想說他退休後應該比較有空。」

老鼠答應工藤的邀請：

「我也知道自己不能永遠泡在居酒屋裡，每天為此感到焦慮不已，心想這是振作起來的好機會。」

在那之後，老鼠每個月回盛岡幫一次忙，終於在前年正式搬回來。

「後來慢慢變成一半時間在盛岡，一半時間在東京，既然如此，乾脆直接搬回來算了。真不可思議，年輕時覺得扣分的東西，年紀大了卻變成加分的選項。例如左鄰右舍的相處、寧靜悠閒的日子、甚至是根本藏不住祕密的生活圈。」

老鼠的太太無意離開東京，明白地拒絕跟他一起搬回來。

「所以呢，你怎麼辦？」

「我把蓋好章的離婚協議書交給她。她雖然沒有正式提交，但我們就跟離婚沒兩樣，她大概也很厭倦沉溺在酒精裡的我，兩個孩子皆已成家立業，我便一個人回來了。」

高中時代一點也不顯眼的工藤居然幫了從美國留學回來、受大家崇拜的老鼠一把。

人生真的難以預料！

老鼠開玩笑說：

「工藤說了很熱血的話喔：『我要把剩下的人生奉獻給故鄉和災民。』老實說，我原本不相信那麼小的非營利組織能起什麼作用，但還是被他的熱忱打動了。」

工藤以老鼠和南高的畢業生為主，成立「岩手Reborn」。“Reborn”是重生的意思。

工藤說：

「我也可以請東京的公司繼續雇用我，但我拒絕了，回到盛岡，靠年金生活。我老婆是山形人，認為：『東北的話還可以』，跟我一起回來，現在可是Reborn重要的戰力喔！」

然後欲言又止地看著我說：

「羅漢，我知道你還是現任的社長，要日理萬機，但是如果你有時間的話，請助我一臂之力。」

以我現在的財力，連往返於盛岡與東京之間當義工的餘力都沒有。

「羅漢以前在銀行上班，對財務很拿手吧！實在很不好意思拜託現任的社長，但是可以請你偶爾幫一下忙嗎？」

老鼠指向這次酒聚的成員說：

「在座的所有人都有幫忙喔！二宮定期開設拳擊教室，老先生、老太太全都戴上拳擊手套，生龍活虎地蹦蹦跳跳。渡邊也定期從大阪回來教小朋友讀書，畢竟這傢伙在大阪的小學當校長。」

「羅漢有空的時候可以回來演講，講述你的成功體驗嗎？這樣就行了，拜託你考慮一下。」

「無法提供報酬，但是晚上的酒錢包在我身上！」

我很想幫忙，甚至覺得光是定期回故鄉，與這群人一起工作，就能找回活力。

但我就連「我會考慮」或「有空的話一定幫忙」這種客套話都說不出口，使得氣氛有點沉重。

侍酒師吉川察覺到這一點，邊倒酒邊說：

「工藤、老鼠，你們就別逼羅漢了，等他退休以後再說。南高畢業生也多了一群年輕的生力軍，所以羅漢，你不用勉強喔！」

工藤和老鼠也反應過來，手忙腳亂地說：

「抱歉，你還有工作，確實分身乏術。」

還要他們為我解圍，令我坐立難安。

唉，好想告訴他們我的現況啊，如果能全部說出來，該有多麼輕鬆啊！

大家聚在一起，卻只有我沒怎麼喝酒，也不說話。為了藏好自己遇到的狀況，只能扮演聽眾的角色，以免有人問起我的事。

明明大家都已經到了能開誠布公坦承自己的人生起伏、互相幫助的年紀，我卻做不到。

我深刻地體會到，愈是大家口中前程似錦的男人，或大家口中貌美如花的女人，愈不會來參加同學會的事實。

老鼠刻意轉移話題：

「羅漢，你還記得十六號嗎？」

十六號，好懷念的外號。

外號十六號的川上喜太郎和我在高中時代那三年一直在搶奪第一名的寶座，這個外號是巨人球隊以前的明星選手川上哲治的背號。

從無論發生什麼事都能不為所動的「十六羅漢」衍生出「羅漢」這個外號的我與他並稱「雙十六」，是老師口中的資優生。

「十六號很想見你，可惜無論如何都抽不出時間來。」

我記得十六號考上京都大學的理工系，現在不知是大學教授或哪個研究所的主管，總之還不是「過去的人」。

「十六號的店就在附近，所以我要他就算只有五到十分鐘也沒關係，有空就過來，但他說實在找不到人幫忙顧店。」

「店？十六號在盛岡開店嗎？」

「他老爸開的相機店啊。」

「……十六號繼承了相機店嗎？」

「對呀！」

「還是以前那個地方嗎？」

「沒錯哦。」

那家老鋪在下橋町，後面是住家，從京大理工系畢業的人怎麼會繼承那種店呢？

我下意識地站起來：

「我去找一下十六號。」

「好啊，他一定很高興！我們會喝到大半夜，你可以聊久一點再回來沒關係。」

我在熟悉的夜路上走了十分鐘。

位於商店街一隅的「川上相機店」還是原來的模樣，但是店面小到令我不禁懷疑這家店真的這麼小嗎？和回憶不大相同。

前面的鐵門放了下來，所以我繞到後面，敲了敲陳舊的門。

十六號的父親從裡面開門，我還記得他。

「羅漢！你來啦！進來、快進來！」

十六號的父親大聲嚷嚷，興奮地幾乎要抱住我。

好像有點怪怪的……難不成是十六號本人？騙人的吧！這個老頭……就是十六號嗎？

「羅漢，畢業以後就沒再見過了，好高興你能來！快點、快進來坐！」

頭已經禿了，臉上鏤刻著深深的皺紋，看上去活脫脫是十六號的父親，膝蓋破洞的褲子和皺巴巴的簡易和服看起來異常老氣。

後門進去是廚房，擺放著餐桌和椅子。

有個老人坐在其中一張椅子上，貌似正在吃晚飯，一個勁兒地扒著飯、喝著味噌湯，一邊吃燉煮的菜，這位好像才是十六號的父親。

十六號對他說：

「爸，羅漢來了！」

果然沒錯，我調整心情，低頭致意：

「伯父，您大概不記得我了，我是田代，高中的時候經常請您幫我洗照片。」

十六號的父親看也不看我一眼，面無表情地繼續吃飯。

「我爸的失智症很嚴重，還會到處遊蕩，又不知道危險，得一直盯著他。白天就算能申請日間照顧，晚上也必須留在家裡照護，不能出門。」

十六號從冰箱拿出啤酒：

「我爸一轉頭就會忘記吃過飯的事，又吵著要吃飯，一天好幾次，我每次都讓他吃，畢竟已經九十好幾了，沒必要現在才來忍耐，對吧？老爸。」

廚房後面是鋪榻榻米的和室，和室裡有張看護用的床。

「羅漢，你一點也沒變耶！乾杯！」

十六號舉起酒杯：

「我倒是變了好多。」

「呃……沒有、沒這回事喔。」

「沒關係，你不用勉強自己安慰我，發生了很多事，不可能不變。」

十六號笑著說。十七歲以考上京大為目標的表情瞬間從他臉上閃過。

一問之下，才知道他五十三歲的時候因為一場車禍，失去了妻子和獨生子，兒子才二十六歲。

「我很慶幸能在天文學研究所從事研究工作，兒子也說想和我走同一條路，努力考進京大研究天體物理學，意外發生時還是研究生。」

「這樣啊……。」

「我當時根本不想再活下去。」

「……嗯。」

「失去了家人，研究一輩子的學問、名譽、地位都變得無關緊要。世人都說發生這種事，只會更埋首於研究，那是騙人的，我只覺得我的人生在那時戛然停止……。」

就在那個時候，得知一個人住在盛岡、八十七歲的父親得了失智症。

「我便趁這個機會回來，在看護及日間照顧服務的協助下，一直待在家裡照顧我爸。」

十六號的父親吃完今天不曉得第幾頓飯，從剛才就一直在廚房與和室間走來走去。

十六號突然站了起來，大叫著衝向父親：

「危險！不可以喔，不行！」

原來是十六號的父親正試圖打開瓦斯爐。

「羅漢，你看起來好幸福！光看你的外表還那麼年輕，就知道你的人生過得一帆風順。」

「才怪，我也發生了很多狗屁倒灶的事……。」

十六號又打開一瓶啤酒，端出魚乾。

「不過和你比起來，我那些狗屁倒灶的事根本不值一提，這是我的真心話。」

「是嗎？那隨時歡迎你拿我當對照組，為自己加油打氣。」

「很累吧？你才要打起精神來！」

十六號用力點頭，悶不吭聲。

沒多久，啤酒就見底了。

「及川曾經衝進屋裡，拖我去他們家醫院……我看了好一陣子的心理醫生。」

「這樣啊……。」

「當時我想起死去老婆的口頭禪。我老婆是東京庶民區長大的女人，每當我鬱鬱寡歡、緬懷往日時光時，她都會毫不留情地破口大罵：『你瞧瞧你，真沒出息！沒有人能戰勝回憶好嗎？』」

我無言以對，十六號也默默地喝啤酒。

唉，我退休以後不也一直在跟回憶戰鬥嗎？回憶會隨著時間過去而變得愈來愈美好、愈來愈有力量，我豈不是一直對著天下無敵的對手唱著毫無勝算的獨角戲嗎？

十六號瞥了又開始走來走去的父親一眼。

「我爸的症狀起初讓我覺得很羞恥，滿腦子都是他以前正常的模樣，一直在想他為什麼會變成如此，問題是再怎麼與有著我爸的回憶戰鬥也贏不了。同樣地，我也無法與過去和妻兒共度的幸福時光為敵。」

一直在室內走來走去的父親走過來說：

「我要吃飯。」

十六號舀了一口飯和鍋子裡的燉菜擺在桌上，父親慢吞吞地又開始吃起來。

「你是想起尊夫人說的話才振作起來嗎……？」

「沒有，我到現在都還沒振作起來，如果不是因為要照顧我爸，我根本不會回來，可能已經自殺，隨妻兒一起去了。不過當我爸變回什麼也不知道的小朋友，有時候還挺可愛的。」

「這不是戰勝回憶了嗎？」

「是嗎？是這樣嗎。」

十六號大聲笑道。

「還有就是託了工藤的福。」

「工藤？難不成你也在非營利組織幫忙。」

「對呀，工藤跑來跟我說，不管我有什麼能力，都可以用來復興岩手！我便開了天文講座。」

「是噢，工藤還真有兩把刷子！」

「人是會變的，高中的時候，工藤明明沒什麼存在感。」

十六號說他利用父親接受日間照顧的空檔，每個月開一次天文講座。

「每年有四、五次在夜晚的星空下舉行。當因為震災從沿岸來此避難的漁夫握住我的手說：『老師，我們以後一定還會在海邊看到這顆星。』我也大言不慚地回答：『就是說啊，一定能從頭來過！』」

講座在晚上舉行時，左鄰右舍會輪流照顧他的父親。

「如果一個人待在東京，我早就死了。」

十六號拭去父親吃飯時掉落的飯粒，身影令我想起啄木的短歌：

「小學與我競爭首席的朋友　開了家　廉價旅館」

啄木是以什麼樣的心情寫下這首短歌呢？

在文化中心的課堂上，老師解釋「與自己爭奪第一名的朋友在故鄉經營廉價旅館，也可以解釋成啄木覺得顛沛流離的自己比不上在故鄉紮根，腳踏實地生活的朋友。」

然而，當時我並非這樣解讀。

我的解讀是那個朋友原本是與啄木爭奪第一名的神童，如今兩人分別是鄉下廉價旅館的老闆和貧窮的詩人，我認為這首詩是在吟詠「人生的悲涼在於世事難料」。

如今我與川上，兩個昔日的十六號正是如此。昔日人人口中的神童，大家都看好我們的未來，如今我的公司倒閉，背負巨額的債務，川上則經營不賺錢的小相機店，還得照顧失智症的父親。

然而，「覺得自己比不上腳踏實地生活的朋友」的解釋確實也說得通，見到十六號之後，我總算理解到這一點。

待了一個小時左右，我站起來：

「下次我回盛岡的時候再來找你。」

「你是個大忙人，好好忙你在東京的事業就好了！」

十六號說道，牽著父親的手，從後門送我到大馬路上。

「羅漢，謝謝你來看我。」

「我會再來拜訪的，伯父，我告辭了。」

十六號的父親始終面無表情，以清澈的眼神仰望夜空。

「我爸很喜歡星星，失智症還沒這麼嚴重的時候，好像還記得我教過他星座的事。」

「十六號，加油，多保重。」

「嗯，你也是！」

我走在幾乎沒亮燈的商店街上。

回頭看，禿頭的兒子指著夜空對父親說話，兩人站在破敗的相機店前，曾是社會菁英的兒子正在教已經什麼都已忘記的父親星象，兒子臉上似乎掛著笑容。

我繼續往前走。

與回憶對抗也沒有勝算……是這樣嗎？

回到Accattone，所有人都還在，喝得頗醉，嗓門比剛才還大。

「羅漢回來了！」

「十六號很高興吧？」

「都叫他帶伯父一起來了。」

我用比喳喳呼呼的他們更大的音量說：

「大家聽我說。」

我站著開口。

「其實我已經不是社長，公司在七月破產了。」

頓時鴉雀無聲。因為所有人都以為「羅漢是最幸福的」。

「目前也還在處理善後工作，我一肩挑起了九千萬的債務。」

「九千萬」的天文數字讓所有人啞口無言，喝醉的看來也嚇醒了。

「這陣子都在到處籌錢還債，根本不曉得南高打進決賽的事。」

我一五一十將背上這筆負債的前因後果娓娓道來。

就連退休後想工作想得發瘋、文化中心及興趣都無法填滿我內心的空洞、去職業介紹所找工作、還去中小企業面試的事都說了。

「我從小就是大家口中的優等生，也認為自己很優秀，自尊心才會比天還高，無論是下放到子公司、還是別的什麼，都不想讓老同學知道，從四十九歲以後再也沒回過盛岡，連大地震後都是當天來回。這次二宮約我的時候，我居然會答應，就連自己也不敢相信、不敢相信我居然會在人生跌到最谷底的時候回來。」

我連這種心情都說了。

因為我已經到了不在乎被十六號或在座的其他人追過的年紀，到了可以擺脫回憶束縛的年紀。

「今天與大家一起在N旗下高唱校歌，與年事已高的母親及妹妹欣賞岩手山和北上川的風景，像這樣知道各位的近況，我真的覺得故鄉好溫暖。」

老鼠自言自語地說：

「我懂、我懂，當我沉溺在酒精裡醉生夢死的時候，從工藤口中得知盛岡的消息，不禁想到啄木的短歌：『我的心有如病獸　聽見故鄉的消息　不由得平靜下來』。心想回去吧，回故鄉吧……！」

「原來如此，我覺得現在的自己好窩囊，還以為自己能成為足以撼動日本的人。」

吉川揮揮手。

「不只是你，在座的所有人都曾經這樣想過，只不過每個人的下場天差地遠。」

老鼠插科打諢地說：

「就是、就是，你看看我，大家都說我是南高創校以來的天才，結果我現在還不是任憑工藤差遣。」

吉川大聲抗議：

「老鼠才是實質上的班長。」

我笑著對大家說：

「被九千萬的債務壓得喘不過氣來、和老婆的關係也出現裂痕，這些事我在東京沒有跟任何人提過，就連二宮也說不出口。」

我面向工藤，豎起一隻手，擺出抱歉的手勢。

「所以我沒錢當義工。由於職業的關係，我對財務很拿手，如果是東大法律系的話題或我在大型商業銀行上班時的成功體驗，我願意知無不言、言無不盡，可是現在比較需要幫助的其實是我自己。」

我笑著說，然而誰也笑不出來。

「但是也不用擔心我，即使一貧如洗，往好處想，至少我還活著。」

「沒錯沒錯！跟股票一樣，人也有跌破淨值的時候，你現在就處於這個狀態。」

「沒錯，羅漢！你一定能撐過去。」

「嗯，我還沒有笨到要與回憶對抗。」

我大聲嚷嚷，感覺豁然開朗。

小市突然站起來，開始跳起三颯舞。

大家齊聲吆喝“Sakkora Choiwa Yasse!”

「願羅漢『幸呼來』、『幸呼來』！」。

聽說沖繩人動不動就會像這樣跳舞，但我在盛岡還是第一次看到。

在季節錯亂的「幸呼來、幸呼來！」大合唱中，又有一股「我回來了」的感慨。

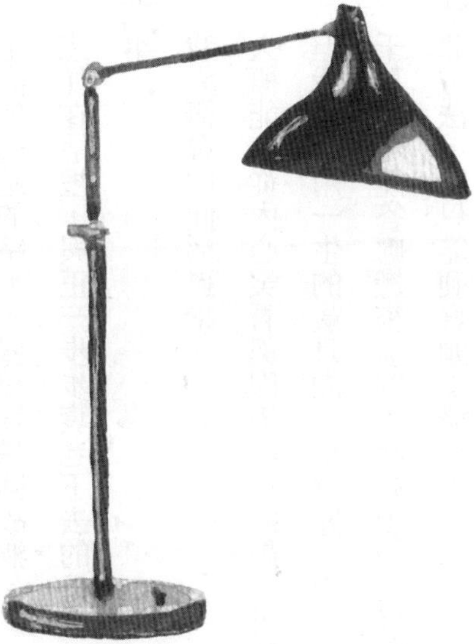

第拾貳章

十月六日，我打算按照原訂計劃搭乘九點多的新幹線回東京，出發前往盛岡站。

老媽一早就起來烤銀鱈，用加了豆腐和蔥的味噌湯為我做早飯。

「保重身體喔！」

老媽送我到門口。

「你也不要硬撐喔，像這樣為兒子做飯，肯定不覺得自己已經八十九歲了吧。」

老媽以惹人憐愛的表情朗聲大笑。

走向盛岡站的路上，覺得好想回故鄉。

想住在這裡，與正一步步衰老下去的母親一起過日子，幫工藤他們的非營利組織為這片土地做點事。

我大概會因此活過來。

大概能打從內心笑看與回憶對抗的愚不可及。

但我必須用一生的歲月向千草贖罪，想回也回不來。

千草不可能答應搬來盛岡，我必須扮演好家庭主夫的角色，在背後支持她，既然我想不到其他贖罪方法，就只能硬著頭皮繼續走下去。

對我而言，這意味著我真的已經變成「過去的人」。這輩子只剩下看家、做家事、誠惶誠恐地看老婆臉色的「餘生」。

我想回到需要我的故鄉。

坐在新幹線上也不斷思考這件事。

說不定離開對千草也是好事一樁，可以活得更自由自在，不用再看到我。

但是如果只有我回故鄉，未免太不負責任。

說得直接一點，我等於是被判了無期徒刑，只能在東京扮演家庭主夫的角色，直到刑期屆滿，我很清楚自己的任務。

晚上八點半，千草從店裡回來，起初營業到六點，現在已經調整到八點。

「雖然也有沒什麼人預約的時候，但生意還算興隆。」

千草輕描淡寫地說，絲毫不顯露疲態，我的工作就是在背後支持努力工作的妻子，我很清楚自己的任務。

我把在盛岡站買的兩個便當放在餐桌上。

「三陸的海鮮便當啊，好好吃的樣子，我來煮湯。」

「不用了，喝茶就好了。」

「一下子就好了。」

「真的不用了，你累了一天，別再忙了。」

我把姿態擺得很低。

千草乾脆俐落地煮好湯，放在桌上。

「有勞你了，謝謝。」

一起吃車站便當作晚餐。

如果真的要成為家庭主夫，就必須上網或看電視學做菜了。

「我在網路上看到了，南部高中沒能去成甲子園，真遺憾啊！」

「可是很高興能見到大家，也好好逛了久別的故鄉。」

「婆婆肯定很開心吧！」

「比起我，看到你送給她的馬卡龍更開心。」

「真的嗎？」

千草音調高亢。

「偶爾回一趟故鄉真不錯！」

夫妻關係依舊緊張，但感覺最近的對話比較不會戛然而止了。

大概是她已經做出決定，就算不原諒我，也要不離不棄地共度剩下的人生。

我也下定決心，要好好當個家庭主夫，不再三心二意。

兩天後，老媽從盛岡寄了一箱東西來給千草。

裡頭是剛捕撈上岸的秋刀魚和新鮮干貝，還有一封美雪代筆的信：「這是媽給大嫂的回禮，謝謝她的馬卡龍，秋刀魚很新鮮，可以做成生魚片。」

千草那天店裡公休，剛好在家，高興得不得了。

「干貝烤來吃，剩下的再做成菜飯。秋刀魚嘛……我不會切生魚片。」

「我也不會，雖然以這個鮮度來說有點可惜，但還是用烤的吧！」

「對了，叫阿敏來。那個酒鬼很會處理魚！」

那天晚上，道子也帶孩子回來，一家人久違地聚在一起，道子的丈夫出差去了，兩個小孩只顧著打電動，完全不用費心。

阿敏以熟練的動作片開秋刀魚，做成生魚片、炙燒和味噌湯。

他大概還跟久里在一起。

已經很久不曾想起這個女人，這時卻突然開始浮想聯翩，想像阿敏用這雙手抱住她，想像阿敏的嘴唇在她身上游移。

秋刀魚和干貝的饗宴盛大而熱鬧。

道子大概喝醉了，突然語出驚人地說：

「媽媽好了不起啊，總之不走尋常路。丈夫欠下九千萬的債務，晚年可能會窮途潦倒地死在路邊也說不定，居然還能笑著住在一起。」

「我可笑不出來喔，也沒有要原諒他的打算。」

「既然不肯原諒，居然還能一起過日子。阿敏，你不覺得這樣很匪夷所思嗎？」

「認同，正常人都會離婚吧！」

千草搖手否認。

「就算離婚，我也拿不到贍養費，這棟房子本來就是我的，離婚毫無意義。」

「所以把爸爸留在身邊當家庭主夫兼將來的看護比較有利嗎？」

我苦笑著小聲說：

「雖然我對於當家庭主夫及看護都沒有自信……不過我會努力的。」

最近在千草面前不僅低聲下氣，連膽子也變小了，我非常討厭這樣的自己。

「換成是我，就算沒有贍養費也要離婚，再也不想看到對方。」

雖然是我的女兒，道子說話也太直了。

阿敏聞言，冒出一句讓人跌破眼鏡的話：

「不，有時候故意把對方留在身邊也是一種報復呢。」

「有道理，原來如此，媽媽你也是嗎？」

「我是不肯原諒他，但也不可能為了報復而留他在身邊好折磨他，阿敏你是小說看多了。」

千草矢口否認，將炙燒秋刀魚送入口中。

我苦笑著打哈哈，除了沉默別無他法。

家庭聚會結束後，收桌子、洗碗的善後工作一直忙到快十二點。不得要領就算了，我的每一個動作都緩慢又笨拙。光是看到沒喝完的味噌湯，就能無止盡地思考「要留到明天中午由我解決嗎？還是早餐的時候吃呢？可是早餐吃麵包，搭味噌湯對味嗎？早知如此，干貝菜飯就不要全部吃光」，以至遲遲沒有進展。

我從以前就知道，自己做家事只會讓千草覺得她的工作量又增加了。

所以千草今晚也說「我來收拾吧」，但我拒絕了⋯

「你明天也要開店，早點睡，一旦開始動手，不禁覺得收拾乾淨也挺有成就感的。」

怎麼可能有成就感！心裡也很清楚這樣反而會給她找麻煩，但我又想表示自己想成為家庭主夫向她贖罪的決心，就像囚犯向典獄長強調自己誠心悔過的樣子。

十月過去了，十一月到來，我日復一日地刷鍋子、吸地板、清洗排油煙機和窗戶、洗衣服。我會去超級市場買菜、送洗衣服、倒垃圾、記帳、用調理包或即食品做飯，千草放假的時候也會做飯。

在眾多家事中，唯有燙衣服這件事，我絕對不幹。

我不想熨燙、折疊洗好的衣服。因為比起其他家事，燙衣服會讓我感覺特別悲慘。

「燙衣服太難了，我不會。」

這是我的推拖之詞，千草大概也察覺到我在堅持什麼。

「你是不是認為……這是最不適合你的工作？」

只說了這句話，就自己動手。

我們之間還有這種程度的對話，但千草心中的「疙瘩」始終不曾消失，也一輩子都不會消失，我們之間不可能再跟過去一樣。

今天早上也不例外。她要出門上班前問我：

「氣象報告是不是說下午會下雨？」

「嗯，晚上好像會下大雨。」

「這樣啊。」

「沒問題吧？打烊的時候我去接你。」

「不用了。」

「不用客氣啦，我去接你。」

「不用，我走了。」

明明是千草主動開口，但是她從頭到尾都沒有正眼瞧過我。

在這樣的生活中，為了處理破產的事務去銀行、去見人反而成了我的想望。光是走在與家事絕緣的大手町或銀座，心兒就怦怦跳。我完全明白花街遊女合約期滿，離開吉原的心情。

十一月十五日，所有善後工作都處理完畢，打電話給已經在新世界各自出發的高橋等四位董事，大家的反應如出一轍。

「提早吃尾牙吧，順便慰勞您一下。」

「好啊，我也想好好喝一杯。」

「嗯，好期待啊。」

每通電話都斷在這裡，如果真的很期待，應該會當場定下日期吧！我也很清楚這只是照本宣科的客套話，沒有真的要實現的意思，所以沒傻到追問他們什麼時候有空。

對高橋他們而言，金樹已經是過去的一個階段，這就是所謂的青春嗎？不，與年齡無關，即使某個階段曾經那麼禍福相倚、休戚與共，終究會隨著時光流逝或情況變異而風流雲散，人世間的一切都是相同的道理。

那個時候曾經與高橋做過這件事、那個時候曾經與這四個人聯手挫過大公司的銳氣……再懷念往日時光也於事無補。

沒有人能戰勝回憶，我們只能與「現在」分出個「勝負」。

我現在的對手是家事嗎？……正當我自嘲地走向廚房，電話響起。

是工藤從盛岡打來的。

「羅漢，你好嗎？」

「哦！我很稱職地當家庭主夫喔，怎麼啦？」

「想請教你幾個報稅及運營計劃的問題，可以請你回盛岡住一晚嗎？我們直接看資料和帳本討論。」

沒想到是這方面的事。

「請你務必幫我這個忙，來回的車資及住宿費由我負責。」

「了解，幫我付車資就好了，我回家住。」

「得救了！」

掛斷電話，心跳早已開始加速。不只是因為又可以回盛岡，還有人需要我幫忙，報稅及運營計劃的字眼都令我充滿幹勁。

就連在煮飯、微波調理包咖哩的時候都忍不住哼起歌來。

「爸爸，你心情好好啊！」

與千草一起回來的道子說。

「孩子寄放在保母家，今晚不會回來，我便跑去媽媽店裡剪頭髮，結果媽媽真的照定價收我錢耶！」

「這不是應該的嗎？」

我笑著說，也順手準備了道子的咖哩。

「爸爸，聽說你們天天吃咖哩調理包和冷凍炒飯，我這次買了很多東西回來，有沙拉和涼拌海鮮——還聽說你們最近都喝便宜的發泡酒，順便也買了啤酒。」

桌上擺滿現成的料理，每一道都很美味。

我喝著許久沒喝的真正啤酒，刻意以剛好想起的態度說：

「對了，千草，我後天可以回盛岡住一晚嗎？」

才不是剛好想起，我一直記掛著這件事，為此心癢難耐。

不悅的神情瞬間從千草臉上掠過，我急著解釋：

「呃，如果不行的話，我可以改天再回去，我高中同學搞了一個非營利組織，想問我一些報稅的問題，會幫我出交通費。呃，不是後天也沒關係，只要能讓我回去一趟就好了。」

千草始終板著臉：

「這是你的事，你想哪天去就哪天去，沒必要每次都問我『可不可以去』吧。」

感覺餐桌上的氣溫瞬間降低了好幾度。

千草橫眉豎眼地吃飯，道子默不作聲，我沒頭沒腦地冒出一句：「對不起。」心想又說錯話了，千草大概又會發火：「這有什麼好道歉的！」

千草依舊繃著一張臉，道子繼續沉默，三個人在溫度驟降的餐桌上吃著微波咖哩。

我利用千草洗澡的時候收桌子洗碗、刷掉鍋子上的污漬。

「爸爸，我回去了，謝謝招待。」

「已經十一點了，你一個人不要緊嗎？」

「我老公會開車去車站接我。」

「那就好，幫我向他問好。」

「我從剛才就在觀察，你把鍋子刷得好乾淨啊，嚇我一跳。」

「用小蘇打可以刷掉髒污及燒焦的頑垢。」

「爸爸，你應該為九千萬的負債充滿罪惡感，可是也犯不著在媽媽面前那麼卑躬屈膝吧。」

「我沒有卑躬屈膝啊。」

「你有，我能明白媽媽在不爽什麼。九千萬的負債固然不可原諒，但拚命看媽媽臉色、唯唯諾諾的爸爸也很討人厭。」

「畢竟做錯事的人是我，不小心就……。」

「媽媽不可能喜歡看人臉色、畏畏縮縮的男人。因為爸爸曾經是自信滿滿、抬頭挺胸走在前面的人，媽媽才會愛上你。」

「傻孩子，欠下九千萬，害老婆吃苦受罪的人是要怎麼抬頭挺胸走在前面。這個燒焦的地方好難清啊！」

我又撒上一些小蘇打粉。

「可是媽媽也很傻，沒事把爸爸變成家庭主夫，幽禁在家裡，也難怪爸爸會變得戰戰兢兢、小心翼翼。」

「你的國文成績明明不怎麼樣，居然知道幽禁這麼難的字。」

「知道啊，因為幽禁在家裡，反而讓爸爸變成媽媽最不喜歡的那種人。爸爸，你聽過一個不曉得是美國還是英國的大學研究嗎？」

「什麼研究？」

「我聽我老公說的：教授讓學生分成兩組，一組扮演囚犯、一組扮演獄卒來做實驗，結果發現扮演囚犯的學生愈來愈像囚犯，扮演獄卒的學生愈來愈像獄卒，教授認為再實驗下去會出事，所以趕緊打住。」

「聽起來很有道理。」

「所以媽媽會變得愈來愈高壓，爸爸則愈來愈低聲下氣。」

「你媽並不高壓。」

「如果是我，才不會讓爸爸這種男人刷鍋子。」

「是嗎，你有戀父情結啊。」

「爸爸根本不是我喜歡的類型。」

「是嘛。」

「要是你們變得愈來愈像囚犯與獄卒的關係就來不及了，你們的人生還很長，包括離婚的可能性在內，好好地談一談嘛！爸爸，你打算刷一輩子鍋子嗎？」

道子從冰箱裡取出瓶裝水，回去了。

誰要刷一輩子鍋子啊？還不到四個月，我已經受夠了。但除此之外，我想不到其他贖罪的方法。

離婚也是一個選擇，問題是決定權不在我手上。

內心確實也希望千草能乾脆提出離婚的要求，那樣我就能回盛岡，一面照顧老媽，同時展開新生活。

可是我又不想面對不僅害妻子的晚年失去著落，還想拋家棄子、讓三十五年的婚姻生活化為烏有的自己。

我用力地刷洗平底鍋，好甩掉這個念頭。

十一月十七日，我踩著幾乎要跳起來的腳步前往盛岡，就算只住一個晚上，也能擺脫家事及關係緊張的日子。

工藤的非營利組織「岩手 Reborn」的活動中心位於 IBC 岩手廣播電台附近的大樓內。雖說離震災發生已經有一段時間了，還是有很多人從縣內外的災區來盛岡市避難，「岩手 Reborn」與義工一起持續援助他們。

工藤找我商量的報稅問題，在我看來十分簡單。我也針對營運計劃中與銀行交涉這一塊提出許多詳細的建議。

工藤喜上眉梢地說：

「果然是術業有專攻，接下來也請多多幫忙！雖然我只付得起車資和請你喝酒的錢。」

這對我而言已經是天上掉下來的禮物了。

盛岡本來就冷，今天又特別低溫，但是就連涼颼颼的寒風也吹不散我的喜悅。男人對故鄉的執著或許比女人強烈得多，即使再努力壓抑，心情還是極為亢奮。

聚餐前的空檔，我漫無目的地隨便跳上一輛公車，隨便找個地方下車閒晃。漫無目的地走在中之橋上，看著流經橋下的中津川，突然沒頭沒腦地大叫：

「鮭魚！」

無數的鮭魚正逆流而上，銀色的身體從橋上也看得十分清楚，流經市中心的河原來這麼清澈。

對了，盛岡是鮭魚返鄉的城市，我一直忘了這件事。

路過的行人也跟以前一樣，停下腳步往下看。其中不乏正出門買菜的大嬸和踩著腳踏車的大叔，還有對孫子說：「你看，鮭魚回來了！」的老婆婆。

這時，河邊傳來孩子們此起彼落的「加油！」「加油！」吆喝聲。

大概是小學一、二年級，約莫三十名學生跟帶隊老師一起為河裡的鮭魚加油打氣。

「歡迎回來！」

「辛苦你們了！」

站在我身旁看魚的老人說：

「每年這裡的幼稚園都會協助復育，從卵開始孵化，再將小魚放回河裡。聽說鮭魚會花四年的時間在海裡游來游去，最後再回到出生的河川。所以是那些一、二年級學生還在念幼稚園時候放流的鮭魚回來了，剛好是震災那一年呢！」

「這麼說來……地震發生那年秋天，我回來的時候在報紙上看到了。」

「鮭魚無論發生什麼事都會回故鄉喔！即使在漫長的旅途中變得傷痕累累，也會拚命游回……這也是為何盛岡人都很珍惜鮭魚。」

老人言盡於此，拄著拐杖，迤迤然地走開了。

眼前遍體鱗傷的鮭魚擠出最後一絲力氣，繼續往上游前進。

然後在那裡產卵、死去。從橋上也能看到鮭魚身體已經失去光澤，抱著必死決心往上游的模樣。

鮭魚大概也知道，這麼努力游到上游，等待他們的卻是生命的終點。

「辛苦你們了！你們果然很喜歡這裡吧！」

我喃喃自語。

第二天，我回到東京，煮了「小芋頭湯」當晚餐。

在老家一覺醒來的早上，老媽讓我帶著她去老人會旅行時買的小芋頭回東京。我嫌重不肯帶，但老媽不止準備各種菇類及紅蘿蔔、牛蒡、蔥、味噌要讓我帶走，還去大慈清水的湧泉用保特瓶裝了泉水回來，簡直是家鄉味的滿漢全席。

「我們家附近就有豆腐、香菇和水了。」

我再三拒絕，但老媽不理我的抗議：

「家鄉菜用法國或富士山的水做也不會好吃。」

老媽才是十六羅漢。

等千草從店裡回來，再叫上道子和阿敏，在家裡聚餐。我把裝滿「小芋頭湯」的鍋子放在餐桌上。

「這些可是我汗流浹背提回來的，從芋頭到豆腐再到味噌，甚至連水都是最正統的。」

我大聲邀功。

「什麼，連水也是嗎？」

道子驚呼。

「盛岡以前就是鮭魚從大海回游的水鄉澤國喔，有北上川、雫石川、中津川三條大河流經市中心……。」

我不小心脫口而出，倏地噤口不言。

炫耀自己的故鄉只會招旁人白眼，對他們來說，別人的故鄉山河都是可有可無的風景，沒必要浪費時間傾聽。

「快開動吧，阿敏，你還是要先喝啤酒嗎？乾脆從日本酒開始喝吧！」

我故作開朗地轉移話題，道子舉手。

「我要日本酒！爸爸，家裡有岩手的酒吧，我要喝那個！照爸爸剛才說的，如果是三條河在市中心匯流的水鄉澤國，酒一定也很好喝！」

道子這丫頭，是不是故意在附和我啊！還以為她不想聽我炫耀故鄉，沒想到竟然聽進去了。

「媽媽和阿敏也喝日本酒嘛！」

在道子的「命令」下，千草立刻準備好溫酒器，阿敏也拿出小酒杯。

我突然覺得好高興。

不知是因為預感夫婦關係可以像這樣一點一滴地慢慢修復，還是因為呼吸過故鄉的空氣。

我又添了一碗小芋頭湯，大聲說：

「好好吃啊，真是太美味了，大概是因為材料夠好吧！」

道子一杯接一杯地喝著酒：

「爸爸，你今天真的很有活力呢！多回去幾趟果然有差。」

「還好啦。」

「我們從小就待在東京，不太能理解離鄉背井的人是什麼心情，但有個故鄉在遠方果然很令人嚮往呢。」

阿敏這句話讓我忍不住又打開話匣子：

「嗯，該怎麼說呢……回到故鄉，自信也回來了，感覺在東京發生的所有事都不是什麼大事。」

就在這一刻，千草語氣苛刻地說：

「這句話說得也太不要臉了！」

我不明白她的意思。我說了什麼不要臉的話嗎？

道子和阿敏也一頭霧水的樣子。

「你做出那麼多任性妄為的蠢事，給我添了這麼多麻煩，把家裡的氣氛搞得烏煙瘴氣，居然還有臉說在東京發生的所有事都不是什麼大事？」

我心急如焚。

我口中的「不是什麼大事」是指破產和巨額債務這兩件事。不是指我帶給千草的困擾，更不是指烏煙瘴氣的家庭氣氛，這才是我最愧疚的事，剛剛講話卻不經大腦思考。

「說穿了，你對我根本毫無罪惡感，早就知道你心裡想的是過去讓我過得錦衣玉食也夠了。」

「我不是這個意思。」

我正想解釋，卻被千草惡狠狠地打斷：

「別再說了，我很清楚你的心思，反正我也不是什麼大事！」

阿敏安撫氣急敗壞的千草：

「我猜壯哥不是這個意思喔！壯哥是指為了避免走到破產及負債這一步到處奔走、吃盡苦頭的事，以及回到故鄉，難免覺得東京這個都市遙遠又虛幻……是這個意思吧！」

「媽媽，我也覺得是這個意思！」

我也想附和「我就是這個意思」，但還是選擇沉默，我確實說了會引起誤會的話，另一方面也覺得不想再與世界爭辯了。

千草目光凌厲地射向阿敏和道子：

「你們不是當事人，才能站著說話不腰疼。道子，如果你活到快六十歲才變成媽媽這樣，你就會明白，媽媽為晚年省吃儉用存的錢和擬訂的計劃一下子泡湯了，問題是這一切都不是我的錯，把我的人生搞得亂七八糟，怎麼可能不是什麼大事！萬一像阿敏所說，他的意思只是破產和負債，那你爸的人格根本有問題，才想不到最重要的事，這種人根本沒資格在社會立足！」

我們的婚姻已經沒救了。

就算是氣昏頭說的話，也足以將我最後的尊嚴踩得粉碎。

那一瞬間，我脫口而出：

「我想回盛岡。」

千草毫不遲疑地回嘴：

「我不會跟你一起回去喔！我才不想在那種跟我一點關係也沒有的地方過日子。」

「嗯，我打從一開始就沒指望你會跟我一起回去。」

「是嗎，原來你一開始就打算丟下我逃走啊？」

「你想離婚的話也沒問題。」

「這次又打算把決定權交給我，夾著尾巴逃走嗎？」

千草撇著嘴角冷笑。

「不是，我不想離婚。可是比起這樣度過剩下的人生，我認為彼此孤身一人重新來過也是個方法。」

「你的意思是為了我嗎？那還真是謝謝你的體貼啊。」

千草語帶譏嘲地丟下一句：「隨便你。」就要站起來。

「原來媽媽也是那種只會怪別人的女人啊！」

道子言辭犀利地與千草槓上。

「這一切當然是爸爸不好，媽媽沒有半點過錯，既然如此，就只有兩個辦法——要嘛分手，要嘛重修舊好。你自己想想看，媽媽是覺得沒辦法靠自己活下去，才決定要結婚吧！是覺得既然要結婚，當然要過好日子，才嫁給東大畢業、在大型商業銀行上班的男人吧！如果媽媽覺得自己嫁的男人一生都會健康、富有，帶給自己幸福，那就太天真了，根本沒資格當人家的老婆。」

千草愣住了。沒想到女兒會說得這麼狠，我也愣住了。

「人是肉做的，沒人可以永遠不生病或永遠不出意外，正所謂天有不測風雲、人有旦夕禍福，結婚本來就是一場豪賭。更何況，既然是擔心沒辦法靠自己活下去才決定找張長期飯票，女人當然也必須願賭服輸。婚姻就是互相妥協的過程，如果沒有承擔風險的覺悟就分手，只有這兩種選擇。」

千草的嘴唇在顫抖。這輩子還不曾有人說過她沒有資格當人家的老婆、沒有承擔風險的覺悟。

「道子，這句話也可以原封不動地套在你爸爸頭上。」

「沒錯，爸爸肯定也覺得娶個老婆回來做家事很方便，覺得如果是這個女人，帶出去也不會丟臉，家世又清白，爸爸能專心工作都是因為有媽媽的支持。」

道子說的沒錯，我和千草是相親結婚，沒有先談過戀愛，是因為彼此的條件不錯，才決定要廝守一生。而且，直到發生這件事以前，我們之間沒有任何問題，也一直很珍惜對方。

「雖然是基於利害關係，你們依舊在教堂向上帝發過誓：『無論健康的時候或生病的時候……』現在就是爸爸生病的時候喔！媽媽，如果你不打算照顧生病的爸爸，就跟他離婚吧！光是爸爸有九千萬的負債，就沒有人會怪媽媽。」

至此，阿敏總算開口：

「也對，既然最基本的生活不成問題，我也覺得分手對彼此都好。」

「身為你們的女兒，我不想看到爸爸每天刷鍋子的樣子。」

「少胡說八道了，鍋子是你爸自願要刷的，我又沒有命令他。」

我目不轉睛地凝視著千草。

「離婚並非我的本意，但我認為那樣對你最好，回盛岡對我來說也是比較好的選擇。」

「別說得那麼好聽，你只是因為自己想回盛岡吧？」

道子又打斷千草：

「媽媽，你把爸爸綁在身邊又沒有任何好處，放過彼此吧，這樣對你們都好，只不過……。」

道子斬釘截鐵地對我說：

「要是爸爸以為回故鄉就能東山再起，那就太天真了。」

訕笑著往下說：

「男人動不動就把故鄉掛在嘴上，尤其上了年紀，吵著想回故鄉的幾乎都是男人。女人才不會這麼說，因為女人心裡很清楚。」

女人很清楚什麼。

「清楚故鄉之所以美好，是因為故鄉遠在天邊。爸爸最崇拜的石川啄木開宗明義不就這麼說了嗎？爸爸，因為你根本不住在故鄉，你同學及鎮上的人也是久久見你一面，才對你那麼親切。因為你在東京工作，偶爾回去一趟，才對你另眼相看。可是你一旦回去，從此跟他們平起平坐，誰也不會再把你當一回事。」

我倒不覺得工藤和老鼠那些同學有特別把我當一回事。

不過從吉川和及川說的話也確實可以感受到，還是有人對東京這個首都懷有特殊的情感。認為優秀的人才能去東京，認為留在鄉下的人沒那麼優秀、因此看輕他們。

我一旦回去，肯定會有人在背後嚼舌根：「那傢伙是因為在東京混不下去才回來。」就跟所有回故鄉的同學一樣。

然而，就像及川所說，只要他們知道你有能力，謠言就會止於智者。我可以從擔任非營利組織的會計一職開始展現我的實力。

「我舉雙手雙腳贊成壯哥回盛岡。」

阿敏笑著打破令人窒息的沉悶。

「看到退休後的壯哥，我就知道他一定沒辦法軟著陸。」

道子不解地反問：

「軟著陸？你是指飛機的軟著陸嗎？」

「對，一般而言，公司不會突然讓員工變成『過去的人』。就連壯哥，也是先從大型商業銀行的高層下放子公司，然後再移籍到子公司……循序漸進地變成『過去的人』，亦即所謂的軟著陸。」

如他所說，公司確實在每個階段都給我軟著陸的準備時間。

「即便如此，壯哥還是拒絕著陸，試圖敗部復活。」

「你說的沒錯……所以我退休時是咚地一聲，狠狠地撞上地面。」

「在東京要從這種狀態重新振作起來很困難喔！不如回故鄉從頭開始，所以我舉雙手雙腳贊成。」

沒有人說話。

千草始終不發一語。

半晌後，道子大聲地說：

「看來我才是最大的贏家。身為家庭主婦，與老公小孩度過平凡的每一天，每天都在軟著陸，今後想必會遇到各種打擊，像是孩子有一天會離開我們，但是家庭主婦不會有太強烈的『人生結束了』的感覺。看著爸爸，我真的覺得自己很幸福！」

道子看著千草，聳聳肩：

「我就老實說了，媽媽也別想得太美，因為你已經嘗到工作的成就感與受人稱讚的快感。就算開了自己的店，媽媽現在也正逐漸變成『過去的人』，我救不了你。」

每天都在軟著陸的道子咕嚕咕嚕地喝著冷掉的小芋頭湯。

「隨便你們。」

千草說道，走出客廳。

沒多久，道子也帶孩子回去，剩阿敏與我繼續喝酒。

「壯哥，結婚也不輕鬆呢！不管是對男人，還是對女人，都不是一件好事。如果不願意湊合著過下去，就只有分手一途，我死也不要再婚。」

「婚姻和人生一樣，即使下場差不多，過程中還是會有很多讓人覺得幸好有這麼做的回憶。」

「可是啊……老公突然說要回故鄉，對老婆而言簡直是晴天霹靂，如果兩人是同鄉還好。」

「我是以離婚為前提回故鄉喔！」

我不認為「隨便你」這句話是我可以回故鄉的意思。如果要離婚就算了，我可不想利用對方講氣話的狀態下離開，這對囚犯來說，無異於逃獄的行為。

我慢吞吞地喝酒，苦笑著說：

「雖然被道子批評得體無完膚、雖然毫無根據，我依然相信回到故鄉，與從十五歲就認識的伙伴一起工作，人生必定能從頭來過。」

「連你都這麼想，也難怪全世界的男人都不約而同地說他們『想回故鄉』了。」

「同樣的道理，東京也是千草的故鄉。在千代田區九段出生、長大，那裡的空氣就是她的故鄉。如同我看到久違的盛岡山川會想到『啊，我回來了』，東京也會讓千草產生相同的感慨。」

「我也是啊，無論去到哪裡，每次回來看到山手線，都會覺得很安心。」

我們相視無言了好一會兒。

岩手山和北上川浮現在我的腦子裡，阿敏大概會想到專心採集昆蟲的北之丸公園或靖國神社吧。

「如同我堅信可以在故鄉重新振作起來，也只有故鄉、只有東京能給予被九千萬擊垮的千草重新振作起來的力量。」

「嗯……。」

「因此我會在這裡與千草重新開始，不用擔心我們。」

阿敏又「嗯……」地低聲呢喃，沉默下來。

送走喝到三更半夜的阿敏，我洗過澡，回到臥房已經過了凌晨兩點。躡手躡腳鑽進被窩，正要關掉床頭燈，千草從隔壁床上坐起來：

「你回盛岡去吧！」

「咦？」

「我願意離婚，這樣你也能無牽無掛地回去吧。」

千草眼中沒有笑意。

「我們都這麼大年紀了，還是過自己想過的生活比較好吧。」

昏暗的燈光下，六十歲的千草神情平靜。

這個女人從二十四歲與我一起活到這把歲數，與我一起老去、與我一起經歷了漫長的人生。

「因為你似乎了解故鄉東京對我有多重要，所以我也必須了解你的心情才行，晚安。」

她聽見我和阿敏的對話了。但是從她冷若冰霜的語氣聽來也不能當真，真的一個人回去。

因為我提出要「回去」，導致道子對千草說了重話，夫妻倆的關係在那之後愈來愈如履薄冰。

另一方面，千草後來再也沒有主動提過「你回盛岡比較好」，我也沒再說過「我想回去」。

如果兩個人住在一起卻幾乎不交談，心情會愈來愈灰暗。除了睡覺的時間，一顆心都籠罩在沉重、暗淡的情緒裡。

知道這一切都是自己的錯，卻已經找不到破冰的方法了。

我努力扮演好家庭主夫的角色，但是既不得要領、又沒有天分，自然得不到任何人的感謝，只覺得自己愈來愈沒出息。

自從我說出「想回去」以後又過了十天，一個冷得跟十二月沒兩樣的晚上，千草回來的時候說她已經跟朋友吃過飯了，我問她：

「吃了什麼？」

「很多。」

「今天這麼冷，吃了火鍋吧？」

「總之吃了很多，晚安。」

千草消失在臥房裡。

每次都是我主動找話題，她的回答也總是這麼冷淡。這種狀況大概讓千草有某種快感吧——我只能這麼想。

倒是我快要不行了，後腳跟著追進臥房。

千草面向鏡子，正在卸妝。

「我想跟你好好談談。」

「談什麼？」

鏡子裡的千草說道。

「如果可以在東京與你重新開始，我想留在東京。當時是說過想回盛岡，但是如果你不排斥，我真的很想跟你重修舊好。」

「我不是說過你回盛岡比較好嗎？」

鏡中的千草邊按摩臉邊說。

「可是如果你有比讓我回去更希望我做的事……我什麼都願意做，只希望能盡可能修補我們的關係。」

「什麼也沒有。」

「現在這樣真的好嗎？」

千草用面紙拭去卸妝油，並未回答。

「如果你覺得好，我也甘之如飴。雖說是家庭主夫，我卻不肯燙衣服，三餐都是微波食品，打掃也很馬虎，只有倒垃圾和洗碗盤還可以。我不相信你喜歡過這種相對無言、關係緊張的日子，我想跟你把話說清楚，一起在這裡重新開始。你希望我怎麼做？」

千草把脖子的卸妝油也擦乾淨，對著鏡子說：

「隨便你。」

氣死人！

「你就只有這句話嗎？這樣是要怎麼討論！」

千草對我的怒吼不為所動，鑽進被窩：

「晚安，你離開房間的時候記得關燈。」

千草背對著我說。

我關了燈，走出房間。

看來我們的關係已經無法修復了，只能找律師商量，盡量彌補千草，自己回盛岡。

在波本威士忌裡加入冰塊，坐在沙發上。

要與共同生活三十五年，生養過小孩，總是陪在我身邊的妻子畫下休止符，實在太令人感傷，但是在這種話不投機半句多的情況下，再繼續綁在一起只會令人身心俱疲，是必須痛下決心的時候了。

凡事都有結束的一天，只差在時間的早晚、以及結束的時候有沒有撕破臉。

就連生命也有終點，既然如此，是好是壞都不重要，除非是名留青史的偉人，否則都會隨時間變成「不存在的人」。

若從這個角度來想，感覺輕鬆多了。還是與妻子分道揚鑣，回故鄉從頭來過比較好，就算回去也沒有工作，至少充滿了希望。

問題是，我真的能與妻子分開嗎？我的意思不是我有為人夫的義務、有九千萬的責任，而是三十歲的我與二十四歲的千草攜手共度的歲月痕跡。每天都有始料未及的狀況發生，每個階段都有每個階段的事發生，我們一起經歷過那些事情。

浮現在腦海中的淨是些微不足道的瑣事：剛新婚去輕井澤兜風時，千草做了八種飯糰和各式各樣的小菜；煙火大會時，我背著睡著的道子回家，千草體貼地說：「換我背吧。」下雨天也曾經牽著年幼的道子、撐著圓點花紋的傘來車站接我。

回憶中的千草總是笑容可掬。

我爸死的時候、道子生小孩的時候、給部下當媒人的時候、千草的母親送進養老院的時候……無論發生什麼事，我們都在一起，風雨同舟，在歲月的洪流裡相伴而行。

我深知事情會變成這樣都是我的錯，但現在的千草一點都不可愛，而我也確實想離婚。

然而，回首三十五年來的相處方式，深刻地感受到我與這個女人深刻的緣分，甚至有點驚心動魄。

如果我能更努力、更認真、更開朗地重新經營我們的夫妻生活，是不是就能避免走到離婚這一步？比起改變對方，我應該先改變自己不是嗎？

我從這個角度思考，只可惜，我們的問題沒這麼簡單。

於是我又想，反正距離平均壽命只剩下不到十五年，沒必要離婚吧。十五年的話，只要行屍走肉地湊合著過下去就好了。

不，十五年還很長，六十五歲還很年輕，難道一輩子都要看老婆的臉色服刑？

不，只要改變自己，以大不了變成別人的氣概撐下去就好了，活到這把年紀，學經歷已經沒有任何用處，只要能下定決心，享受當家庭主夫的樂趣，對方肯定也會改變，雖然沒錢去男子烹飪教室，但電視上多的是免費教人做菜的節目。

我一杯接著一杯地猛灌波本威士忌，不斷思考，即使思考不出個所以然來。

好像就這麼睡著了，冷到醒來時，已經早上九點半，千草早就出門上班了。

腳步虛浮地走進廚房，貌似用來吃早餐的一人份碗盤已經洗好晾在架上。

千草既沒有為不小心睡著的我蓋被，也不肯順便幫我做早餐，逕自出門。

「呼……」我吐出一口大氣，走向洗臉台。

不知怎地，我突然哼起伊藤姊妹的歌〈戀愛假期〉。以自暴自棄的口吻唱出充滿朝氣的旋律，好好笑。

千草直到早上都不願意為不小心睡著的我蓋條毯子的事實，反而讓我清醒了，也決定要再努力一陣子，這是為了我自己能問心無愧地與千草分開的必經過程。從最糟糕的狀況出發，如果再怎麼努力還是沒用，要斬斷一路走來的歲月與緣分也比較輕鬆。

晚上九點，千草回來的時候，我正在燙衣服：

「你回來啦。今天早上不小心在沙發上睡著了，也沒有做飯，真不好意思。說是這麼說，但我早上也只是泡泡咖啡而已。」

我笑著繼續燙衣服：

「襯衫的難度太高了，我還不會燙，不過實際動手做以後，發現燙衣服真是一門深奧的學問，堅持不肯燙衣服的我實在太膚淺了。」

千草瞥了我一眼：

「我去換衣服。」

便走了出去。

三天過去，我已經能在短時間內燙好手帕或枕套等四角形的平面衣物。

只不過，燙衣服還是讓我陷入顧影自憐的情緒，所以為自己加油打氣的歌也哼得愈來愈大聲，曲風則多半是氣勢磅礴的旋律。

我常哼伊藤姊妹的歌，這次是〈手提箱女郎〉。我以前聽到這首歌的時候，完全料想不到自己六十幾歲會過得如此窩囊。

晚上九點半，千草回到家，拉開餐桌的椅子說：

「我有話跟你說。」

我也在她對面坐下。明明什麼都還沒說，我卻莫名覺得喘不過氣來，起身以戲謔的語氣問她：

「家裡有發泡酒、日本酒、威士忌、葡萄酒，你要哪一種？」

千草以細瘦的手命令我「坐下」。

「你回盛岡吧，我是說真的。」

千草的眼神十分平靜。

「我也覺得不能再這樣下去，家裡一點都不開心，根本無法休息。道子說我也有錯，但我完全不認為自己有錯。」

「嗯，你沒有錯。」

「我在那之後一直在思考，或許離婚是最好的選擇，只是遲遲無法下定決心。連我自己都不知道到底想怎樣，因為離婚好麻煩，就這樣拖著也沒什麼不好，反正再活也沒幾年，我和你都會死。」

我們想到一塊兒去了。

「前幾天看到你在燙衣服。就算變成家庭主夫也堅決不燙衣服的人，當時正在燙我的圍裙綁帶，在家裡燙衣服想必讓你覺得很悲慘吧？」

「也還好……。」

「但我終究還是看到你燙衣服的樣子了，都是我不好，我想放你自由、讓你解脫，我也想得到解脫。」

果然要走到離婚這一步嗎？

「我也認為離婚是最好的選擇，我會尊重你的決定。」

「你露出如釋重負的表情呢。」

「才沒有，可以的話我不想離婚。」

這是我的真心話。

「我不離婚。」

「咦？」

「我想到很多離婚的好處，但無論如何都無法下定決心。」

「即使我有九千萬的債務嗎？」

「我並沒有原諒你。」

「又不要離婚，又要我回盛岡，你是要分居嗎？」

「我要跟你卒婚。」

「卒婚？什麼意思？」

「店裡的客人告訴我的，聽說最近有很多人卒婚，那位客人也卒婚了，意思是從婚姻關係中畢業。」

「跟離婚有什麼不同？」

「不一樣，離婚是感情破裂的夫婦結束婚姻關係，卒婚則是保持婚姻關係，但是解除同居的形式，各自過各自的人生。」

「……我可以認為我們的感情沒有破裂嗎？」

千草面不改色地一口否定：

「早就破裂啦！我不會原諒你，你也對我感到厭煩，可是雙方又沒勇氣走到離婚那一步。」

她說的沒錯，但這種狀態未免也太狡猾了，而且「卒婚」這種迎合女性口味的新詞也令人不悅。

千草大概猜到我在想什麼：

「因為要分開生活，會牽扯到錢的問題，必須好好地達成共識才能重新開始。看護或因為還保持婚姻關係而衍生的各種問題等發生時再來討論就好了，因為我已經刻骨銘心地體會到，人生在世，就算凡事提前部署，計劃也往往趕不上變化。」

她顯然是指九千萬的事，考慮到晚年，每次都說服自己要忍耐，勤勤懇懇存下來的錢頓時化為烏有。

「世上絕大多數的人大概都認為自己能活到平均壽命，凡事忍耐，為了將來犧牲掉現在。可是也有人五十歲就突然死掉、六十歲就突然死掉，我深刻感受到人應該『做自己現在想做的事』才對。」

「對不起。」

我不假思索地道歉，千草什麼也沒說，我偷偷看了她一眼，她的目光炯然。

那是妻子不原諒丈夫、不否認夫妻感情破裂的真實心情。

「我懂了，過完年我就回盛岡。卒婚這個字眼雖然令人不悅，但立意是好的。我會努力讓你願意如同卒婚的立意，說出『我有點想你，所以來找你』或『我們約在中間點仙台喝一杯吧！』那樣可以好好聊聊的那天早日來臨。」

我說著說著，感覺眼淚就快要決堤，千草則左耳進、右耳出似地沒有任何反應。

另一方面，我也知道內心已經湧起一股力量，道子口中的「幽禁」結束了，過完年，我就能出獄，而且還是回故鄉。更重要的是千草主動提出要分居，不對，是卒婚。總之避免走到離婚的絕路。

剩下的問題到時候再說。

第二天早上，我起勁地依照報紙上的料理專欄煎了法式土司，再加上沙拉給千草吃。

對話依舊有一搭沒一搭。

「第一次做，沒想到還挺好吃。」

「對呀。」

「晚飯我想嘗試調理包以外的食物，你想吃什麼？」

「什麼都好，我出門了。」

千草出門工作。

她不曉得我有多感謝她要我返鄉，也不曉得那句話給了我多大的希望。

洗完早餐的碗盤，我真的邊唱歌邊燙完衣服，打電話給盛岡的老媽。

美雪剛好也在，接起電話。

「喂，你來啦，美雪，我一月起就可以回盛岡跟老媽住了！」

「咦……？」

美雪倒抽了一口氣，像是怕給老媽聽見似地，小聲囁嚅：

「難不成，你離婚了……？」

「不是啦，別擔心，換老媽聽。」

老媽聽說我要回去，立刻歡呼：

「真的嗎，我太高興了！可是千草願意搬回來嗎？」

我歡欣鼓舞地向老媽說明卒婚的事，為了不讓她擔心，稍嫌誇張地說：

「很多夫婦都決定這麼做喔。」

美雪以雀躍的語氣大聲說：

「哥哥願意回來的話，我也能去旅行了。雖然媽媽還能搞定自己的大小事，但是留她一個人在家，不免還是會擔心。」

「千草不回來的話，我也不用有任何顧慮，真是太幸福了。」

老媽更開心了，口無遮攔地說出真心話。

「壯介，你今年幾歲了？」

「六十六。」

老媽感嘆地說：

「六十六啊，是正好的年紀呢！接下來想做什麼都可以。」

看在八十九歲的人眼中，六十六歲是正好的年紀，是接下來想做什麼都可以的年紀。

非但不是「過去的人」，反而是「還有明天的人」。

我又被母親點醒一次，感覺好高興。

掛斷電話前，我壓低聲音說：

「我回去以後，媽要長命百歲喔。」

「不不不，長命百歲也不見得是好事。鉈尾町的伊藤婆婆前陣子死了，死的時候一百零三歲，告別式連一個朋友都沒出席，因為朋友們都死光了。」

我和老媽放聲大笑，感覺每件事都令人愉悅。

剛過完年沒多久，我就約二宮到神田的「漁樂洞」。

這家老闆娘來自盛岡的餐廳原本是二宮的愛店。

「羅漢，不好意思我來晚了。天吶，好冷啊！新春的寒意最難消受了。」

「突然約你出來真不好意思。」

「幫我溫一壺酒。」

「一開始就喝日本酒嗎？」

「對。」

「二宮，真的很感謝你去年秋天約我去盛岡。」

「都多久以前的事了，還提這個做什麼。」

「嗯，我要回盛岡了。」

「真的假的！」

二宮的音量大到周圍的客人都轉頭過來看。

「你要回去……是搬回去住的意思嗎？」

「沒錯，我要去工藤那邊當義工，幫他處理會計上的問題，順便照顧我媽，我已經下定決心了。老婆留在東京，不過我們沒有要離婚。」

「這樣啊……嚇我一大跳。」

「要不是你去年秋天找我回盛岡，事情也不會這樣發展。」

「虧你能下定決心，你老婆也是。」

「嗯，畢竟我把她害得那麼慘。而且是她主動要求這種圓滿的遠距離婚姻。」

「你要回去啊、這樣啊……。」

我們開懷暢飲。

彼此的情緒都很高昂。我是九十九分的喜悅與一分的寂寞，二宮則是九十九分的寂寞和大概只有一分的羨慕。

離開那家店，已經過了十一點。

為了醒酒，我們以舒服的微醺並肩同行。

「這種寒意很舒服呢。」

二宮說道，抬起頭來迎向北風，我也深呼吸。

「嗯，很像盛岡。」

「從秋天的尾聲開始，盛岡每天都是這樣。」

「對呀。」

我們默不作聲地走在寒風中。

當車站映入眼簾，二宮喃喃低語：

「胡馬依北風。」

這句話是什麼意思。

「每當北風吹起，生長在北方的馬就會思念故鄉。」

「原來如此，我和你都是胡馬嗎？」

「保重，我會找時間去找你玩。」

胡馬在北風中握住另一匹胡馬伸出的手。

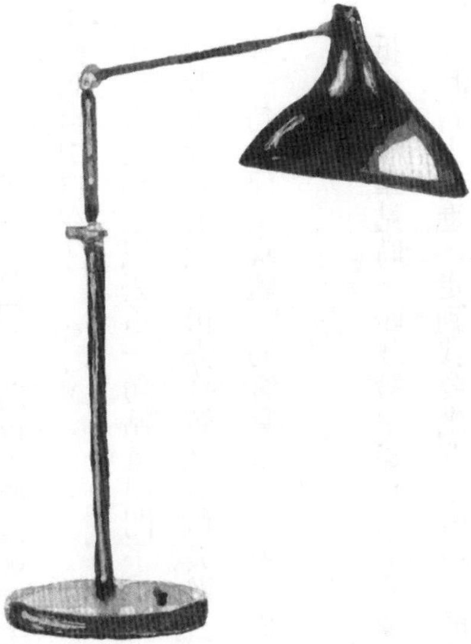

尾聲

二〇一六年一月底，春色在東京的天空中無邊無際地蔓延。

風也很暖和。

我今天要搭乘十二點二十分從東京出發的「隼」十九號車前往盛岡。

前天，阿敏與道子一家人，甚至連千草住在伊東養老院的母親都來了，為我舉行送別會。

為了不讓岳母發現，我與千草跟平常一樣有說有笑，然而狀況並沒有改變。

千草起初也對獨居有點不安，但是自從決定卒婚以來，彷彿一切都看開了，表情也柔和許多。

但我們其實是「分居」，所以大概還會發生各式各樣的問題，至少此時此刻，這個選擇確實讓我們感到自由自在。

千草今天早上只丟下一句話就出門了：

「改天等我放假，再去拜訪婆婆和美雪。」

連一句「保重身體」的客套話也沒說，我不禁苦笑。

抵達東京車站時，距離發車還有二十分鐘，我太心急了。

在月台上前進，走到我要坐的六號車廂前，有個女人朝我輕輕揮手。

——是久里。

「田代先生，我來送行！」

這樣啊，是阿敏告訴她的吧。

「你一個人來嗎？」

「對，是阿敏叫我來的。」

我猜阿敏已經猜到我和久里的事了。

「田代先生，你要回烏托邦啦！」

宮澤賢治的《要求很多的餐館》收錄在《烏托邦童話集》裡。烏托邦通常被翻譯成「桃花源」，賢治心中的桃花源就是岩手縣。

「烏托邦啊……果然是熱愛賢治的久里會說的話，但我的前途是不是烏托邦還很難說喔！」

我笑著回答，久里也笑了。

她好漂亮。

「阿敏說過，壯哥一定能浴火重生。」

「你和阿敏還在一起嗎？」

「對呀，不過除了我以外，他好像還有很多女人。」

「好像是，畢竟阿敏也不是你的烏托邦。」

「我想考取專門研究童書的證照，放棄寫作，成為與兒童及童書有關的專家。」

「這是個好主意，只要你靠自己的雙腳走出一條路，不只阿敏，全世界都會變成你的烏托邦喔！我保證。」

「田代先生這麼照顧我，我卻無以為報。」

久里說到這裡，深深地低下頭去。

再抬起頭來的時候，眼中含淚。

又哭又笑地從皮包裡拿出一本《要求很多的餐館》。

「我猜你大概已經有了，但還是請你在開往烏托邦的車上看。」

「謝謝，幫我向阿敏問好，說我精神抖擻地出發了。」

站在月台上的乘客開始上車。

「久里小姐，歡迎你跟阿敏一起來盛岡玩。盛岡有一棵樹齡高達三百六十年的櫻花樹，叫作石割櫻，從巨大的花崗岩中長出來，每年都會開滿壯觀的櫻花。」

「好神奇，櫻花樹居然能從岩石裡長出來，而且還活了三百六十年？」

我點點頭，看著久里。

「相較之下，再嚴重的事都變得無關緊要。」

「有道理，要是一直沉溺在負面情緒裡，人生未免也太『無彩』了。」

我們這次能相視微笑了。

留下還在月台上揮手的久里，火車駛向烏托邦。

明明如今就要離開住得比故鄉還久的東京，也不確定卒婚會不會順利，情緒依然十分亢奮，明明從早上到現在粒米未進，卻一點也不餓，也不想看久里送我的書。

只是專心地眺望窗外的風景。

經過福島時，手機響起。

是千草打來的。

出了什麼事?我把手機貼近耳邊。

「我剛跳上下一班的『隼』。」

「欸……什麼?」

「我會比你晚一個小時到，請你直接在盛岡站南口的剪票口等我。」

「你要來……那店裡怎麼辦?」

「嗯，我已經打電話向預約下午的兩位客人說明，請他們改約別天了。」

「這樣好嗎?」

「還好是很熟的客人，沒關係。畢竟是老公獨自搬回盛岡的第一天，雖然很突然，我覺得還是跟婆婆打聲招呼比較好。」

千草說到這裡，掛掉電話。

看到晚我一個小時抵達的千草，我簡直藏不住內心澎湃的喜悅，千草的笑容也有些羞澀。

或許是接下來就要分開生活的幾許感傷帶來良好的影響。

我與千草並肩走過橫跨於北上川的橋。

北上川的對岸是輪廓分明的岩手山。

「啊，那就是岩手山嗎？」

我點頭。真好，又回到故鄉山河所在的土地了。

「你知道這座橋叫什麼名字嗎？」

「不知道。」

「開運橋。」

千草望著微微閃爍著春光的北上川微笑：

「開運橋……開啟運氣之路的橋，真是個好名字。」

對於一起走過歲月的夫妻，「運氣」是什麼呢？

如果是年輕的時候，希望能得到來自四面八方的運氣，希望於四面八方都有好運氣。

然而，隨著年華老去，運氣逐漸改變了模樣。

「天鵝會飛來北上川對吧？」

「沒錯，鮭魚則是會游回中津川。」

「跟你一樣呢，鮭魚返鄉。」

「鮭魚回到故鄉，很快就會死掉，但我還沒結束。」

「真是學不乖的傢伙。」

我們同時笑出聲來。

與無論如何都分不開的人一起漫步人生路，或許就是一種幸運。

我們慢慢地走在開運橋上，頭上是北國藍得望不見一片雲的晴空。

後記

內館　牧子

大部分退休的人都會很起勁地說：

「我好期待退休後的生活！好期待能盡情地把時間花在興趣上，享受去旅行或含飴弄孫的日子。」

當然，大概也有很多人真如他們所說，但當事人應該都很清楚，這種日子很快就會過膩了，這個社會已經不當他們是「第一線的生產力」。既然如此，只能藉由大聲疾呼花在興趣及含飴弄孫的日子有多麼充實，好讓被留在時間外的自己不至於崩潰。

我早在二十年前就想寫以這種男人為主角的小說。當時我還不到五十歲，還沒有真實感，只好先放在心裡。

直到幾年前，我滿六十歲了，親朋好友紛紛退休，開始頻繁地舉行同學會及以前社團的學友會等各式各樣的聚會。想當然耳，我每次都滿心期待地出席。

當時，我在這些聚會上發現一件事。無論年輕時是不是優等生、是不是美女、是不是在一流企業上班，人類走到最後的著地點其實都差不多……。

走到這一步之前的人生會受到學歷、資質等各種運氣要素的影響，難免會有階級差異及利弊得失。然而，一旦在社會上成為「過去的人」，大家又都一樣了，齊頭平等。就像本書的男主角那樣，正因走到這之前的人生一帆風順，反而不得不面對「齊頭平等」的事實，這也是一種不幸。既然如此，人到底為什麼要用功讀書、拚命掙扎、力爭上游呢？倘若早知道「最後大家都一樣」，還會選擇這種生活嗎？

在這樣的情況下，腦海中輪廓分明地浮現出「過去的人」這個主題。不分男女，六十歲還是活力四射的年紀，「身心靈」都還沒有枯竭，有自信、也夠自負。儘管如此，社會上卻要求他們「趕快讓位給年輕人」。

本書的男主角藏不住想重回第一線工作的心。原本是銀行業的菁英，六十歲還生龍活虎，勇敢地找工作，試圖發揮自己的能力。

但主角愈是排除萬難、奮力前進，國際政治學者坂本義和先生在《秋田魁新報》（二〇一三年一月十一日號）發表的言論便愈是在我腦海中縈繞不去：

「我認為最重要的是如何優雅地衰退。」

那句話指的其實是國家，於是英國也接著說：

「優雅地接受衰退的事實，從此以後也繼續與印度保持良好的關係。（中略）優雅的衰退後會迎來什麼樣的世界呢？」

這段話帶給逆齡至上的現代日本及不願意輸給年輕人的「過去的人」很大的啟示。

因為男主角來自岩手縣盛岡市的設定，我請教了所有住在岩手的親朋好友。岩手的文學與餐點請教了編劇道又力老師，請「盛岡歷史文化館」的畑中美耶子館長教我盛岡腔，還有啄木研究家山本玲子女士、震災後成立非營利組織的作家齋藤純先生、曾經在岩手醫大當心血管醫師的新沼廣幸先生（目前在聖路加國際醫院任職），非常感謝大家。以及曾是銀行員的渕岡彰先生、e-Spirit股份有限公司的足立茂樹先生都給予我許多指點。同時也受到職業拳擊A級裁判的老朋友吉田和敏先生、職業拳擊手武藤敬司先生諸多關照，「沒有人能戰勝回憶」其實是武藤先生的名言。除此之外，對會計一竅不通的我承蒙會計師佐野義矩、義倫兩位老師從無到有的悉心指導，不知讓他們傷了多少腦筋。

這部作品也是我第一次在報紙上連載小說，真的非常感謝講談社的責任編輯小林龍之先生鉅細靡遺的心得感想，也由衷感謝上一位責編內藤裕之先生不吝批評指教。

我的臉皮當然沒有厚到敢模仿啄木，但以下是我的想法。

「僅以此書獻給
所有讀者的
遙遠故鄉山河」

平成二十七年八月
寫於東京・赤坂的工作室

解說

佃和夫

我念大學的時候有一位名叫水町五郎的同學，從工學院機械工程系畢業後便進入鋼鐵廠上班，只待五年就辭職了，回醫學院重新學習，後來當了醫生，目前在大牟田從事老人醫療的工作。

去年十一月，我們在東京舉行機械工程系的同學會，他以「給老人們的忠告」為主題，在五十年前也是年輕人，也曾有凌雲壯志的五十位同學面前演講。

「我們已經失去了許多東西，例如視力、記憶力、高爾夫球可以飛多遠的距離、還有權力。但是仔細想想，剩下來的東西更多，像是打高爾夫球，還是可以擊出一百五十碼的距離；像是記憶力，就算名字想不起來，也還記得對方的長相，希望大家都能好好地運用剩下的東西，努力地活下去，而不是一直記掛著失去的東西，為此長吁短嘆。正因為我們已經完成應盡的社會責任，才能做一些以前想做也不能做的事，滿心期待地勇於挑戰教育、農業、工藝、家事等對我們來說相當於全新領域的東西不是嗎？」

我認為這是對老人生命該如何發光發熱的溫情建議，同時也覺得畢業後五十年沒見的他一下子變得離我好近，就像身邊的友人。從他柔和的表情看得出來，他這輩子也經歷過無數的艱難險阻，但他仍一路披荊斬棘走來，心胸才會變得如此開闊且溫柔。

第二天，包括他在內，十多位同學會的成員一起去打高爾夫。聽說他快七十歲才開始接觸高爾夫球，每週去兩次練習場，使出全力揮桿。即使周圍有很多好為人師的傢伙都告訴他：「老師，不要那麼用力。」他也不為所動：「我一定要擊出兩百碼的距離！」所以才打十球就汗如雨下，跟他前一天演講的內容根本不一樣嘛！

打完高爾夫球，他說他得立刻搭飛機回大牟田準備第二天的工作，我對他說：「你待的是大醫院，有很多年輕的醫生吧！難得有一天你這個理事長不在，他們肯定樂得輕鬆，要是你打電話說你今晚也回不去，他們一定更開心，今晚就徹夜狂歡吧！」想也知道，醫院的員工果然樂見其成地回答：「玩得開心一點！」

那天我們在日本料理小館杯觥交錯的時候，聽到我們互相調侃「你根本不像自己說的已經完全放下了嘛！」一旁的老闆娘豪爽地大笑著取笑我們：「二位都知道自己還沒有完全放下，所以還有救！」

在那之後又過了半個多月，一年將盡的時候，內館女士突然寫信給我，問我願不願意為文庫版《退而不休》撰寫解說，我以前看過這個故事，也跟她說過我覺得這部作品很有趣。剛好才跟水町討論我們這些老人今後將何去何從的事，感覺饒富趣味，只可惜我的文化素養還不足以撰寫解說，光是要寫好一封短信就已經要絞盡腦汁了。要是給的原稿太蹩腳，反而會造成內館女士的困擾，就算想改亦不知從何改起，心想還是婉拒好了，繼續看完那封信。結果發現信上寫著：「知道你可能會婉拒，我也是『不抱希望』的來拜託你，反正不問白不問！」

如此直來直往的言詞，不愧是內館女士。這句話反而讓我想試試看，只要能提早在截稿日期前交稿，她應該也有充分的時間可以處理，風險在她身上。

內館女士原本在三菱重工業股份有限公司橫濱造船廠（現為橫濱製作所）上班，負責編輯公司內部的報紙，花了約十三年的時間才成為眾所矚目的編劇家。離職後仍稱前公司為「我們家公司」，充分表現出愛社精神。或許是因為這樣，我們見面的機會也愈來愈多。同時也從當時的同事口中聽到她在橫濱造船廠工作的態度及小故事。她的前主管說：「拜託她寫公司內部的公文，結果改得我一個頭兩個大，因為她完全不遵守公司內部規定得十分嚴格的文書格式。公文的用意在於簡單、明瞭地表達內容，絕對不能夾雜錯誤的訊息，辭藻無需優美。但她寫的公文用詞華麗、意境深遠，真令人傷透腦筋！」

另一位前主管說：「有一次，她用英文寫了人事調查表（寫下自己對於職務及人事的要求及希望等，提交給公司的文件），而且還提出想派駐紐約的要求，當時是個女性員工幾乎連國內出差的機會都很少的時代。問她原因，她居然回答：『因為去紐約旅行的時候，看到摩天大樓間冉冉上升的旭日實在太美了！』聽得我下巴差點沒掉下來。」

兩個小故事聽起來都非常誇張，但是不願意妥協、堅持自我風格的態度想必也得到主管與同事的疼愛及欣賞。

這樣的內館女士又是怎麼看待在公司這種組織裡工作四十餘年、最後不得不退休，離開公司的男人呢？

本書以「退休是生前告別式」揭開序幕，主角是個六十三歲的男人，明明頭腦還很清晰、身體還很硬朗，卻因為退休被迫離開現在的公司。對自己很有自信，儘管對充滿活力的職場還戀戀不捨，也只好換個角度想，打算把失去工作後換來取之不盡、用之不竭的時間用來陪伴被自己埋首工作而冷落多年的妻子一起度過。除此之外也去文化中心拓展自己的人際關係，藉此結交新的同好；去健身房不只為了鍛鍊結實的體魄和健康，說不定還能發生艷遇……努力從錯誤中學習。

不料妻子早已在丈夫忙於工作不顧家庭的時候建立起自己的人際關係，目前正過著充實的每一天，即使約她「去泡溫泉吧！」也只換來「頂多只能陪你兩天一夜」的回答，令他大受打擊。去文化中心也找不到能真正帶給他成就感、能吸引他全心投入的課題，在健身房亦無法融入老先生、老太太閒話家常的小團體。或許是因為自視甚高，過度沉溺於過去的光環，再加上遲遲找不到退休後的容身之處，才會決心再度投入已經征戰了幾十年的職場，忘卻年紀增長的自己早已承擔不起那麼大的風險……。

人生在世，總有一天會因為世代交替，從社會的第一線功成身退，逐漸被世人遺忘，得重新尋找自己的容身之處。尤其是一直活在組織中的上班族，這個變化對他們而言尤其顯著。再加上工作以外的生活其實很狹隘，便會更害怕「變化」及「未知的領域」，只想抓住熟悉的工作不放。男人很怕自己老了以後被人問到「你是誰？」害怕無法留下自己走過的痕跡。水町的忠告：「滿心期待地勇於挑戰全新的領域」這句話說來輕鬆，其實需要相當大的勇氣與決心。因此，就算有人鐵了心要「掙扎到最後一刻」，也不是件奇怪的事。

如果能建立起一個讓滿心「別小看我」豪情壯志的老人也可以跟年輕人同樣盡心盡力地在第一線奮鬥的社會……不是也很好嗎？希望周圍的人能對自己寬容一點，難道只是老人的任性嗎？

另一方面，男主角妻女直來直往的強悍也令人刮目相看。仔細想想，最近電視上的政論節目也都是女性來賓牙尖嘴利地講得大家啞口無言，男性來賓只會唯唯諾諾、畏畏縮縮、吞吞吐吐地反擊，完全是一面倒的局面。

妻子不假辭色地對男主角說：「你在陰陽怪氣些什麼？你打算這樣怨天尤人、顧影自憐到什麼時候？」「我現在啊，對工作產生了夢想，改天再跟你說，你也想做什麼就做什麼吧！我們都已經到了不能再虛擲光陰的年紀了。」聽起來雖然冷酷，但從這些話裡其實可以感受到她對丈夫寬容的體貼，溫暖了讀者的內心。大概是因為她獨力養大女兒，也準備要發展自己的事業，才能這麼有自信，而她如今正打算離開丈夫，飛向更遼闊、更自由的世界。

總有一天，她也必須從自己活躍的領域退場；總有一天，她必須離開首發陣容，坐在冷板凳上，再也聽不見觀眾的喝采。屆時她肯定也會想回到丈夫身邊，在丈夫這樣經歷過挫折、心靈承受過重創的人才能擁有的溫柔臂彎裡取得平靜。

三菱重工業顧問

國家圖書館出版品預行編目資料

退而不休／內館牧子著;緋華璃譯.－－初版一刷.－－臺北市：三民，2020
面；　公分.－－（Touch）

ISBN 978-957-14-6910-2（平裝）

861.57　　　　109012145

退而不休

作　　者｜內館牧子
封面插畫｜橫尾智子
譯　　者｜緋華璃
責任編輯｜王芷璘
美術編輯｜陳惠卿

發 行 人｜劉振強
出 版 者｜三民書局股份有限公司
地　　址｜臺北市復興北路 386 號 (復北門市)
　　　　　臺北市重慶南路一段 61 號 (重南門市)
電　　話｜(02)25006600
網　　址｜三民網路書店 https://www.sanmin.com.tw

出版日期｜初版一刷 2020 年 11 月
書籍編號｜S860260
I S B N｜978-957-14-6910-2

三民書局